PATTO INDELEBILE

MONTGOMERY INK: BOULDER
LIBRO TRE

CARRIE ANN RYAN

PATTO INDELEBILE

Romanzo della serie Montgomery Ink: Boulder

Carrie Ann Ryan

PATTO INDELEBILE

Bristol Montgomery e Marcus Stearn sono migliori amici da sempre. Nonostante ciò che pensano gli altri, sono sempre stati solo amici.

Hanno fatto una promessa: non innamorarsi mai l'uno dell'altra.

Niente sguardi appassionati.

Niente baci accidentali.

E niente gelosia nei confronti dei rispettivi partner.

Il problema? Anni fa, si sono promessi che se nessuno dei due si fosse sposato entro i trent'anni di Bristol, sarebbero stati loro due a sposarsi.

Anche se entrambi hanno deciso da tempo di non costringere mai l'altro a un matrimonio combinato, le circostanze e la pura testardaggine li costringono a rifiutarsi di tirarsi indietro dal loro accordo.

Ora, sono determinati a sposarsi, anche se pericolosi ex e sentimenti che negano ostacolano il loro cammino.

**"Patto Indelebile" è un rom-com friends-to-lovers

con matrimonio combinato pieno di suspense romantica che racconta la storia di Bristol e Marcus, protagonisti di questo volume della serie Montgomery Ink: Boulder. Ogni libro può essere letto come standalone. Il lieto fine è garantito!**

CAPITOLO UNO

D*ieci anni prima*

COMPIERE VENT'ANNI ERA UNA TAPPA DEL TUTTO INUTILE. CI SI lasciava alle spalle l'adolescenza, senza potersi godere un drink per festeggiare il proprio compleanno.

Non che Bristol Montgomery stesse effettivamente rispettando la legge in questione in quel momento.

Sorseggiava il suo champagne da quattro soldi e osservava il suo gruppo di amici che si era riunito per il suo compleanno, cercando di non fare smorfie.

In realtà non le *piaceva* il sapore dello champagne, ma era la sua festa di compleanno e voleva apparire elegante, di classe e l'incarnazione della perfezione.

Più tardi avrebbe bevuto una Coca-Cola per sciacquarsi la bocca.

«Allora, come sta la mia sorellina?», chiese Liam avvicinandosi a lei. Le mise un braccio intorno alle spalle e lei lo guardò sorridendo. Era identico agli altri due fratelli e ai cugini, anche se i suoi occhi erano diversi, più simili a quelli della madre che al resto della famiglia.

Tutti i Montgomery avevano capelli scuri e occhi chiari. Gli uomini erano grandi e muscolosi, le donne per lo più formose, e le sue cugine avrebbero probabilmente potuto spezzare le ginocchia di un uomo se qualcuno avesse osato fare del male alla loro famiglia. Bristol forse non sarebbe stata in grado di farlo, ma avrebbe potuto provarci.

«Sto bene». Si appoggiò a lui. «Tu come stai, Liam?».

«Alla grande. Mamma sa come organizzare una festa. Anche se mi chiedo perché hai un bicchiere di champagne in mano, visto che credo che questo sia il tuo ventesimo compleanno, e non il ventunesimo».

Bristol alzò gli occhi al cielo. «È stata mamma a versarmelo».

«Ah, sì, la regola secondo cui ti è permesso bere un solo drink il giorno del tuo compleanno, purché tu sia a casa e non guidi. Me la ricordo bene». Liam emise un sospiro e lei capì che stava sorridendo sopra la sua testa.

«Solo perché ora sei un vecchio a cui è permesso bere non significa che puoi fare il moralista e fingere di darmi saggi consigli e di pensare ai tempi passati».

«Non sono vecchio. Non ho nemmeno trent'anni». Liam le fece un sorriso e lei ricambiò.

«Non dire alla mamma che a trent'anni si è vecchi».

«Considerando che eri tu a dire di stare invecchiando

a vent'anni, non credo proprio che abbia diritto di lamentarti».

Bristol fece una smorfia. «Avevo avuto una brutta mattinata. Inoltre, il fatto che la mamma non riuscisse a smettere di ridere quando l'ho detto probabilmente significava che non mi prendeva sul serio».

«Sei la più piccola della famiglia. È ovvio che non ti prendano sul serio quando ti lamenti della tua età. Ci sono passati tutti prima di te».

«Ti ricordo che non sono la più piccola della famiglia. Aaron è ancora un adolescente», disse, riferendosi al fratello minore. «Dov'è Aaron?», chiese, guardandosi intorno per cercarlo.

Liam scrollò le spalle. «Probabilmente sta pomiciando con qualche ragazza in un ripostiglio».

Lei guardò il fratello maggiore e alzò gli occhi al cielo. «Visto che sei il modello in famiglia, verrebbe da pensare che saresti tu a pomiciare con una ragazza in un ripostiglio. O con un ragazzo».

Liam si limitò a sorridere, scuotendo la testa. «Non ho bisogno di pomiciare con una ragazza o un ragazzo nel ripostiglio dei miei genitori. Posso affittare una stanza d'albergo per andarmene da qui. E non ti darò i dettagli su ciò che accadrebbe dopo». Le fece l'occhiolino e lei rabbrividì dalla testa ai piedi, rendendosi conto che fosse la reazione desiderata dal fratello.

«Che schifo. Non parlare di cose del genere. Sono pura e innocente e non ho bisogno di sentire queste cose».

Liam gettò indietro la testa e rise, e lei gli mostrò il dito medio.

«Sono la festeggiata, e questa è la mia festa, dovresti essere gentile con me».

«Sono sempre gentile». Fece una pausa. «Sei pronta per domani?».

Bristol alzò le spalle, senza sapere se fosse la risposta giusta o meno. «Voglio pensare di esserlo. Anche se sono un po' nervosa».

«È normale. È una cosa importante».

Lei guardò il fratello maggiore, poi si appoggiò a lui e sospirò. «Pensavo che dovessi aiutarmi a non farmi prendere dal panico per cose come questa».

«No, io dovrei *aiutarti* con le cose importanti. Proprio come fanno gli altri tuoi fratelli maggiori, il tuo fratellino e i tuoi genitori. C'è il tuo migliore amico a farti sentire meglio».

Guardò il suo migliore amico, Marcus, che stava chiacchierando con le sue sorelle. Lui si voltò a guardarla da sopra la spalla e le fece l'occhiolino.

Lei sorrise e poi guardò di nuovo Liam. «Anche Marcus mi dice le cose con sincerità. Nessuno che provi solo di farmi ridere e faccia di tutto per farmi sentire meglio».

«Stai per entrare in un mondo in cui tutti vorranno un pezzo di te. Ti diranno che sei bella e fantastica, e poi vorranno qualcosa. Forse non soldi, forse non fama, ma vorranno te. La tua anima e il tuo cuore. Quindi dovrai circondarti di persone che ti offrono la verità e ti dicono esattamente come stanno le cose».

La paura le percorse la schiena, anche se continuò a sorridere. Era la sua festa di compleanno, unita alla festa che segnava l'inizio di una nuova era. Non avrebbe mostrato timore o preoccupazione. Perché lei era Bristol Montgomery, cazzo. Non aveva paura di nulla.

Bugia.

«Be', questo sì che è un discorso incoraggiante».

Liam la fece voltare e la abbracciò forte. Lei avvolse le braccia intorno alla vita del fratello maggiore e si aggrappò a lui come se ne andasse della propria vita.

«Ti voglio bene, sorellina. E anche se stiamo entrando in mondi leggermente diversi, so per esperienza diretta cosa succede quando le persone ti vedono in modo diverso. Sei una violoncellista di fama nazionale e stai per diventare una violoncellista di fama mondiale. Suonerai per re e regine, duchi e duchesse. Per celebrità e persone di grande importanza nel mondo. Sono così orgoglioso di te. Se mai dovessi avere bisogno di me, sarò lì in un attimo. Perché non devi affrontare nulla di tutto questo da sola. Voglio che ti ricordi che sei una Montgomery e che siamo carne della tua carne e sangue del tuo sangue, e che tutti noi saremo sempre qui per te».

Si asciugò le lacrime, davvero seccata con se stessa per aver pianto. «Non posso credere che tu mi abbia fatto piangere».

Lui le baciò la testa e le accarezzò la schiena attraverso la seta del vestito. «Non volevo farti piangere. In realtà, avevo intenzione di farti questo discorsetto incoraggiante domani o quando ti avrei rivista in Francia o a

Venezia, perché sai che verrò a trovarti il più spesso possibile».

«Davvero?».

Lui la guardò accigliato. «Certo che verrò a trovarti. Sarai anche un'adulta e avrai un intero team che a tua disposizione, ma anche la tua famiglia sarà lì per te. Ti voglio bene».

«Ti voglio bene anch'io. E grazie. So che non sarà facile, ma mi sono esercitata tutta la vita per questo momento».

«E tu sei la migliore in quello che fai. Non vedo l'ora di vedere fin dove arriverai. Ma ricorda, se hai bisogno di qualcosa, saremo su un aereo in un attimo», le promise, facendo una pausa. «E lo stesso vale per il tuo migliore amico».

Lo guardò con aria severa mentre lo diceva, e Bristol si mise a ridere. «Lo dici come se fosse una cosa negativa che Marcus e io siamo ancora migliori amici dopo tutti questi anni».

«Non lo so. La prima volta che hai portato quel ragazzo a casa, ho pensato che papà avrebbe dato di matto».

«Avevo tipo sei anni».

«E la sua bambina stava andando nella sua camera da letto, da sola, con un ragazzo».

«Per giocare a prendere il tè».

«Sì, ma non è quello che pensava papà».

«Oh, sta' zitto».

«Non starò zitto. Ricordo perfettamente che papà ha guardato Marcus con aria torva per tutto il primo anno».

«Ora lo considera come un figlio ed è molto grato che Marcus ed io siamo solo amici. E del fatto che Marcus sarà sempre qui quando tornerò».

Liam sollevò un sopracciglio.

«Cosa? Perché mi guardi così?».

«Marcus resterà qui perché il suo lavoro è qui e gli piace stare a casa. So che vuoi vedere il mondo, ma non dimenticarti di lui quando te ne sarai andata».

Quelle parole causarono un'ondata di shock, una sensazione viscida che le fece venire voglia di vomitare. «Non potrei mai dimenticarlo. È il mio migliore amico».

«Lo so, ma tu cambierai. Sarai una persona diversa dopo questo tour».

Non le piaceva come suonava. «Spero non troppo diversa. Mi piace chi sono».

«E anche a noi piace chi sei». Aggrottò la fronte guardando il suo bicchiere. «Ma non approfittare del fatto che lui sarà sempre qui quando tornerai».

A lei non piaceva come suonava quella frase. Non le piaceva la sensazione che quelle parole le provocavano, né quello che volevano dire. «Cosa stai dicendo?».

«Non so cosa sto dicendo», rispose lui, passandosi le mani tra i capelli. Quello stile gli conferiva un aspetto da surfista con i capelli più lunghi, e Bristol poteva letteralmente vedere le donne dietro di lui che sembravano pronte a svenirgli addosso. Il pensiero che suo fratello fosse un modello di fama internazionale che faceva sbavare chiunque lo guardasse la destabilizzava un po'. Tuttavia, le piaceva il modo in cui le donne smettevano di fare qualsiasi cosa stessero facendo e finivano prendersi un muro di petto perché imbambolate ad osservarlo.

«Non approfitterò di Marcus. Non l'ho mai fatto. Siamo migliori amici. Significa che ci sosteniamo a vicenda. Sarò sempre qui per lui. Se avrà bisogno di me, lascerò tutto».

«Ti credo. E credo che lui farebbe lo stesso per te. Tuttavia, questo sarà il periodo più lungo che voi due abbiate mai trascorso separati. Non voglio che tu soffra se lui dovesse cambiare strada. Proprio come cambierai tu».

Per qualche motivo, gli occhi le bruciavano e lei sbatté le palpebre per trattenere le lacrime. «Non voglio pensarci, Liam. Smettila, okay?».

Lei pronunciò quelle parole rapidamente e Liam annuì prima di stringerla di nuovo forte a sé. «Mi dispiace, sto pensando ai miei amici, immagino. Vogliono tutti qualcosa da me, capisci? Non ho quello che hai tu con Marcus».

«Vuoi che dia loro una lezione?», chiese lei, con voce un po' roca. Non voleva piangere, ma aveva la sensazione che lo avrebbe fatto se ci avesse pensato troppo a lungo.

Marcus era il suo migliore amico da sempre e non le piaceva l'idea che potessero cambiare e prendere strade diverse. Non era qualcosa che aveva previsto, e lei aveva previsto molte cose.

Quindi, avrebbe dovuto fare qualcosa. Dirgli che non sarebbe mai cambiata e non si sarebbe mai allontanata da lui. Avrebbe dovuto consolidare il loro rapporto, fare in modo che non potessero allontanarsi l'uno dall'altra.

Non aveva ancora idea di cosa fosse, ma la sua mente turbinava e fece del suo meglio per trovare qualcosa.

«Un altro bicchiere di champagne?», chiese Liam a voce bassa. Doveva essere davvero preoccupato per lei se le offriva altro alcool.

Lei annuì, con lo sguardo perso in lontananza. Liam mormorò qualcosa, poi tornò un attimo dopo con un bicchiere di champagne fresco in mano.

«Non dirlo alla mamma». Le baciò la guancia. «Mi dispiace di essere uno stronzo».

Lei scosse la testa, sbattendo le palpebre per mettere a fuoco ciò che aveva davanti. «Non sei uno stronzo». Fece una pausa. «Okay, lo sei. Ma lo sono anch'io».

Liam rise.

«Comunque, grazie, hai ragione. Devo assicurarmi di non approfittare di Marcus, proprio come devo assicurarmi che gli altri non approfittino di me ovunque andrò».

«Non volevo rovinarti il compleanno. Mi dispiace, tesoro».

Lei scosse la testa, poi si alzò in punta di piedi per baciarlo sulla guancia. «Sei il mio fratello maggiore preferito».

Liam rise. «Non lo so. Aaron sta diventando piuttosto grande».

«Ma tu sarai sempre quello vecchio».

«Un giorno mi vendicherò di questo insulto, ma oggi è il tuo compleanno, quindi ci penseremo un'altra volta».

«Grazie. Per tutto. Ora devo andare a cercare il mio migliore amico e assicurarmi che sappia che lo adoro». Lui sollevò un sopracciglio e Bristol si rese conto di stare arrossendo. «Non in quel senso».

«Volevo esserne sicuro».

«Oh, zitto». Si voltò e si incamminò verso Marcus, finendo il resto del suo bicchiere di champagne. Appoggiò il flûte su un vassoio e parlò con alcune persone lungo il tragitto. Persone che volevano salutarla: alcuni colleghi di lavoro, compagni di scuola e di corso. Erano venuti molti dei suoi amici del liceo e uno dei ragazzi con cui suonava.

«Ciao, tesoro», disse Colin, con il suo accento britannico fin troppo sexy. «Volevo augurarti buon compleanno».

Lei deglutì, con gli occhi sgranati. «Non sapevo che saresti venuto», disse, balbettando. Aveva una cotta pazzesca per quel ragazzo e, tra l'alcol che aveva in corpo e il suo accento, probabilmente avrebbe finito per sembrare un'idiota.

«Be', verrò in tour con te, quindi mi sono assicurato di essere qui per il tuo compleanno. Possiamo festeggiare insieme quando saremo a Venezia, se ti va». Pronunciò quelle parole e lei le sentì arrivare dritte allo stomaco. Emise un sospiro.

«Va bene. Forse. Io... devo andare a cercare qualcuno, però. Ci vediamo dopo? Domani, giusto?».

Colin le fece l'occhiolino e lei ridacchiò prima di dirigersi di nuovo verso Marcus. Superò alcune altre persone e parlò con la sua istruttrice, che ora stava lasciando. La abbracciò con gli occhi lucidi. Anche se quella vecchia signora l'aveva spaventata a morte durante i primi cinque anni di istruzione, le sarebbe comunque mancata. Alla fine, raggiunse l'altro lato della stanza.

Le tre sorelle di Marcus la salutarono con la mano, le augurarono buon compleanno e poi si diressero verso i loro fidanzati, lasciando Bristol sola in un angolo con Marcus.

«Ciao», disse lui aprendo le braccia per accoglierla. Lei si lasciò abbracciare con facilità, sospirando. Lo champagne le era andato subito alla testa, dato che non ne aveva mai bevuto più di mezzo bicchiere prima di quel momento. Sapeva che se non stava attenta avrebbe rischiato di dire sciocchezze.

«Ciao», disse sospirando.

Marcus ridacchiò, quel profondo rombo contro il suo orecchio era rilassante. Profumava di quella nuova colonia che lei gli aveva comprato per il suo compleanno la settimana prima, e lei sorrise.

«Hai un buon profumo».

Lui rise di nuovo e lei si crogiolò in quel suono. «Considerando che hai scelto tu la fragranza, spero di avere un buon profumo».

Lei lo guardò e sorrise mentre studiava il suo viso. Aveva una mascella così pronunciata e occhi che sembravano sapere sempre esattamente cosa stesse pensando. Erano di un marrone scuro e penetranti. La sua pelle era liscia e abbronzata, e brillava sotto le luci. Si era rasato i capelli di recente, ma lei sapeva che se ne era pentito.

Aveva impiegato un'eternità a farsi crescere quella chioma, ma in occasione del suo compleanno il mese prima aveva deciso di rasarla per vedere come stava. Lui non era contento, ma a lei non importava. Le piaceva il suo aspetto in ogni caso.

Dopotutto, era il suo migliore amico. Lo aveva sempre pensato.

«Ehi, vieni con me», disse lui, allontanandosi per poterla tirare per un braccio.

Lei lo seguì senza esitare, perché aveva bisogno di una pausa da tutta quella gente. Aveva adorato la sua festa di compleanno, che si era trasformata anche in una festa d'addio. Aveva parlato con tutti i presenti, anche con quelli che non conosceva ma che avevano voluto partecipare comunque. I suoi genitori avevano fatto di tutto per lei e lei gliene sarebbe stata grata per sempre, ma aveva bisogno di un attimo per respirare. Marcus capiva sempre cosa provasse e lei lo adorava per questo.

«Allora, sei pronta?», chiese Marcus infilando le mani nelle tasche. Si trovavano nel gazebo in giardino, quello che sua madre aveva decorato con luci scintillanti che aveva lasciate spente perché non voleva gente sparsa ovunque nella proprietà. Bristol non la biasimava.

«Credo di sì. Ho fatto le valigie, ho il passaporto pronto e ho fatto il check-in per il volo. Sarà un viaggio molto lungo».

Marcus annuì, studiandole il viso. «Non è quello che intendo».

«Lo so». Venne invasa di nuovo da quella sensazione

di nausea e deglutì a fatica. «Vorrei che potessi venire con me».

«Un violoncellista non ha bisogno di un bibliotecario. Soprattutto di uno che sta ancora studiando per laurearsi».

«Non lo so, visiterò alcune delle biblioteche più famose al mondo. Sono sicura che ti piacerebbe vederle».

Marcus rise. «Sì, sicuramente vorrei visitarle, e forse verrò a trovarti per farlo. Ma va bene così, Bristol. Abbiamo il diritto di avere vite separate».

Lei aggrottò la fronte, non gradendo l'idea. «Non lo voglio. Voglio che le cose restino come sono».

«No, non è vero. Proprio come non lo voglio io».

«Quindi *vuoi* che me ne vada?», sbottò lei, un po' arrabbiata. Lo champagne stava capovolgendo le sue emozioni.

«Non è quello che intendevo. E tu lo sai. Tutto quello che voglio è assicurarmi che tu viva la vita al massimo. E sarai fantastica. Tu *sei* fantastica. Non vedo l'ora di vedere quanto in alto arriverai. E io sarò qui quando avrai bisogno di un po' di casa. Te lo prometto».

Abbassò lo sguardo sulle lunghe dita che la rendevano biologicamente perfetta per suonare il violoncello. Aveva qualche callo, ma le sue mani erano la sua vita. «Non voglio cambiare troppo. E non voglio nemmeno perderti».

«Non mi perderai. Esiste una cosa chiamata telefono. E Internet. È piuttosto figo».

Lei rise. «E se trovassi una nuova migliore amica e

restassi con lei per sempre? E poi le raccontassi tutti i tuoi segreti?».

«Tu non conosci tutti i miei segreti», disse Marcus, e lei aggrottò la fronte.

«Ne conosco la maggior parte. Proprio come tu conosci la maggior parte dei miei».

«Credo di conoscerli tutti, Bristol Montgomery».

«Sei un idiota, ma ti adoro».

«E io adoro te. Ed è per questo che puoi andare per la tua strada. Sarò qui quando tornerai».

Le lacrime le bruciavano gli occhi e lei odiava quella sensazione. Non voleva lasciarlo. «Facciamo un patto. Una scommessa». L'idea le venne così in fretta che capì che probabilmente era per via dello champagne, ma non le importava.

Marcus inarcò le sopracciglia. «Va bene. Che tipo di scommessa?».

«Facciamo in modo di essere ancora migliori amici tra dieci anni».

«E come pensi di farlo?».

Lei deglutì a fatica e sbottò. «Tra dieci anni, se nessuno dei due sarà sposato, ci sposeremo *io e te*».

Oh, Dio. L'aveva detto.

Lui la guardò semplicemente sbattendo le palpebre. «Eh?».

«È perfetto. In questo modo, avremo sempre l'un l'altro come piano di riserva».

Lui deglutì a fatica e lei sperò con tutto il cuore di non aver commesso un errore madornale. «Stai dicendo che pensi che nessuno dei due possa sposarsi senza l'altro?».

«Non sto dicendo affatto questo». Non era sicura di *cosa* stesse dicendo.

«Allora *cosa* stai dicendo?».

«Non voglio perderti. Voglio che restiamo migliori amici».

«Il matrimonio non risolverà né garantirà questo, Bristol».

Lei espirò prima di iniziare a parlare velocemente. «No, ma davvero... È un modo sicuro per fare in modo di rimanere sempre nella vita l'uno dell'altra. Perché avremo questa scommessa. E se, tra dieci anni, saremo ancora entrambi single, allora ci sposeremo».

«Sei pazza».

«Ma sono la tua pazza».

Questo li fece ridere entrambi.

«Quanto hai bevuto?».

«Non molto», mentì lei.

«Quindi stai dicendo che per assicurarci di rimanere migliori amici, ci sposeremo tra dieci anni?».

«Sembra stupido quando lo dici ad alta voce in questo modo».

«Perché *è* stupido, Bristol».

«Sto solo dicendo che non vorrai sposare una sconosciuta, giusto? Quindi, rimani mio amico nel caso in cui finissimo per sposarci. In questo modo, ci assicuriamo di piacerci ancora. Per non rendere la nostra relazione statistica».

Marcus si passò le mani sul viso e rise. «Solo tu

potresti orchestrare una cosa simile per assicurarti che rimarremo amici».

«È perché sono geniale».

«Ne sei convinta», disse lui seccamente.

«Ti manderei al diavolo, ma siamo quasi fidanzati».

Lui la guardò ed entrambi scoppiarono a ridere. «Va bene. Sai una cosa? Perché no?».

Il suo cuore batteva forte e lei sbatté le palpebre. «Va bene?».

«Sì. Perché ho la sensazione che uno di noi o entrambi saremo già sposati a quel punto. Quindi probabilmente non avrà nemmeno importanza».

Lei ignorò quel pensiero, anche se non sapeva esattamente perché. Sentiva solo che ne aveva un disperato bisogno. «Va bene, ma dobbiamo rimanere amici così non sposeremo degli estranei. Va bene?».

Lui le tese la mano e le rivolse quel sorriso accattivante che faceva sciogliere il cuore delle ragazze a chilometri di distanza. Lei però non si lasciò mai influenzare. Perché, dopotutto, lui era il suo migliore amico.

Forse il suo futuro marito, ma lei non pensava davvero che sarebbero mai arrivati a quel punto.

«Stringiamoci la mano», disse lui.

Lei mise le mani nelle sue, ma non si mosse. «Se ci stringiamo la mano, è cosa fatta. Perché non torniamo indietro sulle nostre parole, sulle nostre strette di mano o sulle nostre promesse. Tra dieci anni, se nessuno dei due sarà sposato, ci sposeremo *io e te*».

«E tu rimarrai la mia migliore amica per tutto il tempo». Fece una pausa. «A qualsiasi costo».

«A qualsiasi costo». Gli strinse la mano e suggellarono la promessa.

Aveva la sensazione di aver appena cambiato il corso della sua vita.

Oppure avrebbe avuto una storia davvero divertente da raccontare ai suoi figli sul loro zio Marcus preferito. Perché non avrebbe mai sposato il suo migliore amico.

Assolutamente no.

CAPITOLO DUE

O*ggi*

Un altro anno e un altro compleanno. Solo che questa volta Marcus Stearn non era sicuro che fosse uno qualsiasi. No, quella sera avrebbe potuto essere disastrosa. Rivoluzionaria. Apocalittica.

Quella sera avrebbe potuto ritrovarsi fidanzato.

Perché?

Perché era un fottuto idiota.

Non che potesse davvero dare la colpa all'alcool per la situazione in cui si trovava. Aveva bevuto un solo bicchiere di champagne quella sera di dieci anni prima. Dieci *lunghi* anni fa, nel giorno del compleanno di una certa donna, la stessa che compiva gli anni quel giorno. Un unico bicchiere di champagne che aveva cambiato il futuro. Una scommessa... una promessa.

Perché, ovviamente, quando si trattava di lui e della sua migliore amica, doveva esserci una sfida o una promessa che non poteva essere infranta tra loro. Non che molte persone sapessero di lui e Bristol. Era qualcosa che tenevano per sé, come l'idea stessa dell'accordo.

Dieci anni prima avevano deciso, in un modo strano e contorto tipico loro, che se nessuno dei due si fosse sposato prima che Bristol compisse trent'anni, *ovvero quella sera*, il matrimonio sarebbe avvenuto tra loro due.

Non era la cosa più stupida della storia del mondo, giusto? Da allora dovevano esserci state decisioni ancora peggiori, ma non gliene veniva in mente nessuna. E non aiutava il fatto che ogni volta che pensava a cosa sarebbe potuto succedere quella sera, emergevano sentimenti che si rifiutava di provare.

Marcus si pizzicò il naso e pregò che lei se ne fosse dimenticata.

Doveva essere uno scherzo, giusto? Negli ultimi dieci anni non avevano mai parlato della loro promessa o dell'evento. Lei aveva viaggiato per il mondo e, a volte, lui l'aveva accompagnata. E in tutte quelle occasioni non avevano mai menzionato ciò che era stato concordato, né cosa sarebbe successo dopo.

Oh, negli ultimi mesi, forse aveva notato che lei aveva iniziato a guardarlo in modo diverso. Se fosse stato onesto con se stesso, forse anche lui l'aveva guardata come non avrebbe dovuto, ma non si era permesso di andare oltre quei piccoli segnali. Non aveva dormito molto negli ultimi mesi. Il suo livello di stress era alle stelle solo al pensiero di ciò che le avrebbe detto quella sera. Di ciò che avrebbe *dovuto* dirle.

Non sapeva se lei se lo ricordasse ancora. Sicuramente se n'era dimenticata. Negli ultimi dieci anni aveva fatto in modo di non pensarci, anche se ogni tanto gli tornava in mente. Aveva avuto delle relazioni, proprio come lei, eppure... eccoli lì.

Era solo uno stupido scherzo, una scommessa sulla fiducia e un accordo tra amici. La gente lo faceva continuamente nei film e in TV, e nessuno si era mai sposato dopo aver detto che sarebbe stato la seconda scelta del proprio amico. Che in qualche modo avrebbero potuto contato l'uno sull'altra per sposarsi. Avrebbero saltato le fasi della tentazione e dell'incertezza e sarebbero passati alla ricerca dell'eternità, insieme.

Sapeva che Bristol voleva dei figli... proprio come lui. Sapeva che voleva qualcuno che fosse il suo compagno di vita perché ne avevano parlato. E avevano gli stessi obiettivi. Felicità, una famiglia... un futuro.

Non poteva aggiungere le parole *amore* o *sesso* a quella frase perché pensare di fare sesso con Bristol o di amarla in un modo diverso da come già la amava gli avrebbe fatto venire voglia di vomitare. No, non era proprio così. Perché lui non voleva vomitare. A meno che non fosse per lo stress.

Si era concesso di pensare a Bristol in quel modo una o due volte. Come poteva evitarlo? Era dannatamente sexy, fantastica e dolce, e lui era solo un uomo a cui capitava di avere certi pensieri ogni tanto.

E poiché aveva tanta paura di perdere la sua migliore amica, aveva ripetuto il suo mantra più e più volte. Non voleva fare sesso con Bristol. Non voleva amarla. Non che non la adorasse *già*, ma non voleva *innamorarsi* di lei.

Non più di quanto non lo fosse già.

No, non avrebbe pensato a quel sentimento.

Santo cielo, ora stava girando in tondo con i suoi pensieri e sembrava Bristol. Espirò e cercò di concentrarsi sugli altri nella stanza, ma non ci riuscì e la sua mente vagò.

A un certo punto, quando lei stava con Zia, la sua ex ragazza, aveva pensato che forse avrebbe potuto liberarsi della promessa fatta tra loro due. Zia e Bristol erano molto affiatate e avevano una grande intesa. Gli piaceva Zia. La loro relazione era così seria che aveva pensato che fossero sulla strada del matrimonio. Forse era stato anche un po' geloso. Ma era solo perché lei passava così tanto tempo con Zia e non con lui.

Quella era la causa della gelosia.

Nessun altro motivo.

Poi le due si erano lasciate, anche se erano rimaste amiche. E ora Zia stava con un altro uomo ed era felice, forse si sarebbe sposata.

E ora forse era *lui* a un passo dal matrimonio.

No. *Non* stava per sposarsi.

Bristol se n'era dimenticata.

«Perché te ne stai lì in un angolo a rimuginare alla festa di compleanno della tua migliore amica?», gli chiese sua madre avvicinandosi a lui con suo padre al braccio.

«Non sto facendo niente», rispose lui in fretta, sapendo che era una bugia.

«Non so cosa stia facendo tuo figlio, Alex. Ma devi assicurarti che sia pronto per il prossimo passo».

Il prossimo passo? Sua madre lo sapeva? Oh, Dio, aveva forse scritto da qualche parte quello che lui e Bristol avevano pianificato e lei l'aveva scoperto?

«La vecchiaia?», chiese suo padre sorridendo, poi sussultò quando sua madre gli diede un pugno sulla spalla. «Sai, hai ancora la stessa forza che avevi quando giocavi a softball al college, amore della mia vita. Dai, Joan». Suo padre abbracciò sua madre e, quando lei spalancò gli occhi e rimase senza fiato, Marcus cercò di non sussultare.

Tuttavia, alzò gli occhi al cielo. «Sarebbe fantastico se voi due smetteste di adularvi a vicenda e di palparvi per un minuto».

«Perché sei così scontroso, figliolo?», chiese sua madre avvicinandosi. «C'è qualcosa che possiamo fare?».

Assolutamente no. Perché come poteva dire a sua madre che quella sera avrebbe potuto fidanzarsi a causa di una promessa fatta tra due persone che avevano giurato di non infrangerla? O il fatto che, in realtà, voleva Bristol. Anche se cercava di convincersi del contrario. Anche se si diceva che non potesse volerla. «Sto bene. Promesso. E per che cosa dovrei essere pronto?», chiese.

«Chiedevo solo se sei pronto ora che hai superato i trent'anni».

«Mamma, ho trent'anni da più di un mese». Il suo tono era secco e, quando sua madre inarcò un sopracciglio, capì che stava per ricambiare con quel *tono*. Aveva vissuto così tutta la vita, anche se era quello che tutti consideravano il più *tranquillo*. Ci era abituato.

Lei lo liquidò con un gesto della mano. «È vero, ma ora che Bristol ha trent'anni, mi sembra che anche tu sia entrato nella trentina. Non guardarmi così. Sei ancora il mio bambino, ma dato che voi due siete sempre stati inseparabili, ora che avete entrambi compiuto gli anni, è un traguardo». Batté le mani mentre lo diceva, e lui sbuffò.

«È bello sapere che Bristol deve fare qualcosa perché lo stesso valga per me».

«Sai che non è quello che intendo. Adoro quella ragazzina come se fosse mia figlia. È un peccato che voi due non vi siate mai messi insieme. Mi piacerebbe che diventasse una Stearn».

Marcus sorrise, scuotendo la testa, anche se lo stomaco gli si era stretto. Il desiderio di sua madre avrebbe potuto realizzarsi presto.

Quel pensiero gli fece venire i brividi lungo la schiena, anche se gli infuse un senso di calore. Diamine, non sapeva cosa pensare. Ed era quello il problema, no?

«Ehi, cosa stai facendo lì in un angolo?», domandò sua sorella maggiore, Vanessa, avvicinandosi. James, suo marito, era dietro di lei, sorridendo.

«Sì, stiamo complottando qualcosa?», chiese l'altra sua sorella, Jennifer, di fianco a suo marito Anthony.

«Oh, sì. Fatemi partecipare». Andie saltellava da un piede all'altro, mentre suo marito Chris alzava gli occhi al cielo dietro di lei.

Ogni volta che Marcus guardava Chris, rideva,

perché assomigliava davvero a uno dei Chris degli *Avengers*. Considerando che sua sorella aveva avuto una cotta per uno di loro per una decina d'anni e che alla fine ne aveva sposato uno? Sì, doveva essere proprio un segno del destino. Un destino che faceva morire dalle risate Marcus, non come la parola *destino* che gli tornava in mente ogni volta che pensava a Bristol.

«Perché siamo tutti qui?», chiese, cercando di mantenere la calma. Più si faceva tardi, meno probabile era che venisse fuori la questione del matrimonio. A parte il fatto che sua madre ne aveva appena parlato. Ma lei non sapeva della promessa. Quindi, finché l'argomento non fosse saltato fuori davanti a Bristol, non esisteva davvero. E lui non avrebbe dovuto rifiutarla.

Perché l'avrebbe rifiutata, giusto?

Avrebbe dovuto spezzarle il cuore. O forse spezzare il proprio. Perché Bristol avrebbe avuto il cuore spezzato? Dopotutto erano amici. Giusto?

Se lo avesse voluto davvero, ne avrebbe parlato. Non l'aveva fatto, e questo significava che probabilmente avrebbero ignorato la promessa, avrebbe dimenticato che fosse mai successa. La scommessa non avrebbe avuto importanza.

Solo che invece era importante. Perché lei era la sua migliore amica e, anche se era sempre stata fuori dagli Stati Uniti e fuori dal Paese a fare ciò che amava, era sempre tornata da lui.

Nonostante tutto ciò che li aveva separati, tornavano sempre l'uno dall'altra.

Non voleva rovinare quello che avevano. Non poteva. Eppure... se lo avesse fatto?

«Okay, perché hai quella faccia?», chiese Andie, e Marcus aggrottò la fronte.

«Perché *tu* hai quella faccia?».

«Ehi, stai parlando di mia moglie», disse Chris, e Marcus sorrise, anche se sapeva che il sorriso non gli arrivava agli occhi.

«Sto bene, okay? Sono solo stanco». Forse era vero, soprattutto perché non dormiva, a causa di Bristol, ma andava bene così. Tutto sarebbe andato *per il meglio*.

«Ti vogliamo bene, quindi se *c'è* qualcosa che non va, devi dircelo», disse sua madre.

«Lo so. Siete fantastici». E quello era l'eufemismo della sua vita.

«E non puoi lasciare che i Montgomery ti adottino», disse suo padre, con gli occhi pieni di umorismo.

«Ma se vogliono adottarci tutti, a noi sta più che bene», disse Vanessa, sorridendo.

«Posso essere adottata anch'io?», chiese sua madre.

«Sapete che siete già tutti membri onorari dei Montgomery, vero?», chiese Marcus, e gli altri sbuffarono. «Davvero? Lo siete. È una specie di setta».

«Hai appena definito la mia famiglia una setta?», chiese Bristol avvicinandosi. Marcus deglutì a fatica e cercò di non pensare a tutte le cose brutte che gli erano passate per la testa negli ultimi tempi. O al sogno che aveva fatto la notte prima. Di Bristol, con il suo pugno stretto attorno a quei lunghi riccioli color miele mentre lui... no, non voleva pensarci.

Non faceva sogni erotici sulla sua migliore amica. C'erano dei limiti e lui non li superava.

Almeno per ora.

«Non abbiamo assolutamente definito i Montgomery una setta», disse Andie, facendo una pausa per aumentare l'effetto drammatico. «Ma abbiamo sicuramente definito voi una setta», disse con aria compassata.

Bristol gettò indietro la testa e rise, un suono morbido e cristallino, poi scosse la testa. Indossava degli orecchini lunghi e raffinati che dovevano contenere diamanti, e che riflettevano la luce tra le ciocche dei suoi capelli. Quella sera li portava sciolti e ondulati, e indossava un vestito scintillante con tacchi alti argentati. Era splendida, come una maledetta principessa. E considerando che aveva suonato il violoncello davanti alle principesse, poteva senza ombra di dubbio fare quel paragone.

«Sì, a volte i Montgomery sembrano un po' una setta. Ma voi ne fate parte». Fece una pausa e poi sorrise. «Ne fate parte».

Gli altri risero e Marcus sorrise, cercando di comportarsi come se tutto fosse naturale. Perché era così difficile? Non avrebbe dovuto esserlo. Quella donna era la sua migliore amica, lo era da sempre. La maggior parte delle persone li guardava e pensava che fossero più che migliori amici, ma potevano andare a farsi fottere. Chi non li conosceva immaginava sempre che facessero sesso o si usassero a vicenda. Ma non sapeva niente di Bristol e Marcus. Erano sempre stati presenti l'uno per l'altra e lo sarebbero sempre stati. Anche nel caso in cui si fossero fidanzati per sbaglio. Solo che non l'avrebbero fatto. Non sarebbe successo. Si trattava solo di una scommessa sbagliata, come lo era stato *lui*. Non che lui pensasse davvero questo di sé stesso, ma sapeva che lo sarebbe stato per Bristol. Perché lei meritava il mondo, e lui era un ragazzo di provincia. E a lui andava bene così.

«Buon compleanno», disse sua madre, stringendo Bristol a sé. La sua amica ricambiò con affetto e poi abbracciò uno ad uno tutti gli altri membri della famiglia.

«Allora, come ci si sente ad avere trent'anni?», chiese Andie. «Non sei più una bambina. Ora sei vecchia. Di mezza età». Andie gettò indietro i capelli mentre la madre la guardava con aria torva.

«Il prossimo che dice che chi ha trent'anni è vecchio riceverà uno schiaffo dietro la testa. Non alzo le mani, in genere, ma in questo caso lo farò».

Tutti indietreggiarono, continuando a ridere.

«Non siamo vecchi, non siamo più bambini», disse Marcus, tendendo la mano. Lo fece istintivamente e Bristol gli si avvicinò, stringendolo a sé. Lui le mise un braccio intorno alle spalle e la abbracciò. Stava bene lì, come se lo fosse stata da tutta la vita. Sebbene lui fosse cresciuto più in fretta e lei lo avesse raggiunto un po', Bristol era ancora così piccola rispetto a lui.

Non sapeva perché continuasse a pensare a cose del genere. A come sarebbe stato stringerla a sé. Perché era semplicemente platonico. Solo amicizia.

Era un'illusione.

«Ehi», disse lei sottovoce. Lui la guardò ed buttò

fuori l'aria senza rendersi conto che stava trattenendo il respiro.

«Ehi, festeggiata».

«Cominciavo a pensare che tu e a tua famiglia vi sareste nascosti in un angolo per tutta la serata».

«Hai così tanti amici qui che abbiamo pensato di lasciarti socializzare, divertirti e poi, quando saresti stata pronta, raggiungerci qui dove la vera festa può iniziare», disse sua madre sorridendo.

«Sai, hai ragione. Ci sono un sacco di persone qui. Ma sono davvero felice di vedervi. Davvero. Siete la mia seconda famiglia. E vi voglio bene».

Sua madre si asciugò le lacrime dal viso e Bristol si staccò da lui, per abbracciare di nuovo la donna.

Marcus cercò di non pensare al fatto che ora sentiva freddo senza la sua vicinanza.

Che diavolo gli stava succedendo? Non aveva mai pensato in quel modo prima. Oh, ogni tanto gli venivano in mente certi pensieri, ma da quando il conto alla rovescia del suo compleanno aveva preso a ticchettare nelle sue orecchie, il ritmo costante di quello che diavolo stava facendo era diventato evidente, e non riusciva a impedire ai pensieri vaganti di accumularsi uno sopra l'altro fino a diventare l'unica cosa a cui nella sua mente.

«Okay, basta così. Ora vai a chiacchierare e porta Marcus con te. È troppo tempo che se ne sta lì in un angolo con il broncio».

Bristol lo guardò socchiudendo gli occhi. «L'ho notato. Insomma, oggi è il mio giorno. Sono al centro dell'attenzione, sono la principessa. E il mio migliore amico non si preoccupa nemmeno di stendere il tappeto rosso o di assicurarsi che gli altri si inchinino in mia presenza?».

Lei sorrise e lui alzò gli occhi al cielo. «Credi davvero di essere il centro dell'universo, Bristol Montgomery».

«Me l'ha detto mia mamma, quindi ci credo ciecamente».

«E ha ragione», disse sua madre. «Ora vai, divertiti, ma assicurati di salutarci prima della fine della serata. O se non puoi perché sei il centro dell'universo e sei occupata, sappi solo che ti vogliamo bene. I nostri regali sono sul tavolo. Non vediamo l'ora che tu venga a cena da noi».

«Vi avevo detto di non farmi regali».

«Certo che l'abbiamo fatto. È il tuo compleanno», disse Andie. «Tuttavia, abbiamo anche fatto una donazione in beneficenza, come ci hai chiesto nell'invito».

Marcus sorrise e infilò le mani nelle tasche della giacca. Bristol aveva avuto molto successo nella sua carriera. Aveva pubblicato diversi album ed era stata persino nominata una volta ai Grammy. Aveva fatto dei tour in tutto il mondo ed era una vera solista. La gente la pregava di venire a suonare per loro.

Quindi, aveva avuto molto successo ed era brava a risparmiare i suoi soldi. Lui se ne era assicurato, così come il resto della sua famiglia. Non voleva sperperare i suoi guadagni in cose appariscenti, anche se Bristol amava le cose luccicanti. Quindi, nei suoi inviti aveva chiesto di non fare regali, ma aveva detto che se gli ospiti volevano fare qualcosa, potevano fare una donazione alla loro organizzazione benefica preferita a suo nome.

La maggior parte delle persone aveva rispettato questa richiesta, ma non la famiglia. La famiglia voleva fare entrambe le cose.

Lui non le aveva preso nulla. Beh, in realtà sì, ma ripensandoci, probabilmente era stata un'idea davvero stupida. Ed era qualcosa che aveva fatto lui, qualcosa che probabilmente non le avrebbe mai mostrato. Non mentre continuava a scavarsi la fossa da solo.

«Va bene, vado a assicurarmi che si diverta un po'», disse Bristol, tirandolo per il braccio. «Dai, vieni».

«Andrò ovunque mi porterai. Come sempre», disse seccamente, e le sue sorelle ridacchiarono dietro di lui.

Fece loro il dito medio, poi si spostò per evitare la mano di sua madre. Lei era molto veloce, però, e riuscì comunque a colpirlo sull'orecchio.

«Marcus Stearn».

«Scusa, mamma».

Lei rise, e lui continuò a tenere il braccio intorno alla vita di Bristol mentre passavano da una coppia all'altra e da un gruppo all'altro.

«Ti stai divertendo?», gli chiese mentre si avvicinavano alla coppia successiva, con un bicchiere di champagne in mano.

Un po' troppo simile a dieci anni prima. Lui sorseggiò lentamente, avendo bisogno di tenere la mente lucida.

«Sì. Ma la domanda è: tu ti stai divertendo?».

Lei si voltò sui tacchi e lo guardò, con gli occhi blu spalancati. «Certo che mi sto divertendo. Tu sei qui.

Sono tutti qui». Aggiunse rapidamente l'ultima parte e lui aggrottò la fronte. Non ebbe tempo di rifletterci, perché lei continuò. «Adoro i compleanni, ma in realtà mi piacciono di più quelli degli altri».

«Per essere una persona che è sempre al centro dell'attenzione, a volte preferiresti non esserlo, vero?».

«Più o meno. Ma la mamma voleva organizzare questa festa per me, come aveva fatto per i miei vent'anni. Tuttavia, mi ha promesso che per i miei quaranta – *santo cielo* – andremo a Las Vegas in macchina».

Marcus sorrise. «Sembra divertente».

«Sì, faremo un viaggio in auto tra Montgomery per i miei quarant'anni e, ovviamente, dovrai venire anche tu».

«Perché sono un Montgomery onorario?».

Una pausa. Poi un sorriso radioso. «Certo. Grazie per essere venuto stasera, Marcus. So che sei stato un po' impegnato ultimamente».

C'era una domanda in quelle parole, ma lui non rispose. Non avevano più fatto i loro soliti pranzi nelle ultime settimane, né avevano trascorso tanto tempo insieme come era loro abitudine fare. Sì, lui l'aveva evitata, ma non sapeva cosa dire.

Non era proprio bravo in queste cose e sapeva che stava rovinando tutto. Ma aveva davvero paura di mandare tutto all'aria. E non poteva farlo. Non quando lei significava già così tanto per lui. Non era che lei volesse davvero stare con lui. Era solo una scommessa. E lei se n'era chiaramente dimenticata. Non ne aveva ancora parlato, in tutto questo tempo.

Bristol adorava stuzzicarlo con cose del genere. Se fosse stato davvero importante, lo avrebbe già preso in giro, o forse a questo punto si sarebbe persino inginocchiata con un anello. Bristol era fatta così. E lui adorava che fosse così, cazzo.

Odiava solo lo stress in quel momento.

«Buon compleanno», disse dolcemente, e Bristol lo guardò, sorridendo.

«Grazie. Ora devo iniziare a salutare alcune persone e a ringraziarle, ma tu non devi stare con me tutto il tempo».

Marcus scosse la testa. «No, resterò con te. E mi dispiace di non aver passato molto tempo con te ultimamente. Sono stato molto occupato».

«Con quel nuovo progetto?», chiese lei, e lui capì che era sinceramente interessata. Bristol poteva essere l'esatto opposto di lui sotto certi aspetti, ma amava quello che lui faceva, proprio come lui amava quello che faceva lei.

«Sì, quello». Sapeva che suonava strano, ma non poteva farci niente. Anche se aveva un nuovo progetto in biblioteca su cui stava lavorando sodo, non era quello il motivo della sua assenza negli ultimi tempi. No, il motivo era lei, ma Bristol non doveva saperlo.

Né ora, né mai.

Quando salutarono tutti e i Montgomery cominciarono a riordinare, erano rimasti solo la famiglia di Marcus e quella di Bristol, a parte qualche ritardatario.

Non voleva davvero essere sotto il microscopio di nessuno dei Montgomery, considerando che i fratelli di Bristol erano grandi e grossi e ultimamente lo guardavano male. Non sapeva perché. Non potevano sapere cosa comportasse la promessa che lui e Bristol avevano fatto. Se lo avessero saputo, probabilmente gli avrebbero dato una lezione. O almeno ci avrebbero provato. Ma sembravano aver intuito che qualcosa era cambiato. Almeno, da parte di Marcus. Perché Bristol sembrava la stessa.

Oppure no?

«Okay, penso che sia tutto», disse Bristol, mettendo le mani sui fianchi.

«Vai a casa», disse sua madre dal lato della stanza.

«No, aiuto a pulire».

«La festeggiata non aiuta a pulire».

«Sì, è lei che *crea* il casino», disse Aaron, il fratello minore. Si fecero il dito medio a vicenda mentre la madre li guardava con aria accigliata.

«Comportatevi come una bella famiglia. Altrimenti gli altri scopriranno la verità su di noi».

«Sai, ho un cuscino con una frase simile», disse la madre di Marcus mentre la sua famiglia si avvicinava.

«Credo di avere anch'io qualcosa ricamato con quella frase», disse la signora Montgomery. Poi le madri iniziarono a ridere e a chiacchierare tra loro.

La sua famiglia iniziò ad aiutare a pulire e a parlare con i Montgomery, mentre Bristol si appoggiava a lui sorridendo.

«Sono contenta che le nostre famiglie vadano d'accordo. Rende tutti così... felici, sai?».

Marcus annuì, resistendo a stento all'impulso di baciarla sulla testa come faceva di solito. In qualche modo ora sembrava diverso. «Sì. È una cosa positiva».

La madre di Bristol intervenne di nuovo. «Ora, davvero, vai. Ti faranno male i piedi con quei tacchi alti». Marcus guardò Bristol dalla testa ai piedi, facendo del suo meglio per non concentrarsi su certe curve, e fece una smorfia.

«Perché indossi tacchi alti dodici centimetri?».

«Erano carini. E ho i piedi intorpiditi».

«Vai», dissero i Montgomery all'unisono, e la sua famiglia fu d'accordo.

Marcus la tirò per il braccio. «Dai, ti accompagno alla macchina».

«I regali sono già nel bagagliaio, ma non potrai aprirli fino a domani, quando andremo a casa tua», gridò sua madre.

«Lo prometto. Conosco le regole».

Non c'era stato davvero un momento adatto per Bristol per sedersi e aprire i regali. Così, lo avrebbe fatto con la sua famiglia a casa sua il giorno dopo, come facevano dopo grandi feste come questa. Gli piaceva il fatto che avevano piccole tradizioni. La sua famiglia tendeva ad aprirli subito, ma d'altra parte non organizzavano cocktail party come questo. Non che i Montgomery lo facessero spesso, tranne per alcune occasioni importanti.

L'accompagnò alla sua auto, mettendole il cappotto sulle spalle mentre si avvicinavano.

«Grazie. Non fa troppo freddo, ma lo apprezzo».

«Avresti dovuto indossare un cappotto».

«Ma mi piaceva il vestito senza spalline. E indossare un cappotto rovina le mie curve».

No, non avrebbe pensato alle sue curve. Non se non avesse voluto superare quel limite. Perché, a quanto pare, era quello che stava facendo.

«A proposito, ho bevuto solo mezzo bicchiere di champagne, altrimenti acqua tutta la sera. Volevo tornare a casa in macchina e non dormire qui».

«Per evitare di pulire?», chiese lui ridendo.

«No, idiota. Più che altro perché mi piace stare nel mio letto, capisci?».

«Certo», rispose lui. Non avrebbe pensato a lei nel suo letto. In nessun letto.

No, non l'avrebbe fatto.

Lei sospirò e si voltò verso di lui mentre erano in piedi davanti alla sua auto.

«Allora», disse.

«Allora», le fece eco lui. Deglutì a fatica. «Un altro compleanno».

«Sì, il mio trentesimo».

La guardò mentre deglutiva a fatica e non sapeva cosa dire. Cosa avrebbe dovuto dire?

«Immagino che questo significhi che siamo ufficial- mente fidanzati, eh?», chiese lei. Il respiro gli si mozzò in gola e tutto il suo corpo si irrigidì.

«Oh, mio Dio. Siete fidanzati?». Andie urlò dietro di loro, saltellando sui tacchi. Poi si voltò per gridare verso la casa. «Sono fidanzati! Bristol e Marcus sono fidanzati!».

«Lo sapevo! I nostri bambini si sposano! Finalmente», gridò sua madre prima di abbracciare la madre di Bristol, mentre entrambe cominciavano a piangere.

Marcus distolse lo sguardo dalla sua famiglia e osservò la sua migliore amica. Tutto quello che riuscì a fare fu sbattere le palpebre.

Bristol era pallida come un fantasma e aprì la bocca come se volesse dire qualcosa, ma in realtà non c'era molto da aggiungere.

Perché la gente gridava e applaudiva, e Marcus capì che era giunta la fine.

CAPITOLO TRE

Bristol passò la lingua tra le labbra prima di portare la testa all'indietro, con la bocca di lui sul collo. Le succhiò, leccò e sfiorò delicatamente la sua pelle con i denti. Lei rabbrividì, facendo scivolare le mani sui suoi muscoli possenti prima di farle risalire lungo la schiena. Trattenne il respiro, tremando quando le mani di lui le scivolarono lungo i fianchi, afferrandole i glutei. Per fortuna erano entrambi nudi, quindi era più facile toccarsi, baciarsi. Guardarsi e accarezzarsi. Sentirsi ed *esistere*.

La bocca scivolò lungo il suo petto, baciandole i seni, succhiandole i capezzoli. Succhiò un capezzolo nella sua bocca e ruotò la lingua in quel modo perfetto che la mandò oltre il baratro. Lei raggiunse l'orgasmo così rapidamente che le sembrò quasi un sogno. Le gambe le tremavano, il corpo era madido di sudore mentre cercava di non allargare ancora di più le cosce. Voleva aggrapparsi a lui, tenerlo lì. Solo che lui non glielo rendeva facile, non con lei così bisognosa. Così pronta.

Si spostò sull'altro seno e lo succhiò forte, quasi fino al punto di farle male, ma a lei non importava. Voleva di più, *esigeva* di più.

E lo avrebbe ottenuto.

Perché lui era ormai completamente tra le sue gambe, con il suo grosso cazzo pulsante. Voleva la sua erezione dentro di sé, aveva bisogno di cavalcarlo fino all'oblio mentre entrambi perdevano la ragione.

Lo guardò e sussurrò: «Marcus. Ho bisogno di te».

Lui si leccò le labbra, incontrando il suo sguardo prima di affondare dentro di lei, così in profondità, allargandola ancora di più. Lei urlò, il dolore era squisito.

Poi si svegliò.

Bristol sbatté le palpebre, aprendo gli occhi appesantiti dal sonno e dai sogni, con la canottiera storta che lasciava intravedere un seno, mentre l'altro era stretto dal resto della maglietta. Si leccò le labbra improvvisamente secche e guardò giù verso la sua mano, il palmo che avvolgeva la sua parte più delicata.

«Maledetta traditrice», borbottò. Fece scivolare lentamente la mano ormai umida via dal suo inguine e fuori dalle mutandine.

Ancora una volta aveva raggiunto l'orgasmo mentre sognava. Un sogno così reale che si era lasciata andare completamente mentre dormiva, senza nemmeno rendersi conto che il suo inconscio non poteva fare a meno di continuare.

Non era la prima volta che succedeva. Si era masturbata nel sonno più di una volta, e lo aveva fatto anche quando dormiva accanto al suo ragazzo.

Lui lo aveva trovato eccitante, entrambi si erano svegliati in quel momento e questo aveva portato a momenti ancora più bollenti.

Naturalmente, l'uomo in quel particolare sogno era una celebrità per cui aveva una cotta, che aveva incontrato prima e che *conosceva*. Quindi era stato piuttosto imbarazzante.

I sogni erotici su sconosciuti di solito andavano bene.

Dopotutto, non si può controllare dove va la mente quando si dorme.

Tuttavia, il fatto di aver incontrato quella certa celebrità significava che ogni volta che pensava a lui, e soprattutto la volta successiva che lo aveva visto, era arrossita copiosamente.

E non era rimasta con il suo ragazzo a lungo dopo quell'episodio. Non a causa del sogno erotico, ma soprattutto perché lui era un idiota.

Solo che, cavolo, ora faceva sogni erotici su *Marcus*.

Tutto il suo corpo tremò, si mise seduta, si sistemò la canottiera e asciugò le mani sul lino. Avrebbe dovuto comunque lavare quelle maledette lenzuola dopo tutto questo.

Ma la sua mente continuava a tornare al sogno. E a chi era il protagonista di quel sogno.

Marcus. Il suo migliore amico.

Il suo fottuto fidanzato.

Come diavolo era potuto succedere?

Passandosi l'altra mano tra i capelli, deglutì a fatica,

chiedendosi se forse avesse bevuto troppo la sera prima. No, non era quello il caso. Non poteva proprio essere.

Non aveva bevuto più di un bicchiere di champagne prima di ritrovarsi accidentalmente fidanzata con il suo migliore amico.

Onestamente non sapeva che la loro scommessa sarebbe arrivata a tanto. Non si era permessa di pensarlo. Non quando si trattava di una semplice promessa tra amici che era tutt'altro che semplice. E anche se non venivano *mai* meno alle loro promesse, non doveva essere una cosa seria. Solo che tutti sembravano così eccitati, anche se un po' confusi. Ma erano felicissimi. E lei non voleva deluderli. Quando anche Marcus non disse nulla, capì che non si poteva tornare indietro. E, *boom*, erano fidanzati.

Ora era lì. In qualche modo, Marcus l'aveva accompagnata a casa e non avevano parlato per tutto il tragitto.

Bristol parlava sempre. Divagava. Costantemente.

Una volta aveva divagato così tanto con un principe e un duca al punto che si erano allontanati lentamente spaventati.

Ma con il suo migliore amico? Quello con cui non aveva mai condiviso un silenzio seriamente imbarazzante?

Non aveva detto una parola durante i quindici minuti che aveva impiegato per arrivare a casa sua.

Lui aveva semplicemente guidato e non aveva fiatato, l'aveva semplicemente accompagnata sulla soglia perché era fatto così. Nessuno dei due disse nulla mentre lei chiudeva la porta dietro di sé.

Ma lei sapeva che lui sarebbe stato lì quel giorno.

Avrebbero dovuto parlarne. Risolvere la questione.

In qualche modo.

Il campanello suonò due volte di seguito, quasi con rabbia.

E allora capì esattamente cosa l'aveva svegliata dal suo sogno a luci rosse.

No, non era stato l'orgasmo, era stato il campanello.

Saltò giù dal letto e cercò dei pantaloncini o dei pantaloni, ma non riuscì a trovarli.

Il campanello suonò di nuovo, e poi il suo telefono iniziò a vibrare. Corse alla porta, temendo che fosse un'emergenza.

Non le importava di indossare solo mutandine e canottiera, con i capezzoli in vista. Doveva assicurarsi che tutti stessero bene.

Aprì la porta senza nemmeno guardare e si bloccò.

«Marcus», disse. Non poté fare a meno di ricordare esattamente il suono della sua voce quando aveva sussurrato il suo nome mentre lui la penetrava con quel cazzo grosso e venoso.

Non sapeva che aspetto avesse il cazzo di Marcus, e l'unico a essersi mai posto la domanda era il suo inconscio... *bugia*. Non avrebbe mai saputo che aspetto avesse il suo cazzo.

Giusto?

Il Marcus nei suoi sogni non aveva niente a che vedere con il vero Marcus. Non esisteva. Stava bene. E lei non stava perdendo la testa.

Bristol guardò il suo migliore amico – o forse era il

suo fidanzato, non ne era sicura in quel momento – e cercò di riprendere fiato.

Indossava una giacca di pelle, una maglietta bianca e dei jeans. Aveva le mani nelle tasche della giacca e la guardava con la mascella serrata.

«Bristol», ringhiò.

Ringhiò? Marcus non ringhiava mai con lei.

E poi si ricordò cosa stesse indossando. O meglio, cosa *non* stesse indossando.

Barcollò all'indietro, inciampò sulle scarpe che non aveva sistemato la sera prima e stava per cadere sul sedere quando Marcus allungò le braccia e la afferrò per i gomiti. Era abbastanza forte da tenerla in piedi, e lei gliene fu grata.

Perché sarebbe volentieri caduta sul sedere, si sarebbe rotta un'anca, qualsiasi cosa pur di proteggere le mani e le braccia.

Dopotutto erano assicurate e le servivano per guadagnarsi da vivere.

E ora pensava alle ferite che avrebbe potuto procurarsi piuttosto che al fatto che era premuta contro il suo migliore amico/fidanzato, quasi nuda.

«Devo proprio mettermi qualcosa addosso».

«Sì, penso proprio di sì».

Ma lui non la lasciò andare. E lei non si allontanò.

Invece, deglutì a fatica, guardò Marcus e poi si leccò le labbra.

Notò che *lui* aveva notato il gesto e capì che entrambi avevano perso la testa. Perché quella era l'unica spiegazione razionale per ciò che stava accadendo.

Non voleva fare sesso con il suo migliore amico, ma quel sogno erotico e il modo in cui la sua figa si contraeva ancora al solo pensiero di lui? Va bene, forse voleva *davvero* fare sesso con il suo migliore amico.

Santo cielo, come poteva essere vero?

«Dovresti lasciarmi andare», disse lei dolcemente, e lui annuì.

«Non voglio che inciampi e cada di sedere. Non me lo perdoneresti mai se ti facessi male per colpa mia».

Lei aggrottò la fronte. «Non ti darei la colpa».

Marcus la lasciò andare e lei sentì immediatamente freddo.

Ancora una volta, non voleva pensarci.

«Mi incolperesti eccome. Facciamo sempre così».

Lei annuì, con il corpo che tremava. Per cosa? Non lo sapeva. «Okay, hai ragione. Ora, davvero, dovrei andare a cambiarmi».

Lo sguardo di Marcus scivolò lungo il suo corpo e lei si morse il labbro, facendo del suo meglio per non tirarsi giù la canottiera. Perché se lo avesse fatto, cercando di coprire le mutandine o le cosce, avrebbe mostrato tutto il seno invece del capezzolo che sicuramente era già in bella vista.

Per non parlare del fatto che la sua canottiera era bianca e lui probabilmente poteva vedere l'intera areola. Perché aveva dormito con quella addosso? Non stava cercando di essere sexy, era semplicemente perché aveva caldo e le piaceva dormire sotto una cinquantina di coperte.

E ora Marcus lo sapeva.

Perché tutte le altre volte che lui aveva dormito da lei, soprattutto se avevano bevuto troppo o avevano fatto un pigiama party perché erano migliori amici, lei aveva sempre indossato pantaloncini lunghi o pantaloni di flanella, con una maglietta che la copriva completamente. Non si era mai messa in mostra davanti al suo migliore amico.

Fino a quel momento.

Lei annuì, si voltò sui tacchi e corse verso la camera da letto. Sbatté la porta dietro di sé e giurò di aver sentito un gemito provenire dall'altra stanza.

Era solo nella sua immaginazione. Chiaramente. Era impossibile che lui provasse le sue stesse emozioni.

Si infilò rapidamente dei jeans, un reggiseno e una maglietta. Poi indossò un cardigan di maglia per coprirsi ancora di più.

L'unica cosa che rimaneva scoperta erano i piedi, e lui avrebbe dovuto accettarlo perché lei odiava i calzini.

Fece del suo meglio per sembrare calma, ma non c'era nulla di tranquillo in lei.

Non più.

Si lavò rapidamente i denti, fece i suoi bisogni e cercò di sistemarsi i capelli in modo che fossero presentabili, ma non c'era nulla da fare.

Più tardi avrebbe dovuto fare il bucato, la doccia e cercare di non pensare al fatto che l'ultima volta che era stata in quel letto aveva raggiunto l'orgasmo. Sognando Marcus.

No, non avrebbe pensato a quello.

Le ci erano voluti solo cinque minuti per fare tutto,

ma le erano sembrati un'eternità, eppure non abbastanza lunghi.

Bristol fece un respiro profondo e si costrinse a calmarsi. Non c'era bisogno di stressarsi. Avrebbero deciso cosa fare e avrebbero detto a tutti con calma che avevano sentito male.

E poi le cose sarebbero tornate alla normalità.

Qualunque fosse la sua normalità.

Entrò in cucina dove si trovava Marcus, con il caffè già sul bancone e preparato proprio come piaceva a lei. La sua tazza era accanto a lui mentre stava in piedi vicino al fornello, con gli albumi in padella insieme agli spinaci, al formaggio, ai pomodorini champagne che lei adorava e alla pancetta di tacchino.

«Che profumo squisito», disse sinceramente, con l'acquolina in bocca.

Marcus si voltò e sembrò un po' sollevato.

Dal fatto che lei gli stesse parlando? O dal fatto che fosse vestita?

Lei non sapeva sinceramente quale risposta avrebbe preferito.

«La colazione è quasi pronta. Ho pensato che avresti avuto bisogno di mettere qualcosa sotto i denti dopo ieri sera».

Bristol aggrottò la fronte. «Non ero ubriaca».

«Certo».

«Non lo ero. Lo giuro». Fece una pausa. «Grazie per aver preparato la colazione, comunque. Sai che è il mio pasto preferito, a parte lo strudel con crema di formaggio e tante calorie».

Marcus sbuffò.

«Grazie. Davvero».

«Prego. Non fare la scontrosa. Bevi il tuo caffè».

«Non sono io quella scontrosa», mormorò sottovoce prima di bere un sorso di caffè. Era alla temperatura ideale e il sapore era perfetto, con il giusto equilibrio tra zucchero e panna.

Ovviamente, lui ci aveva azzeccato. Sapeva tutto di lei. Era il suo migliore amico.

Lei trattenne una smorfia. No, non sapeva tutto. Perché se così fosse stato, sarebbe stato a conoscenza del fatto che lei aveva fatto un sogno erotico su di lui. Ora era lì, a guardarla. L'aveva praticamente vista nuda. Completamente nuda, dopo che lei aveva fatto un sogno erotico davvero incredibile con lui protagonista.

Come avrebbe fatto a superare quella giornata senza impazzire?

«Ti ho sentito».

Le ci volle un attimo per capire a cosa si riferisse. Sesso? No, non sogni erotici. Intendeva il commento sulla sua scontrosità.

«Non l'ho detto nella mia testa, quindi è normale che tu abbia sentito».

«Fai colazione, bevi il caffè e poi parleremo».

Bristol sorseggiò la sua bevanda e guardò il piatto che lui le porgeva. Era presentato in modo perfetto, con un rametto di rosmarino sopra e tutto il resto.

Non sapeva nemmeno di avere del rosmarino fresco nel frigorifero. Marcus l'aveva trovato e l'aveva reso perfetto per lei.

Se non fosse andato al college per diventare bibliotecario, seguendo una passione per cui era davvero bravo, lei avrebbe sempre pensato che avrebbe frequentato una scuola di cucina.

Ma per lei era solo un vantaggio succulento in più... dato che lui sarebbe sempre stato nella sua vita. Dopotutto, quello era il motivo del fidanzamento. Non poteva lamentarsi.

Giusto?

«Grazie», disse, prendendo il piatto dalle sue mani.

«Prego. Avresti potuto apparecchiare tu la tavola».

«Mi sono appena svegliata. Scusami. Fammi bere il caffè e smetterò di fare la stronza».

«Smettila di chiamarti così. Sai che odio quando lo fai».

Lei alzò gli occhi al cielo, ma sorrise. Lui odiava che qualsiasi donna venisse chiamata stronza, anche se era lei stessa a definirsi così.

Non sempre lei ci riusciva.

«Seriamente, però, grazie per la colazione. Credo che dovremmo parlare di quello che è successo ieri sera».

Lui grugnì e iniziò a riempirsi la bocca di cibo.

Non mangiava sempre così, ma lei pensava che fosse perché non voleva parlare. Non che lei avesse molta voglia di farlo. La situazione era già antipatica. E sarebbe solo peggiorata con il passare delle ore.

Finirono il pasto in silenzio, un altro di quei silenzi imbarazzanti a cui lei non era abituata quando si trattava di lui. Mangiò velocemente quanto lui, bevendo un bicchiere d'acqua che lui aveva messo sul tavolo per lei.

Si prendeva sempre cura di lei. Lei faceva del suo meglio per ricambiare. Non sempre ci riusciva, però.

Non era che fosse egocentrica. No, faceva del suo meglio per prendersi cura di tutti, ma Marcus sembrava sempre essere due passi avanti a lei.

Aveva la sensazione che lui fosse sempre stato nella sua vita. Fin da quando a circa sei anni frequentavano la stessa classe elementare ed erano stati costretti a sedersi insieme quando la persona che condivideva il suo banco le aveva pizzicato i fianchi e tirato le trecce.

Lei aveva dato un calcio nelle parti basse al ragazzo e Marcus l'aveva trattenuta dal fare altro, soprattutto perché ci aveva pensato lui stesso, ma l'insegnante non lo aveva rimproverato.

Invece, Bristol era finita nei guai e poi era stata costretta a sedersi con Marcus.

Da allora erano diventati migliori amici e da allora si erano separati raramente.

Be', non così tanto negli ultimi dieci anni. Dopo aver lasciato la sua festa per il ventesimo compleanno, con uno strano accordo in mente, la sua vita era esplosa, la sua carriera aveva preso una traiettoria che nemmeno lei e Liam riuscivano a comprendere appieno.

Suo fratello maggiore aveva avuto successo nel mondo della moda e ancora di più in quello della scrittura, e ora lei stava facendo lo stesso nel mondo della musica.

Non riusciva ancora a credere alla sua fortuna, anche se sapeva che non era solo fortuna. Lavorava tutto il giorno e avrebbe dovuto lavorare ed esercitarsi per ore più tardi quel giorno per il suo prossimo tour, oltre a iniziare a comporre nuova musica perché voleva lavorare a un altro album.

Quindi non era solo talento e fortuna.

Aveva lavorato sodo.

E Marcus era sempre stato lì per lei, in ogni momento.

Lasciò che quei pensieri le attraversassero la mente mentre finivano la colazione, poi prese il suo piatto e la sua tazza e li lavò senza dire una parola.

«Allora, cosa facciamo?», le chiese lui, e lei emise un sospiro tremolante e si voltò a guardarlo nella sua cucina.

Sembrava perfettamente a suo agio lì, come se avesse sempre fatto parte di quel posto. In un certo senso, era così. L'aveva aiutata a traslocare in quella casa, l'aveva aiutata a decidere dove mettere le spezie in cucina. Probabilmente sapeva già che avrebbe cucinato più di lei.

Aveva fatto così tanto per lei, e ora le sembrava di avere davanti una persona nuova, e non sapeva cosa dire.

«Non ne ho idea».

«Stavamo mentendo, però... Siamo davvero fidanzati?». Lui pronunciò quelle parole e, anche se lei sapeva che aveva ragione, sentirle le faceva male. Non *voleva* fidanzarsi con lei?

Non era un pensiero *così* assurdo.

Tanto valeva essere onesta. Perché una parte di lei lo desiderava. Quella parte che aveva taciuto per così tanto tempo. E se avesse avuto questa scusa... no, non poteva pensare così. O forse sì?

«Non lo so. Insomma, era la regola che ci eravamo dati. Che ci saremmo sposati. Ci sta, no?».

Non riusciva ancora a credere di aver pronunciato quelle parole.

«Vuoi fidanzarti?». Non sembrava incredulo. Semmai, sembrava neutrale, come se nascondesse le sue emozioni. Lei non sapeva perché questo la colpisse più del dovuto.

«Non lo so». Si passò le mani tra i capelli e cominciò a camminare avanti e indietro per la cucina. Lui si fece da parte, e lei gliene fu grata perché non voleva imbattersi in lui. Non voleva toccarlo perché quel gesto avrebbe potuto improvvisamente ostacolare i suoi pensieri. Com'era potuto succedere così in fretta? «Voglio dire, sembravano tutti così felici. Quasi che se lo aspettassero».

Marcus annuì. «Tutti pensano che ci frequentiamo segretamente da sempre. O comunque non so da quanti mesi».

«Solo perché pensavano che ci frequentassimo, cosa che in realtà non credo valesse per tutti, non significa che dobbiamo assecondarli».

«Lo so», esplose lei, alzando le mani al cielo. «Sono abbastanza sicura che i miei fratelli lo sapessero tutti. Insomma, loro sanno tutto. Il fatto che le nostre madri sembrassero così felici, come se lo avessero desiderato da sempre... Insomma, non riuscivano a smettere di abbracciarsi e piangere. Mi preoccupa».

«Cosa intendi?», chiese lui, appoggiandosi al bancone. Incrociò le braccia sul petto e lei deglutì a fatica. Non poteva farci niente. Si era tolto la giacca e ora i suoi avambracci davvero sexy erano in bella mostra. Non sapeva da quando aveva iniziato a considerare sexy i suoi avambracci.

Era stato prima del fidanzamento o era una cosa nuova?

Forse aveva semplicemente nascosto per così tanto tempo ciò che desiderava a causa delle etichette che si erano attribuiti a vicenda.

O forse stava riflettendo troppo.

«Pensano davvero che siamo fidanzati», disse Marcus a bassa voce.

«Sì, è vero. E immagino che dovremo dir loro la verità. Ma tua madre sembrava così felice».

Marcus chiuse gli occhi e imprecò. «E se le diciamo la verità, ne sarà devastata. Hai visto come era».

«Non voglio ferire tua madre».

«Ne ha già passate abbastanza».

E questo era un eufemismo. La madre di Marcus era una donna straordinaria, ma aveva subito un trapianto di cuore. E anche se stava bene, assumeva ancora molti farmaci e i medici temevano che il suo corpo non avrebbe sopportato a lungo il nuovo cuore.

Era forte, ma la malattia che le aveva distrutto il corpo la prima volta poteva ancora ripresentarsi.

Qualsiasi stress come questo sarebbe stato troppo per lei, e Bristol si sentiva una persona orribile.

«Non voglio che tua madre soffra a causa nostra».

«Non possiamo sposarci per mia madre», disse Marcus a bassa voce.

«Lo so. Abbiamo anche stabilito noi questa regola».

Non sapeva perché lo stesse dicendo. Forse, nel profondo, lo sapeva. Ma in quel momento non voleva pensarci. «Ci siamo detti che ci saremmo sposati se non avessimo dei partner ai miei trent'anni. E a meno che uno di noi non nasconda un coniuge, siamo entrambi single».

«Non mi sono mai sposato, Bristol. Non ci sono mai nemmeno andato vicino».

Lei deglutì a fatica. Zia era stata l'unica persona che avesse mai preso in considerazione di sposare, e alla fine era stato meglio rimanere amici.

«Anch'io sono single».

«Quindi vuoi andare avanti con la scommessa. Solo perché l'abbiamo fatta? E a causa di mia madre».

«Forse? Credo di sì. Non voglio tirarmi indietro». Pronunciò quelle parole rapidamente, sorprendendo se stessa.

«Non vuoi».

Espirò lentamente. «Non credo di poterlo fare. Non lo so... Abbiamo fatto quella promessa per un motivo, ai tempi. Forse era per una buona ragione».

L'aveva fatta perché voleva stare vicina a Marcus, o forse c'era qualcosa di più. Onestamente, cosa le era passato per la testa dieci anni prima?

Marcus le si avvicinò a grandi passi e lei si bloccò, vedendo un lato di lui che non aveva mai visto prima. Si fermò davanti a lei, le scostò i capelli dietro le orecchie e poi le prese il viso tra le mani.

«Pensa a quello che stai dicendo, pensa a quello che *stiamo* dicendo. Tu vuoi essere mia *moglie*».

Non era una domanda, ma lei rispose comunque.

«Voglio entrare in questa nuova fase della mia vita. Voglio farlo con te. Sei il mio migliore amico, Marcus. Perché non affrontare il resto della nostra vita insieme?».

«Non è così facile».

«Non voglio ferire tua madre. Non voglio ferire nessuno dei nostri familiari. Abbiamo fatto una promessa. Manteniamola».

Lui la guardò e le sistemò di nuovo i capelli dietro le orecchie. «Bristol. Ci sposiamo? Sul serio?».

Forse era ancora tutto un sogno. Forse stava commettendo un terribile errore. Ma lei annuì e vide uno scintillio nei suoi occhi, qualcosa che forse aveva senso.

Non sapeva dirlo.

Così si allontanò da lui e gli tese la mano.

«Facciamo un accordo».

Lui guardò la sua mano e sbuffò.

«Mi hai praticamente chiesto di sposarti per il bene di mia madre e perché ci siamo fatti una promessa quando avevamo vent'anni. E ora vuoi stringere un *accordo*?».

«Be', perché no?».

«Ecco perché no». E poi fece un altro passo avanti e la sua bocca fu sulla sua.

L'aveva già baciata prima, ovviamente: baci veloci, bacetti sulla guancia e sulla testa. *Niente* di simile a questo.

Lei rabbrividì, senza sapere cosa fossero quelle sensazioni che le ribollivano dentro, e si abbandonò a lui, mentre la sua lingua sfiorava la sua una, due volte. Poi lui si allontanò di nuovo, entrambi ansimanti, insoddisfatti del semplice contatto delle labbra.

«Ecco, *così* ha un po' più senso».

«Abbiamo appena sigillato l'accordo con un bacio?».

Lui scosse la testa, ridendo. «Probabilmente stiamo commettendo un errore enorme, cazzo. Ma sai una cosa, Bristol? Perché no, cazzo?».

E poi la baciò sulla testa e la lasciò lì in piedi nella sua cucina, una donna fidanzata e davvero persa, cazzo.

CAPITOLO QUATTRO

D edicare anima e corpo al lavoro avrebbe sicuramente aiutato. Almeno, questo è ciò che Marcus si diceva. Dopotutto, se si fosse immerso nel lavoro, in particolare nell'enorme progetto che lo rendeva un po' ansioso, non avrebbe dovuto pensare al fatto che era fidanzato.

Che, in qualche modo, avrebbe iniziato una nuova vita con l'unica persona che conosceva la sua anima meglio di lui.

Forse tutto si sarebbe risolto e alla fine avrebbe avuto senso. Forse non era stato un errore.

«Perché sembra che stai per vomitare?», gli chiese Ronin, suo amico e collega, entrando nel piccolo ufficio di Marcus con una pila di fogli e un libro rilegato in pelle sotto il braccio. «Perché se devi vomitare, non farlo sui libri. Proteggiamo sempre i libri. Conosci la prima regola di un bibliotecario».

Marcus alzò gli occhi al cielo. «Pensavo che la prima regola di un bibliotecario fosse leggere».

«No, quello è quello che pensa la gente. La prima regola è sempre proteggere i libri. E poi proteggere te stesso. Mentre leggi. Devi fare tutto contemporaneamente».

«Sei strano».

«*Tu* sei strano. È per questo che siamo amici».

«Forse. O forse è perché lavoriamo qui da più tempo degli altri e io sono tutto ciò che ti rimane».

Uno sguardo strano attraversò il volto di Ronin, ma poi sorrise come se nulla fosse. Marcus non sapeva molto del suo amico, soprattutto perché Ronin era bravo a mantenere i segreti. E a lui andava bene così. Ronin meritava di avere la sua privacy. E anche Marcus era bravo a mantenere i segreti.

Come il fatto che i suoi sentimenti nei confronti di Bristol nelle ultime settimane... mesi... *anni*... potessero aver preso una nuova direzione quando lui non stava guardando. Non che si sarebbe permesso di dire quelle parole ad alta voce. O forse era il momento giusto per farlo. Dopotutto, lei era la sua fidanzata.

Oh, Dio.

«Vedi? Stai male di nuovo. Che cosa c'è che non va?».

Marcus si scosse dal suo torpore. Non era il momento di concentrarsi sul suo futuro, qualunque esso fosse, con Bristol. No, doveva lavorare. «Niente. Davvero. È solo una di quelle giornate "no"».

La sua famiglia e quella di lei sapevano che lui e Bristol erano fidanzati, ma nessun altro al di fuori di loro lo sapeva. Erano a conoscenza già fin troppe persone, considerando che si trattava di fidanzamento che non era finto, ma che era stato *pianficato* in modo strano e inspiegabile. Non era ancora pronto a farlo diventare troppo reale. E questo significava non parlarne agli altri prima di sentirsi pronto.

Solo che non era sicuro di *non* essere pronto.

Quel pensiero lo faceva rabbrividire, ma ormai non si poteva tornare indietro.

Diamine, Bristol sarebbe diventata sua moglie. Se avessero davvero portato a termine la cosa, non sapeva se lo avrebbero fatto davvero, ma se lo avessero fatto, si sarebbero *sposati*. Nel senso che si sarebbero detti ciò che provavano e si sarebbero scambiati le promesse.

E avrebbero dormito insieme.

Si bloccò di nuovo, anche quando Ronin si avvicinò, con un'espressione preoccupata sul volto. Cazzo. Lui e Bristol sarebbero andati a letto insieme.

Sul letto, o fuori dal letto. In entrambi i casi. Sarebbero stati insieme. Carne contro carne. Lui sarebbe stato dentro di lei. Avrebbero scopato. Fatto l'amore. Fatto cose da coppie sposate.

Oh, cavolo.

L'aveva baciata, non sulla fronte o sulla tempia o sulla guancia come al solito, ma direttamente sulle labbra, come se volesse suggellare il loro accordo con un bacio. E ora stava perdendo la testa.

«Okay, mi dirai esattamente cosa sta succedendo, vero? Perché stai iniziando a spaventarmi».

Marcus scosse la testa. «No, non preoccuparti. Sono

solo concentrato su altre cose in questo momento, invece che sul progetto su cui dovremmo lavorare».

Ronin lo fissò. «Se lo dici tu...». Marcus annuì. «Va bene, allora. Il progetto. Penso che sarà piuttosto divertente. Ma sei tu il responsabile».

«Be', sono venuti da me, quindi sto cercando di fare del mio meglio». Marcus era un bibliotecario di riferimento e ricerca, specializzato nell'assistenza su determinati argomenti di ricerca. Al momento, l'università locale aveva ottenuto un'enorme sovvenzione e aveva bisogno di un bibliotecario vero e proprio che aiutasse dal punto di vista accademico.

Si trattava di una serie di ricerche, registrazioni e altre parti del suo lavoro che non faceva spesso in quel periodo, soprattutto perché i finanziamenti non erano la priorità principale per la maggior parte delle persone in quel momento. Ciò significava che trascorreva la maggior parte delle sue giornate alla ricerca di piccoli finanziamenti, ma in genere passava il tempo alla scrivania e al servizio prestiti. Amava entrambe le parti del suo lavoro, ma era davvero felice di tornare alla ricerca.

Ronin si occupava di entrambe le cose in questo particolare progetto e lavorava a stretto contatto con lui. Anche se il suo amico trascorreva gran parte del suo tempo al servizio prestiti in quel periodo.

La biblioteca aveva recentemente perso molti finanziamenti e questo aveva comportato dei tagli, con grave danno per la biblioteca stessa. Non era semplicemente un luogo dove si raccoglievano libri antichi, come pensavano alcuni politici. Innumerevoli persone utilizzavano i computer della biblioteca, specialmente quelle provenienti da zone che non disponevano di Internet. Non tutti avevano la fortuna di disporre di una connessione a banda larga ad alta velocità e, dato che le scuole tendevano a privilegiare l'aspetto tecnologico dell'insegnamento e facevano ampio ricorso a tablet e Internet per svolgere il proprio lavoro, le persone venivano in biblioteca per utilizzare Internet e i computer in qualsiasi momento. Utilizzavano la biblioteca per fare ricerche, leggere libri di narrativa, saggistica, qualsiasi cosa. Audiolibri, film, CD: c'era un po' di tutto, ma allo stesso tempo non era mai abbastanza.

Amava il suo lavoro, anche se gli faceva venire il mal di testa. E, con questo particolare progetto, poté lavorare a contatto con le persone, approfondire argomenti complessi e aiutare a scrivere un paio di articoli. Era sempre stato un nerd, un geek per alcuni. Lo era fin da quando era bambino e aveva preso la sua prima tessera della biblioteca non appena fosse riuscito a raggiungere il bancone. Non era abbastanza alto, ma suo padre lo aveva sollevato e Marcus aveva sorriso mentre firmava il suo nome.

Non aveva grandi sogni come Bristol e, anche se ci scherzavano sopra, a volte preferiva vedere il mondo attraverso un libro, piuttosto che affrontare l'idea di viaggiare in mezzo a grandi folle. Bristol era quella che voleva vedere il mondo. E lo *aveva* visto. Aveva suonato per re e regine. Per duchi e duchesse.

Trattenne un ringhio al pensiero di un certo duca che aveva allungato un po' troppo le mani. Tanto che, una volta venuto a conoscenza dell'incidente, Marcus aveva quasi comprato un biglietto aereo, usando i fondi che aveva a disposizione, per andare a Londra e prendere a pugni qualcuno. Tuttavia, non sapeva se ciò gli sarebbe costato la testa o meno. Nonostante fosse un bibliotecario, non conosceva tutti i fatti e le leggi che riguardavano i reali.

Onestamente, aveva pensato che uno dei Montgomery se ne sarebbe occupato per primo, o Bristol stessa. E sapeva che lei si sarebbe arrabbiata con lui se avesse reagito in modo esagerato.

«Non sembri più malato, ma sembri un po' smarrito. Vuoi parlarne?», chiese Ronin appoggiandosi di nuovo alla porta.

«No, ho solo un po' di lavoro da sbrigare. Vuoi dare un'occhiata al progetto, visto che lavorerai con me?».

«Pensavo non me lo avresti mai chiesto». Ronin fece un passo avanti e aggrottò la fronte. «Se hai bisogno di parlare di qualcosa, sono qui. So che hai Bristol e altri buoni amici, oltre a una famiglia fantastica, ma non devi affrontare tutto da solo. Quindi, fammi sapere se hai bisogno di parlare di qualcosa. Sono piuttosto bravo in queste cose».

Marcus sorrise dolcemente. «Grazie, amico. E ti credo».

Ronin sorrise. «Bene. Ora parliamo di dati».

Marcus rise e aprì il libro, il suono più bello alle sue orecchie.

. . .

Marcus finì per lavorare ancora un paio d'ore, circa mezz'ora oltre il suo orario di uscita, poi si alzò dalla sedia troppo piccola e si incamminò verso casa. Il traffico non era troppo intenso, per fortuna, perché prese le strade secondarie e non viveva nella zona universitaria di Boulder. Se così fosse stato, si sarebbe strappato i capelli. Boulder stava crescendo a passi da gigante. Diamine, anche il resto del Colorado. I prezzi delle case erano folli e affittare era ancora più difficile in quei giorni. Non appena l'erba era stata legalizzata nello Stato, tutti si erano trasferiti lì e il mercato immobiliare era impazzito.

Per fortuna, Marcus era proprietario e non aveva intenzione di vendere la sua casa nell'immediato. Se si fosse appena trasferito in città e avesse cercato di rifarsi una vita? Non sapeva se avrebbe potuto permettersi di vivere nello Stato in cui era nato.

Scuotendo la testa mentre entrava nel garage, sorrise quando sua madre aprì la porta di casa.

Spense il motore, scese dall'auto e prese la sua borsa. «Allora, a quanto pare ti stai mettendo a tuo agio, eh?», chiese Marcus mentre saliva le scale e baciava sua madre sulla guancia.

«Certo. Sei fortunato che non abbia portato con me i Montgomery, così avremmo potuto fare una bella festicciola tutti insieme». Lei gli fece l'occhiolino e lui si sentì in colpa. Non era una bugia. Perché lui e Bristol erano fidanzati. Solo perché lui non era ancora sicuro di come fosse successo, di come funzionasse e di cosa provasse al riguardo, non significava che non fosse vero.

«Una cosa alla volta, okay?». Fece del suo meglio per mantenere la voce calma. Ma era *tutt'altro* che calmo.

«Certo, tesoro», disse sua madre, accarezzandogli la guancia. «Sto preparando la cena, però, quindi dovrai sopportarmi».

Lui sorrise. «Mi stai preparando la cena a casa mia? Mi piace. Anche se ho lasciato fuori il pollo».

«Hai lasciato fuori un solo petto di pollo e hai delle verdure in frigo. Capisco che sia una cena molto sana, ma è triste che tu la stia preparando da solo. Perché Bristol non è qui?».

Guardò oltre la testa di sua madre verso suo padre, che alzò le sopracciglia. Beh, sembrava che non avrebbe avuto un po' di *tregua* dall'interrogatorio. Non che li biasimasse. Era successo tutto all'improvviso.

«Bristol ha le sue cose da fare, ed è un giorno lavorativo».

«È vero. Sarà così emozionante quando saremo ufficialmente una famiglia». Batté le mani e andò in cucina, mentre lui guardò suo padre, che scosse la testa.

«Aveva in mente di preparare le lasagne, ma siccome non posso mangiare tanta pasta come una volta, sta preparando la versione con le zucchine».

Lo stomaco di Marcus brontolò. «Adoro le lasagne vegetariane».

«Non sono *così* vegetariane, c'è comunque del pollo macinato».

«Mi manca la carne rossa», disse suo padre, massaggiandosi lo stomaco. «Ma d'altro canto, manca anche tua madre». Nessuno dei due menzionò il *motivo* per cui lei non mangiava più carne rossa.

In quel momento sua madre rientrò in cucina. «Mi manca la bistecca. Una bistecca davvero al sangue. Tuttavia, dovrò accontentarmi della lasagna di pollo macinato con zucchine. Sappiamo tutti che è la mia salsa a renderla speciale». Batté le mani. «Okay, Marcus, vieni ad aiutarmi ad apparecchiare la tavola. Puoi mangiare e raccontarmi tutto della tua giornata. E poi, forse, potrai raccontarmi la storia di come sei finito fidanzato con la tua migliore amica».

Marcus infilò le mani nelle tasche e distolse lo sguardo da suo padre.

«Penso che Bristol debba essere qui quando racconterò la storia».

Sua madre sbirciò dalla cucina e aggrottò la fronte.

«Va bene. Sappiate solo che sono felice per entrambi. Ho sempre saputo che voi due avreste potuto fare grandi cose insieme, come amici o anche di più. Sono molto felice che finalmente sembriate seguire il vostro cuore».

Tornò in cucina e Marcus deglutì a fatica prima di andare ad aiutarla ad apparecchiare la tavola.

Stava seguendo il suo cuore? Non lo sapeva.

Tutto quello che sapeva era che lei aveva sempre fatto parte della sua vita. Da prima che potesse davvero ricordare un'epoca in cui *non* fosse presente. Lei lo faceva sorridere, lo faceva riflettere. Lo spronava. E anche se questo poteva infastidire gli altri, a lui piaceva essere spronato. Non era troppo rilassato, ma gli piaceva l'idea che lei sapesse esattamente dove voleva andare e che lui potesse seguirla se lo desiderava o andare in altre direzioni. Lei non lo aveva mai costretto a fare nulla che lui non volesse, e questo includeva dire di sì allo stare con lei.

Doveva guardarsi dentro e mettere ordine nei propri sentimenti. Se lo avesse fatto, avrebbe preso le decisioni giuste. Entrambi lo avrebbero fatto. E questo lo spaventava. Aveva paura che, se avessero cercato troppo a fondo, l'avrebbe persa. L'aveva già quasi persa una volta. Lei aveva iniziato quella nuova vita, e lui aveva temuto che non si sarebbe mai guardata indietro, che se ne sarebbe andata e sarebbe diventata la stella più brillante che potesse essere. Meritava tutto questo e anche di più. Aveva lavorato sodo. Erano stati il suo duro lavoro, la sua determinazione e il suo talento innato a portarla sul palcoscenico in cui si trovava ora.

Quando lei era venuta da lui per proporre quell'accordo, la promessa tra loro due, lui non era stato in grado di dire di no... non aveva voluto farlo.

Non voleva perderla.

Per fortuna, a cena, sua madre gli aveva permesso di passare ad argomenti come il lavoro e il fatto che probabilmente aveva bisogno di una casa più grande. Sapeva che era perché pensava che Bristol si sarebbe trasferita da lui, ma diamine, lui non sapeva cosa dire. Non aveva idea della situazione in cui si era cacciato e aveva bisogno di capirlo. Solo che non aveva ancora avuto il tempo di farlo. La notte prima aveva dormito pochissimo e poi aveva dovuto lavorare. Aveva bisogno di mettere ordine nei suoi pensieri e capire esattamente cosa avrebbe fatto.

Il matrimonio era una cosa importante. Quindi doveva capire cosa provasse per Bristol.

E non sarebbe stato facile.

I suoi genitori se ne andarono, per fortuna prima che sua madre lavasse i piatti. Odiava quando lo faceva a casa sua. Non che non le fosse grato, ma sua madre non avrebbe dovuto lavare i piatti, anche se era letteralmente entrata in casa sua per preparargli la cena.

Dopo che se ne furono andati, approfittò del momento di tranquillità per riflettere e lasciar vagare la mente, prima di tornare nel suo ufficio e prendere la chitarra. C'erano molte ragioni per cui lui e Bristol erano migliori amici. Una delle più sottili era la musica. Oh, lui non era affatto come lei in quanto a capacità musicali. Aveva un certo talento, gli piaceva suonare, dopotutto ce l'aveva nel sangue. Suo padre sapeva suonare il pianoforte e la chitarra come nessun altro e al college aveva persino una band.

I vecchi amici di suo padre venivano ancora a suonare un paio di brani ogni tanto, e loro improvvisavano insieme. Lui e Bristol si univano a loro, e Bristol a volte suonava anche il violoncello, accompagnando un po' di rock e blues, qualcosa di molto diverso da ciò che suonava di solito.

Lei rideva e Marcus cantava insieme a loro, felice che lei facesse parte del gruppo. Perché lei era parte di lui.

Lo era sempre stata.

Si sedette sullo sgabello e iniziò a strimpellare, solo una piccola melodia, qualcosa che usava per schiarirsi le idee. Se avesse continuato su quella strada, lui e Bristol si sarebbero sposati.

La amava?

Sì. Senza dubbio, sì. Era la sua migliore amica e lui la adorava. Avrebbe fatto qualsiasi cosa per lei. Stavano bene insieme. Non aveva mai conosciuto nessuno come lei. Non aveva mai avuto nessuno come lei nella sua vita.

Non aveva avuto il tipo di relazione seria che una persona della sua età avrebbe dovuto avere. Non per colpa di Bristol. No, non era mai stato così. Sì, ad alcune delle sue ragazze non piaceva che fosse il migliore amico di una donna, ma lui non aveva mai avuto pensieri impuri, o come diavolo poteva chiamarli, su di lei quando stava con qualcun'altra. Perché era sbagliato.

Si era sempre impegnato al massimo nelle sue relazioni, ma semplicemente non avevano funzionato.

Sebbene gli piacesse stare da solo, non gli piaceva sentirsi solo. C'era una differenza, e non tutti lo capivano. Bristol lo capiva sempre. Anche quando gli dava ordini, gli lasciava comunque il suo spazio.

Nemmeno le sue sorelle lo facevano.

Alcune delle sue ragazze avevano apprezzato Bristol, avevano gradito stare con lei e avevano finito per diventare anche sue amiche. L'unica volta che Bristol aveva giudicato una delle sue ragazze era stata quella che stava con lui solo per poter andare a vivere con lui. Non voleva pagare l'affitto del suo appartamento, quindi aveva pensato di poter semplicemente trasferirsi da lui e vivere a sue spese. Oh, lui aveva capito cosa c'era dietro quella relazione, ma era stata Bristol a dirlo ad alta voce e con rimprovero.

Non voleva sentirsi solo e quella donna *più o meno* gli piaceva. Alla fine, però, non aveva funzionato. E non perché non si piacessero o perché a Bristol non piacesse lei.

Cambiò accordo e iniziò a canticchiare, chiedendosi cosa avrebbe fatto.

Non avrebbe fatto evolvere la relazione con Bristol in un matrimonio per pigrizia. Non avrebbe nemmeno ferito sua madre continuando a mentire. Perché non sarebbe stata una bugia se avessero continuato così. E se si fosse spinto ancora di più in quella situazione, avrebbe dovuto farlo fino in *fondo*. Non sarebbe stato possibile tornare indietro. Niente più passi falsi e ferite reciproche perché erano troppo spaventati.

Dopotutto, dieci anni prima aveva scommesso tutto con quella promessa. Non si sarebbe costretto a fare qualcosa che avrebbe ferito entrambi.

Forse poteva funzionare. Forse potevano costruire qualcosa. Forse potevano essere la dolce metà l'uno dell'altra.

Adorava Bristol. Amava tutto di lei, anche le cose che lo facevano innervosire. Perché era lei. Era la luce della sua vita, cosa che aveva già detto alla sua famiglia, anche se le sue sorelle lo avevano guardato in modo strano mentre sua madre sorrideva raggiante.

Quando sua madre si era ammalata, così gravemente che aveva pensato di non rivederla mai più, e lui era crollato, era stato Bristol ad aiutarlo. Bristol lo aveva sostenuto.

E quando Liam aveva affrontato i suoi problemi familiari, Bristol era venuta da lui per chiedere aiuto. E quando Ethan era stato ferito, anche quella volta era venuta da lui. Erano sempre lì l'uno per l'altra, quindi forse potevano amarsi come gli altri pensavano che già facessero.

Non sapeva se potessero farlo. Si era sempre detto che sarebbe stato stupido. Superare quel limite sarebbe stato qualcosa da cui non sarebbero mai potuti tornare indietro. E cosa sarebbe successo se si fosse permesso di mettere in discussione quel limite e si fosse lasciato andare alla tentazione che aveva sempre seppellito nel profondo?

Alla fine, non lo sapeva.

E se lei meritasse di meglio?

E se lo meritasse *lui*?

O se fossero esattamente ciò che si meritavano l'un l'altra?

Non conosceva le risposte, ma mentre suonava e continuava a pensare a lei, sapeva che non voleva che le cose tornassero come prima. Certo, quello doveva pur significare qualcosa, e anche se non era preoccupato per sua madre, qualcosa lo tormentava. Dire che questa poteva essere una scusa.

Quindi sarebbe andato fino in fondo.

Anche se non aveva idea di cosa significasse esattamente.

CAPITOLO CINQUE

«Oh, mio Dio. Com'è possibile che vengo a sapere che ti sei fidanzata da tuo fratello?».

Bristol chiuse gli occhi e capì immediatamente quale dei suoi fratelli avrebbe dovuto castrare più tardi.

Ovviamente sarebbe stato Aaron. Oh, i suoi fratelli maggiori potevano fingere di volersi fare i fatti suoi ad ogni costo e di volerla infastidire. Ma quella era una mossa tipica di Aaron. Il fratello a cui era più vicina per età. Il suo fratellino. Era sempre lui a intromettersi nella sua vita. E si dava il caso che fosse anche amico di Zia.

Quel bastardo.

«Ciao, Zia».

«Nessun *ciao*. Ti sei fidanzata con Marcus. Il *tuo* Marcus. E non ti sei nemmeno preoccupata di chiamarmi? Di mandarmi un messaggio? Di mandarmi un piccione viaggiatore?».

«Sono stata un po' occupata», disse Bristol, facendo una smorfia. Era molto grata che Zia non avesse usato la videochiamata, non voleva trovarsi faccia a faccia con lei per questa conversazioe. Sebbene fosse la sua ex ragazza, e ora amica, e nonostante fosse bellissima e a Bristol non dispiacesse guardarla, Zia avrebbe potuto leggere ogni emozione sul suo viso. Il fatto che Bristol non avesse idea di cosa provasse significava che Zia lo avrebbe capito prima di lei, e Bristol non voleva davvero affrontare le conseguenze di quel particolare effetto a cascata.

«Sono così felice per te! Era ora che sposassi l'amore della tua vita. Oh, e mi occuperò io del tuo trucco».

«Cosa?».

Amore della mia vita?

Bristol non pensava che fosse possibile. Lo era? Adorava Marcus, certo. Voleva che lui fosse per sempre nella sua vita e viceversa. Ma parlare di "amore"?

Be', quella era la domanda, no?

Ecco perché aveva bisogno di riflettere, di pianificare. Perché lo avrebbe sposato. E se quel barlume di speranza dentro di lei significava che lo amava più di un amico, allora doveva valutare la situazione.

Non avrebbe cambiato le loro vite perché non aveva considerato quell'amore.

«Ti truccherò. E ti sistemerò i capelli. Insomma, è ovvio, no? Fa parte del mio regalo di matrimonio. Non ti farò pagare nulla».

Zia era un'ex YouTuber che aveva sviluppato una sua linea di cosmetici e stava facendo cose meravigliose e incredibili con la sua carriera. Il fatto che volesse truccare

Bristol era in realtà un bel regalo. Era tutta la questione dell'*amore della sua vita* a essere rimasta impressa nella mente di Bristol.

Non che potesse chiedere a Zia cosa significasse. Santo cielo, stava facendo tutto al contrario. Ma ora non poteva tornare indietro.

Una parte di lei non voleva farlo, e questo significava che doveva davvero mettere per iscritto i suoi pensieri e capire come stavano le cose.

Perché girare intorno alla questione *chiaramente* non era d'aiuto.

«Sei ancora lì? Devo prendere l'aereo? Perché lo farò. Oh, non vedo l'ora. Te lo meriti, piccola. Tu e Marcus siete fantastici».

Bristol chiuse gli occhi e cercò di fare dei respiri profondi. «Non c'è bisogno che tu venga qui. Fai quello che devi fare».

«*Adoro* Londra». C'era qualcosa nella voce di Zia, ma Bristol non insistette. Anche se Zia avrebbe potuto farlo con lei, Bristol sapeva che doveva andarci piano con la sua amica per capire cosa non andasse. Quindi mantenne l'argomento dove Zia voleva che fosse: su Bristol.

Per ora.

«È una città bellissima. Non riesco a credere che tu viva davvero lì adesso».

«È vero. Adoro questo posto. Trasuda creatività, sai? Ma parliamo di te, futura signora Marcus Stearn».

Bristol si leccò le labbra, che improvvisamente le sembravano molto secche. «Wow, non l'avevo ancora sentito dire ad alta voce».

Zia rise, con un suono dolce e familiare. Quando uscivano insieme, ridevano continuamente. Alla fine, erano diventate più migliore amiche che amanti, ma a Bristol andava bene così. Aveva bisogno di più amici nella sua vita. Ne aveva persi molti nel corso del tempo, quando aveva raggiunto un nuovo livello di successo, e gli altri non avevano capito bene come comportarsi. Chiedere soldi era una cosa, aspettarseli era un'altra. Lei dava comunque soldi ai suoi amici. Su questo era piuttosto irremovibile.

L'unica persona che non le aveva mai chiesto nulla era Marcus. *Il suo futuro marito*. Santo cielo.

Il ricordo di quel bacio le attraversò la mente e non poté fare a meno di emettere un piccolo sospiro.

«Ti ho sentita. Stai pensando a lui? Oh, lo adoro. Ho sempre saputo che voi due eravate perfetti l'uno per l'altra».

«Cosa?».

«Te l'ho detto. Voi due siete perfetti l'uno per l'altra».

«Oh. Sì, suppongo di sì».

«Be', spero che sia più di una semplice supposizione. Considerando che stai per sposarlo». Zia fece una pausa. «Cosa c'è che non va? Cosa c'è che non so?».

«Niente». Rispose rapidamente Bristol. «Non c'è niente che non sai. Te lo prometto».

«Va bene. Ora so che stai mentendo».

«Non è vero». Il fatto che Zia avesse capito che stava mentendo proprio in quel momento e non prima non la sorprese più di tanto. Dopotutto, Bristol non aveva idea di cosa provasse o pensasse, quindi tecnicamente non era una bugia. Più che altro un'evasione.

Stava per sposare il suo migliore amico, forse non per le ragioni giuste, ma con un po' di convinzione, forse alla fine lo sarebbero diventate.

«Mi dispiace di non averti chiamato. È successo tutto così in fretta. Non me lo aspettavo».

Era un eufemismo. O forse no? Perché non era che la scommessa fosse spuntata dal nulla. Erano passati dieci anni da quando si erano promessi di sposarsi. Non poteva essere una cosa così improvvisa.

Forse lui voleva questo. O forse non voleva tirarsi indietro. Era possibile che lui potesse amarla come lei pensava di poter amare lui.

«Devo tornare a esercitarmi, ma ti prometto che ne parleremo più tardi. Va bene?».

«Certo». Zia fece una pausa. «E mi dirai cosa provi? Perché mi sembra che ci sia qualcosa che non va».

«Sono solo in modalità "prove". E immagino che le cose ora siano diverse. Quindi non so bene a cosa sto pensando».

«Va bene. Sono qui se hai bisogno di me. Te lo prometto».

Bristol sorrise, anche se Zia non poteva vederla, poi salutò prima di riattaccare.

Mise il telefono in modalità silenziosa, soprattutto perché aveva bisogno di concentrarsi sulle prove, e poi entrò nel suo ufficio.

Il suo violoncello era lì, pronto per lei, e lei ruotò le spalle all'indietro prima di fare un po' di stiramenti. Il suo lavoro era faticoso per il suo corpo. Non era troppo bassa per il violoncello, ma probabilmente avrebbe avuto meno difficoltà quando era più giovane se fosse stata un paio di centimetri più alta.

Aveva imparato a suonare, tuttavia, e aveva fatto progressi enormi.

Si sedette sulla sedia e posizionò il violoncello tra le cosce, appoggiando il riccio sulla spalla. Prese l'archetto, mise le dita in posizione, poi espirò profondamente e lo fece scorrere lentamente sulle corde.

La musica si diffuse nell'aria, una nota alla volta, mentre lei si abbandonava alla melodia, trovando il suo ritmo. Non c'era nulla di visibile sul violoncello mentre suonava che le permettesse di trovare le note giuste, non c'erano tasti sulla tastiera. Tutto era basato sull'udito e sul tatto. Ma lei aveva imparato da tempo le scale e le note. Erano radicate in lei, come lo era il *Cigno*.

Fece i suoi esercizi di riscaldamento e poi si abbandonò lentamente alla musica, lasciandosi trasportare dalle note.

La prima volta che aveva sentito Yo-Yo Ma suonare il violoncello, quando era bambina, aveva pianto. Non sapeva perché, ma la musica l'aveva colpita e commossa.

Lui aveva suonato la *Suite per violoncello n. 1 in sol maggiore, Prélude*, e lei si era innamorata della musica in quel preciso istante.

Sua madre l'aveva iscritta a lezioni di musica perché lei lo aveva chiesto, anche se erano costose. La sua famiglia era stata meravigliosa e dedicata e aveva trovato il modo di cavarsela. Proprio come per Liam con la recitazione e per Ethan con i suoi campi di scienze e informatica. E la stessa cosa valeva con le lezioni che Aaron aveva seguito quando era più giovane, imparando a soffiare il vetro a mano in un modo che la maggior parte delle persone si sarebbe solo sognata di fare.

Ogni membro della sua famiglia usava le proprie mani in modi diversi per creare. Che fosse attraverso la scienza, la matematica, l'arte o le parole. Tutta la sua famiglia usava la propria anima per creare in qualche modo.

Lei avrebbe voluto essere la nuova Yo-Yo Ma, anche se sapeva che ce ne poteva essere solo uno.

Era cresciuta con la sua musica, ma poi si era innamorata di Jacqueline du Pré perché adorava l'idea di vedere una donna con un violoncello in mano. Aveva scoperto Beatrice Harrison e Caroline Dale. Poi Sharon Robinson e altre.

Tuttavia, Jacqueline du Pré era la musicista più famosa che veniva in mente alla gente quando pensava a Yo-Yo Ma. Quindi Bristol voleva diventare la nuova Jacqueline e Yo-Yo.

Alla fine, era diventata Bristol Montgomery, la nuova violoncellista. La violoncellista.

Lasciò che tutti quei pensieri le attraversassero la mente mentre riempiva la stanza di musica. Erano *prove*. Aveva un tour in programma, un album da registrare, ma per ora c'erano solo lei e il suo strumento.

E, naturalmente, non era mai solo quello. I suoi pensieri indugiavano su Marcus, perché non avrebbero dovuto? Lui era con lei, sempre.

Amava il suo lavoro, adorava esibirsi. Ma non era una grande fan dello stress. E il suo lavoro gliene causava parecchio.

Marcus sembrava capirlo sempre. La aiutava ad alleviare la tensione in modo che potesse rilassarsi. Ogni volta che lui andava a trovarla durante il tour, lei sapeva che avrebbe potuto respirare e concentrarsi su ciò che avevano, piuttosto che su ciò che tutti gli altri volevano da lei.

E anche mentre ci pensava, si rese conto che forse c'era sempre stato qualcosa di più nella loro relazione.

Sì, lui era il suo migliore amico, ma era qualcosa di più?

Non si era mai permessa di pensare a loro come a qualcosa di più nella sua mente.

Aveva sempre pensato di metterlo in una certa categoria e dimostrare al mondo che non aveva alcun problema ad essere amica di un uomo.

Almeno così era iniziato per lei.

Naturalmente, si era detta che non voleva amare Marcus in quel modo. Non si era permessa di pensare a lui in termini sessuali. Perché sarebbe stato sbagliato. Avrebbe dimostrato al mondo che uomini e donne non possono essere solo amici.

Ma quanto era durata? E loro non avevano superato quel confine.

Be', ora lo avevano sicuramente fatto. Erano *fidanzati*. Stavano superando ogni tipo di limite. Il solo contatto delle loro labbra aveva cambiato tutto.

E mentre esitava sui suoi appunti e si diceva che

dovesse riprendere il controllo, si ricordò del bacio. E del fatto che ne voleva un altro.

All'inizio il bacio era stato per suggellare l'accordo, per dimostrare che erano fidanzati. E poi lei aveva voluto di *più*. Ora non era più una promessa, una *scommessa*. Erano troppo testardi per tornare indietro e rimangiarsi tutto. Erano fatti entrambi così. E ora le cose stavano cambiando. Prima, il suo ex odiava l'idea che lei e Marcus fossero così vicini, anche solo come amici.

Colin era stato uno stronzo. Un idiota egocentrico che lei odiava davvero, anche se continuava a lavorare con lui perché era necessario per la loro carriera. Per entrambi, a quanto pareva.

Colin si divertiva a insinuare che lei si scopasse Marcus di nascosto. Che a lui sarebbe andata bene così. Colin le diceva che poteva andare a letto con chi voleva, purché tornasse a casa da lui.

Avrebbe dovuto sapere che erano solo chiacchiere e che lui la tradiva apertamente.

Era uno stronzo e lei lo odiava. Non le piaceva nemmeno aver sprecato le sue energie per lui all'inizio della sua carriera. Tuttavia, le loro vite professionali erano intrecciate sotto certi aspetti. E la sua etichetta discografica voleva addirittura che lei incidesse una canzone con lui, anche se lei non ne aveva alcuna intenzione. Dal punto di vista contrattuale, però, non aveva molta scelta e forse avrebbero dovuto lavorare di nuovo insieme molto presto.

Emise un lamento e posò l'arco prima di ruotare le spalle all'indietro per stiracchiarsi.

Oh, avrebbe dovuto rivedere Colin. Dannazione.

L'uomo che non era mai riuscito a capire la sua relazione con Marcus, non che lei stessa ci fosse riuscita davvero, ma quella era una sua prerogativa, non del suo ex.

Zia aveva sempre capito che lei e Marcus erano solo amici, almeno all'epoca. Ma l'altra donna aveva pensato che potesse esserci qualcosa di più. Il fatto che Bristol avesse sempre messo da parte quella possibilità era un suo problema. Anche adesso, Zia non era troppo sorpresa che fossero fidanzati, anche se nessuno aveva mai pensato che stessero davvero insieme. Giusto? Oh, sì. C'erano sempre state risate e battute al riguardo, ma qualcuno pensava *davvero* che stessero insieme?

Era tutta una farsa?

Forse era *lei* la farsa.

Il campanello suonò, strappandola dai suoi pensieri, e lei sentì un nodo allo stomaco. E se fosse stato Marcus? E se fosse stato di nuovo lì? E se ci fossero stati altri baci? E chiacchiere. E poi ancora baci.

Si alzò rapidamente e si assicurò che il suo violoncello fosse al sicuro prima di correre praticamente alla porta. Indossava pantaloni larghi da yoga e una canottiera con un reggiseno sportivo. Non era l'abbigliamento migliore, ma voleva essere comoda per le sue prove, e ora era l'outfit che avrebbe visto il suo fidanzato.

Oh, santo cielo, avrebbe sposato Marcus.

E più volte lo ripeteva, più le sembrava reale. Non come se stesse giocando alla famiglia felice. Ecco perché ora si trovava lì in piedi a cercare di apparire più bella, non che a Marcus fosse mai importato cosa indossasse.

L'aveva vista praticamente con qualsiasi cosa addosso.

O quasi nuda, considerando il pigiama con il quale gli aveva aperto la porta il giorno prima.

Ciò voleva dire che doveva ricambiare il favore e farsi vedere completamente nudo. Sarebbe stato divertente.

Si bloccò prima di aprire la porta.

Divertente?

Oh, bene, ora stava immaginando se stessa mentre faceva sesso con Marcus.

Lui che la penetrava mentre lei urlava il suo nome e lo supplicava di continuare.

Strinse le cosce e cercò di smettere di pensarci.

Perché se fosse stato *lui* dietro la porta, sarebbe stato davvero imbarazzante.

Guardò dallo spioncino e imprecò.

No, non era Marcus. Anche se non era qualcuno che poteva ignorare.

Aprì la porta a Colin.

Sapeva che non avrebbe dovuto pensare troppo a lui. Si sarebbe manifestato là dal nulla.

Dire il suo nome tre volte avrebbe potuto evocarlo all'improvviso a casa sua per infastidirla come Beetlejuice.

«Ciao, Colin», disse, tirandosi giù la maglietta da yoga. Non voleva mostrargli tutto. Oh, lui l'aveva già visto il suo corpo in precedenza, ma ora non ne aveva il diritto.

«Tesoro», disse lui, con il suo accento britannico che

le dava sui nervi da morire. Si chinò e le baciò entrambe le guance, e lei fece un passo indietro.

Ovviamente, quello fu un errore, perché lui lo interpretò come un invito a entrare direttamente in casa sua.

«Wow, casa tua non è cambiata per nulla, ma sono felice di vederti. È da un po' che non ci vediamo, non credi?», disse lui.

«Vero», rispose lei. *Non abbastanza*, pensò, ma sapeva bene che era meglio non dirlo ad alta voce.

«Allora, cosa ci fai qui, Colin?», chiese lei, desiderosa di tornare alle sue prove.

E a fantasticare su Marcus.

«So che i nostri manager hanno discusso del nuovo tour».

«Io farò un tour da solista».

«E poi, dopo, si parla di quello che faremo insieme. Sai, siamo legati per sempre».

Lei trattenne un conato di vomito. Anche lei aveva pensato proprio quella cosa poco prima, ma che lo dicesse lui? No, sarebbe stata irremovibile con il suo agente per assicurarsi che non si organizzasse un tour con lui come co-vedetta. La gente forse lo avrebbe voluto, ma *lei* no. Non avrebbe dovuto lasciarsi ammaliare da lui all'epoca, quando aveva appena iniziato, ma non sarebbe caduta di nuovo nelle sue trappole.

«No, ho il mio tour da solista e non so cosa succederà dopo». Inoltre, stava per sposarsi. *Sussultò.* Forse voleva passare più tempo con la persona con cui avrebbe trascorso il resto della sua vita, invece di stare sempre dall'altra parte del mondo a lavorare.

«Ma dopo avrai bisogno di me, tesoro».

«No, non penso proprio».

«Come ti pare. Se la vedranno i nostri agenti». Lui alzò gli occhi al cielo. Odiava quando faceva così. La liquidava ogni volta che non gli piaceva quello che diceva. «Non importa. Faremo in modo che funzioni. Perché tu ed io, tesoro? Non importa se non ci amiamo più, saremo sempre l'uno nell'anima dell'altra».

«Non posso credere che tu abbia appena detto una cosa del genere».

«Cosa? La nostra musica dà vita al mondo. Senza di noi, sarebbe un posto molto più buio. Grigio, senza il sole che siamo noi».

Wow. Oggi stava esagerando un po'. Ma, dopotutto, Colin era fatto così.

«Ora, tesoro, perché non mi saluti come facevi un tempo?». Avrebbe dovuto immaginarlo. Avrebbe davvero dovuto.

Un attimo prima stava cercando di pensare a come togliersi dalla testa e buttare fuori questo poeta sdolcinato, e un attimo dopo le labbra dell'uomo erano sulle sue, i suoi occhi spalancati. La lingua di Colin scivolò contro la sua, invadendo la sua bocca, le sue mani la circondarono. Un palmo le atterrò sul sedere, l'altro le tirò i capelli. Lei lo spinse e cercò di morderlo, ma lui la baciò ancora più forte.

Colin di solito otteneva ciò che voleva.

E anche se non lasciò che la paura le percorresse la schiena, alzò leggermente il ginocchio.

Poi una voce provenne dall'ingresso e lei capì che o la

situazione sarebbe peggiorata o sarebbe finita molto rapidamente.

«Che cazzo sta succedendo?», chiese Marcus, e Colin si bloccò.

Anche Bristol.

Sperò con tutto il cuore di non aver rovinato tutto. Di nuovo.

CAPITOLO SEI

Capitolo sei

Marcus deglutì a fatica e cercò di trovare le parole per descrivere l'immagine che gli attraversava la mente, la scena che aveva letteralmente davanti agli occhi.

Quel bastardo di Colin aveva le braccia intorno a Bristol, una mano tra i suoi capelli e l'altra sul suo sedere.

Aveva posato le labbra sulle sue come se ne avesse il diritto. Come se la possedesse.

E Marcus voleva solo prendere a pugni qualcuno per aver permesso che ciò accadesse.

Riuscì a trattenersi proprio grazie a quella sensazione e alla rabbia che gli ribolliva dentro, minacciando di esplodere.

Solo perché Colin non gli stava simpatico, non significava che dovesse automaticamente tirargli un pugno. Non aveva mai litigato in vita sua e, sebbene non fosse un vero e proprio pacifista, a volte ci andava dannatamente vicino.

Ma in quel momento? Tutto andò a farsi fottere.

Colin e Bristol avevano un passato, avrebbe dovuto capirlo. Quella scena non avrebbe dovuto farlo infuriare così tanto.

E stava ancora cercando di capire quali emozioni provasse nei confronti della sua migliore amica, ora fidanzata. Non avrebbe dovuto lasciare che tutta quella gelosia e quella rabbia lo consumassero.

Ma in tutta onestà, aveva sempre provato un po' di gelosia nei confronti di Colin. Perché il musicista capiva Bristol in un modo che Marcus non avrebbe mai potuto. Colin era stato con lei in un modo che Marcus non era mai stato.

In modi che Marcus non si era mai permesso di immaginare.

Non aveva più importanza. Bristol era la sua fidanzata, e non avrebbe permesso a Colin di approfittarne o di comportarsi come se avesse il diritto di stare lì.

Per aiutare Marcus in questo senso, sapeva che anche Bristol lo odiava. Quel pensiero lo innervosiva più di quanto qualsiasi forma di gelosia avrebbe mai potuto fare.

«Marcus», ansimò Bristol mentre si allontanava da Colin.

A Marcus non sfuggì il fatto che lei dovette tirare un po' più forte del dovuto per liberarsi dalla presa di Colin.

«Bristol. Ho pensato che questo potesse essere un buon momento per parlare. Va bene?». Una pausa. «Colin».

Visto? La sua voce era cortese. Non era in procinto di tagliare la testa a qualcuno. Colin sollevò il mento. «Marcus, non sapevo che saresti passato».

Perché diavolo Colin avrebbe dovuto sapere qualcosa di quello che facevano Marcus e Bristol? Che stronzo. Dal modo in cui Bristol socchiuse gli occhi, doveva stare pensando più o meno la stessa cosa. Bene. La testa di cazzo doveva andarsene. Subito.

E se non avesse mai più baciato Bristol, sarebbe stato fantastico.

«Bristol e io avevamo alcune cose di cui parlare. Non sapevo nemmeno che fossi nel Paese».

Lo sguardo di Bristol passò rapidamente da uno all'altro, e Marcus fece del suo meglio per non comportarsi come lo stronzo possessivo che Colin era sempre stato.

Perché anche se Marcus poteva vantare dei diritti, non era certo un Neanderthal territoriale. Almeno, questo era ciò che diceva a se stesso. Tuttavia, visto che la mano di Colin era ancora sul fianco di Bristol... Forse alcuni di quei sentimenti stavano cominciando a venire a galla.

Bristol sbuffò. «A quanto pare è qui perché vuole esercitarsi o parlare di un tour o qualcosa del genere». Alzò gli occhi al cielo mentre si allontanava, con Colin che le tendeva il braccio come se si sentisse perso senza il suo tocco.

Marcus aveva un'idea di come ci si sentisse in quel particolare stato d'animo.

«Sai che un tour sarebbe fantastico per noi, tesoro».

Marcus inarcò le sopracciglia. Per quanto ne sapeva, Bristol aveva smesso di andare in tour con Colin il più possibile. La rottura era finita male e Marcus sapeva che lei odiava quel bastardo. Tuttavia, lo stronzo aveva appena posato le labbra sulle sue.

Forse aveva *davvero* bisogno di colpire qualcosa.

«Ho il mio tour in programma. E il mio album. Sono un po' troppo occupata per cose del genere». Sospirò, poi si voltò. «Ehi», disse, avvicinandosi a Marcus. Lui allungò le braccia e la strinse a sé in un abbraccio profondo. Si abbracciavano sempre così, anche prima del fidanzamento. Ora che avevano fatto il passo successivo verso quella promessa passata, le cose sembravano diverse.

Non che lui sapesse come affrontarle.

«Sappi solo che i nostri agenti sono pronti per farci lavorare insieme. E tu sai cosa è meglio per la tua carriera».

Marcus odiava quel bastardo.

«Sì, so esattamente cosa è meglio per la mia carriera. Comunque, devo tornare a esercitarmi. Allora, che succede, Marcus?».

A Marcus non piaceva la sensazione di essere messo da parte, ma la mano di Bristol era ancora intorno alla sua vita, con le dita infilate nei passanti della cintura. Forse non era così messo da parte come pensava.

Diamine, lui odiava i giochi. E Colin non faceva altro

che giocare. Marcus e Bristol? Non proprio. Erano onesti l'uno con l'altro. Per quanto potevano esserlo, considerando che Marcus non si era permesso di esaminare i sentimenti che provava per Bristol. Ora, gli venivano in mente continuamente.

Aveva il diritto di toccarla. Come lei aveva il diritto di toccare lui.

Perché erano fidanzati, cazzo. Non era ancora riuscito a farsene una ragione, ma era così. Ormai non si poteva più tornare indietro. E, onestamente, non voleva farlo.

«Abbiamo alcune cose di cui parlare, quindi ho pensato di passare», disse Marcus con tono disinvolto.

«Sì? Racconta».

Marcus odiava davvero quell'accento britannico.

«Colin, smettila di fare lo stronzo», disse Bristol, e Marcus trattenne un sorriso. Perché gli piaceva il fatto che lei si difendesse da sola. Non aveva bisogno di intervenire per lei. E probabilmente lei gli avrebbe dato un calcio nel sedere se ci avesse provato. Ma lui sarebbe stato lì se lei avesse avuto bisogno di lui. Come sempre.

«Stronzo? Voglio solo sapere. Sono curioso, dopotutto».

Bristol guardò Marcus e gli sorrise dolcemente.

Non era sicuro che quell'espressione gli piacesse.

«Colin, io e il mio futuro sposo abbiamo alcuni progetti da discutere. Dopotutto, avere ufficializzato il fidanzamento significa che dobbiamo definire una serie di programmi e dettagli. Ma tu lo capisci, vero? Sembri amare i dettagli».

Marcus raddrizzò le spalle, anche se represse un

sussulto alla parola *fidanzato*. Non che ne avesse paura, era più che altro sorpreso.

Lo sguardo di Colin si posò direttamente sulla mano di Bristol, e questa volta Marcus non si preoccupò di nascondere una smorfia. Ma se ne era già occupato. Almeno, lo avrebbe fatto se i suoi piani fossero andati per il verso giusto. Non che avesse un vero e proprio piano per quanto riguardava lui e Bristol, ma ci stava lavorando. O almeno così sperava.

«Futuro sposo? Pensavo fosse solo un amichetto».

Marcus fece un passo avanti prima ancora di rendersi conto di ciò che stava facendo, stringendo i pugni lungo i fianchi.

Un attimo dopo Bristol gli posò una mano sul petto, frapponendosi tra loro. A lui non piacque. Oh, poteva anche adorare il contatto fisico, ma non il fatto che lei si fosse messa in mezzo.

«Okay, basta così. So che ti piace fare il subdolo bastardo perché pensi che ti faccia ottenere tutto quello che vuoi, ma chiudi quel becco. Marcus è il mio fidanzato e mio amico. Comportarti da idiota non cambierà le cose».

Sì, c'erano molti motivi per cui amava la sua migliore amica, e questo era solo uno di essi.

«Va bene, va bene. Non c'è bisogno di fare la prepotente. Immagino che le congratulazioni siano d'obbligo. Suppongo che dovrò offrirvi lo champagne la prossima volta che ci vedremo».

«Non contare sul fatto che succederà presto», disse Marcus, stringendo i denti.

«Touché, suppongo, signor Futuro Sposo. Comunque, congratulazioni. Me ne vado. Sono sicuro che i nostri agenti si metteranno presto in contatto. Non vedo l'ora di saperne di più sul nostro tour».

«Non ci sarà nessun tour, Colin».

«Oh, non si può mai sapere. Ciao ciao».

Allungò le braccia come per abbracciare Bristol, ma lei si avvicinò a Marcus.

Marcus fissò l'altro uomo, sollevando un sopracciglio, e Colin scrollò le spalle prima di uscire di casa.

Marcus chiuse rapidamente la porta dietro di lui e appoggiò entrambi i palmi sul legno, cercando di riprendere fiato. Chiuse gli occhi, inspirò dal naso ed espirò dalla bocca.

Lo odiava, lo aveva sempre odiato. Dalla festa di compleanno in cui aveva incontrato per la prima volta quell'idiota. Quella che aveva cambiato tutto per Marcus. Quando aveva avuto così tanta paura di perdere la sua migliore amica che aveva fatto con lei un patto che non avrebbe mai pensato potesse realizzarsi. Perché mai lei avrebbe voluto sposarlo? Era un bibliotecario in una grande città, ma non era solito allontanarsi dalla zona. Bristol aveva la possibilità di vedere il mondo. E ne aveva visto gran parte insieme a Colin.

Ed ecco che la gelosia fece di nuovo capolino. Non riusciva mai a liberarsi dai propri pensieri.

«Marcus?». La voce di Bristol era dolce mentre gli posava una mano sulla schiena. «Mi dispiace tanto. Non l'ho invitato io. Te lo giuro. Volevo solo esercitarmi quando è arrivato Colin e mi ha rovinato la giornata, e poi si è messo a brontolare e a fare il geloso anche se non stiamo più insieme da anni. Non voglio avere niente a che fare con lui. E mi dispiace che abbia fatto lo stronzo con te».

Lui non si voltò, non ci riusciva. «Non solo con me. Fa lo stronzo anche con te. Sempre. Non capisco perché devi stargli vicino».

Le mani di Bristol gli sfiorarono la schiena. Sentì il calore attraverso la freschezza della camicia, della sua pelle.

Non capiva come potesse essere così freddo, nonostante avesse la sensazione di andare a fuoco. Era stato il suo tocco? La rabbia? Non lo sapeva. Forse avrebbe dovuto preoccuparsi.

Forse lo era.

«Lo odio», disse Marcus con sincerità.

Bristol gli diede un colpetto sulla schiena e lui si costrinse a voltarsi.

«Anch'io lo odio. Ma devo comunque lavorare con lui ogni tanto».

«Penso che tu sia abbastanza brillante, talentuosa e di successo da non doverlo fare».

«A volte non ho scelta. Ma per ora se n'è andato. E siamo solo io e te». La sua pelle arrossì e lui desiderò allungare la mano e toccarla. E così fece.

Le fece scorrere le dita sulla pelle e lei si leccò le labbra con la lingua. E poiché non riuscì a trattenersi, si chinò e sfiorò le sue labbra con le proprie. Lei sussultò e lui approfondì il bacio, inclinandole la testa per averne ancora.

Odiava il fatto che le labbra di Colin erano state sulle sue. Che un altro uomo l'aveva baciata, e lui non sapeva che cazzo fare al riguardo. Quindi ignorò quei pensieri, li scacciò dalla mente e la baciò di nuovo, con più forza, con più desiderio. Lei gemette contro di lui, le mani di Bristol scivolarono lungo la sua schiena sotto la camicia per posarsi sulla sua pelle. Si sentiva avvolto dalle fiamme, con il suo tocco ad alimentare il fuoco. E lui la baciò, la leccò e le morse il labbro.

Si separò da lei, ansimando, e lei lo guardò con gli occhi spalancati.

«Ciao».

«Ciao. Volevo davvero farlo».

«Davvero?». Fece una pausa. «Per prenderci l'abitudine?».

Non si lasciò ferire da quella domanda. Lei era confusa quanto lui. Cosa stavano facendo? Non lo sapeva. Perché la facciata di un finto fidanzamento che non era veramente finto era solo la punta dell'iceberg. C'era qualcosa tra loro, e loro stavano facendo del loro meglio per ignorarlo o metterlo in evidenza. Il fatto che continuassero a cambiare idea significava che nessuno dei due sapeva cosa voleva o cosa stava facendo. Ma stavano comunque cercando la loro strada.

«Penso che dovremmo continuare a farlo. Col tempo. Solo per capire esattamente cosa ci mancasse finora». Era la cosa più onesta che potesse dire, e mentre lei lo guardava e annuiva, capì che era la risposta giusta. O forse, a quel punto, stava semplicemente tirando a indovinare.

«Mi dispiace per Colin».

Scosse la testa, con la rabbia che gli ribolliva dentro. «Non devi scusarti per lui. Non è colpa tua. È solo che odio quello stronzo».

«L'hai già detto».

«Comunque, ora che i miei amici, la mia famiglia e Colin lo sanno, immagino che questo fidanzamento sia ufficiale. Stiamo entrando nella prossima fase della nostra vita insieme. Come avevamo detto che avremmo fatto».

Si morse la lingua per non dire nulla. Soprattutto perché non sapeva cosa dire e non voleva ferirla. Perché stava ancora cercando di capire esattamente cosa provasse e, in questo senso, aveva bisogno di capire anche cosa provasse lei. E anche aveva imparato da alcuni episodi familiari che il modo migliore per far prosperare una relazione era comunicare in modo aperto e onesto, loro due non lo stavano facendo. Ma lui non aveva idea di cosa dire.

«Ho qualcosa per te», annunciò invece.

Lei inarcò le sopracciglia.

«Cosa?».

«Cade a pennello il fatto che Colin abbia guardato la tua mano e abbia notato cosa mancava quando hai detto che eravamo fidanzati».

Bristol posò la mano sinistra sulla destra e guardò in basso, il pollice che tracciava il contorno dell'anulare.

«È successo tutto così all'improvviso».

Marcus scosse la testa. «Abbiamo avuto dieci anni per capirlo. E poi entrambi l'abbiamo ignorato per così tanto tempo che sembra fosse successo all'improvviso. Ma è davvero così?».

Le tese la mano, con una scatola di velluto nel palmo.

Bristol abbassò lo sguardo, sbattendo rapidamente le palpebre. «Oh. Non avevo... Cioè, lo so. Ma va bene».

Lui sospirò. «Lascia che lo faccia meglio». Si calò su un ginocchio e Bristol emise un sussulto di stupore.

«Non ce n'è bisogno. Siamo già fidanzati, Marcus. Non devi metterti in ginocchio per me».

Lui inarcò le sopracciglia e lei arrossì di nuovo.

«Okay, rimandiamo quell'immagine e la discussione a più tardi».

«Sì, va bene. E ti chiederò di sposarmi nel modo giusto. Non solo con un "dai, facciamolo"».

«Okay», sussurrò lei.

«Bristol? Continuerai a essere la mia migliore amica? E passerai con me a questa nuova fase?».

«Io... non dire altro, okay?».

Aggrottò la fronte. «Cosa?».

«Scopriamo chi siamo insieme lungo questo percorso, ma non fare promesse o esprimere sentimenti che ancora non conosci o non provi. Lo stesso vale per me. Perché sta andando tutto troppo veloce, anche se sono io quella che ha preso la decisione».

«Sì, facciamo così. Perché sei ancora la mia migliore amica, Bristol. Qualunque cosa accada».

Poi tirò fuori l'anello dalla scatola e glielo infilò al dito. Lei guardò la montatura antica e sorrise.

«Lo adoro».

«Sapevo che ti sarebbe piaciuto».

Poi si alzò e la baciò di nuovo, spazzandole i capelli dietro l'orecchio. «Capiremo come fare», disse dolcemente.

«Finché sarai al mio fianco, ce la faremo. Perché non si tratta di non voler affrontare il futuro da sola, non è questo».

«Lo so».

«Ti voglio bene, Marcus. Voglio essere sicura di non ferirti mai».

Lui non disse altro, sapeva che non avrebbe potuto. Abbassò invece la bocca sulla sua e la baciò di nuovo.

Stavano vivendo la loro relazione completamente al contrario. Ma più ci pensava, più capiva che era proprio quello che voleva.

Anche se non osava ammettere di averne troppo bisogno.

CAPITOLO SETTE

«S to per sposarmi», disse Bristol, guardando direttamente il suo riflesso. «Non sono pazza».

Sbuffò, rendendosi conto che forse era un po' pazza. Dopotutto, un fidanzamento basato su una promessa era un po' anticonvenzionale. Ma non del tutto inaudito.

Poteva funzionare.

Dopotutto, adorava Marcus. Lui le *piaceva*. Le piaceva stargli vicino. Era già il suo migliore amico.

E se finalmente si fosse concessa di essere onesta, avrebbe capito di essere attratta da lui. Va bene, quella parte l'aveva già ammessa nella sua mente diverse volte.

Il suo fidanzato l'eccitava.

Era una cosa positiva.

Voleva sapere come sarebbe stato avere le sue mani su di lei, sentirlo dentro di sé.

Chiuse gli occhi, certa che di avere le guance rosso

fuoco, e cercò di rallentare il respiro che improvvisamente si era fatto più affannoso.

Prima che potesse addentrarsi troppo nei meandri della sua mente, suonò il campanello e Bristol raddrizzò le spalle. Oggi sarebbe stata una bella giornata. Perché stava per compiere il passo successivo di tutta questa faccenda del fidanzamento.

Le ragazze stavano arrivando e ne avrebbero spettegolato.

Grazie al cielo. Perché aveva davvero bisogno di parlarne.

Lisciò il vestitino con le mani e si assicurò che i capelli fossero almeno un po' in ordine. Poi corse alla porta d'ingresso.

La aprì senza guardare prima e si bloccò.

«Zia?», chiese Bristol, a bocca aperta. «Eri a Londra. Ti avevo detto di non venire. Perché sei qui?».

La sua ex ragazza e amica entrò nella stanza con passo tranquillo, splendida e perfetta come sempre, e alzò gli occhi al cielo. «Una delle mie migliori amiche si fidanza all'improvviso con il *suo* migliore amico e io non vengo a trovarla?».

«Non ho capito quasi niente», disse Bristol ridendo.

Zia gettò le braccia intorno alle spalle di Bristol, la abbracciò forte e poi la baciò sulle labbra. «Mi sei mancata, bimba mia».

«Abbiamo la stessa età. Non sono la tua bimba», disse Bristol, abbracciando Zia con forza. «E tu eri a Londra».

«E ora sono qui», disse Zia, con un'espressione triste che le attraversò il viso.

«Cosa c'è che non va?».

«Niente. Sto bene. Tuttavia, rimarrò negli Stati Uniti ancora per un po'».

«Oh, no. Devo andare a picchiarlo?».

«Non devi fare nulla del genere. Tutto quello che devi fare è raccontarmi esattamente cosa è successo e poi raccontarmi tutti i deliziosi dettagli su Marcus. Non vedo l'ora di sentirli».

«Non ti dirò tutto».

«Aspetta? Allora perché siamo qui?», chiese Arden dalla porta. Bristol rise.

«Ehi, tu», disse Bristol voltandosi verso la donna di Liam.

«Sono seria», disse Arden con un ampio sorriso. Era appoggiata al suo bastone, che in genere non aveva bisogno di usare, e Bristol fece entrare rapidamente l'altra donna.

«Sono seria anch'io. Hai bisogno di sederti? Stai bene?».

«Sto bene. È solo una giornata di forte dolore. Liam mi ha accompagnata, ma non ho voluto che entrasse e ti facesse domande. Soprattutto perché ti sei nascosta dalla famiglia e ho pensato che ci fosse un buon motivo».

Zia prese rapidamente la borsa di dolciumi dalle mani di Arden e si presentò. «A proposito, io sono Zia».

«Ho visto delle tue foto e Bristol parla spesso di te. Congratulazioni per la nuova linea».

«Grazie. E congratulazioni per aver conquistato un Montgomery».

Arden rise e Bristol alzò gli occhi al cielo.

«Oh, zitta tu. E, Arden, vai a sederti. Liam mi picchierà se ti lascio stancare troppo in fretta».

«Siete proprio delle vecchie bacucche. Sto bene. Oggi non ho nemmeno bisogno del bastone, mi capita raramente. Volevo solo essere sicura e, dato che non ho portato Jasper con me, non avevo il mio sostegno».

Jasper era il suo Husky siberiano bianco, il cane più adorabile che Bristol avesse mai incontrato.

«Avresti potuto portarlo con te. Sai che lo adoro».

«Lo so, ma lui e Liam stanno passando una giornata tra uomini». Arden alzò gli occhi al cielo. «Mi sembra che quel cane mi stia lasciando per Liam. Non che lo biasimi. Oggi mi mancherà, però».

«Ti adora».

«Hai ragione. Comunque, ho portato del vino e tutto il necessario per preparare un tagliere di salumi, come mi hai chiesto. Li facciamo insieme, vero?».

«Oh, è la mia parte preferita. Ho pensato che potessimo farlo tutte insieme perché ho portato alcune cose e avevo la sensazione che anche Holland avrebbe fatto lo stesso».

«A proposito...», disse Zia con un sorriso.

Holland, la fidanzata di Ethan e Lincoln, entrò in quel momento con le mani piene. «Ho tutto il necessario per un tagliere di salumi e la mia pentola è piena di polpette».

Bristol non poté fare a meno di ridere. «Ovviamente, casa tua abbonda di polpette».

Zia fece l'occhiolino. «Dopotutto, sei una donna molto fortunata ad averne due paia sempre a disposizione».

«Okay, basta parlare delle polpette di mio fratello», disse Bristol, rabbrividendo.

«Sì, e considerando che l'*altro* paio di polpette appartiene a mio cugino, cambiamo argomento e basta».

Bristol guardò l'altra donna al fianco di Holland e sorrise.

«Madison, sei venuta».

L'altra donna sorrise, sembrando un po' timida. «Grazie per avermi invitata. Lincoln ha detto che avevo bisogno di uscire di più, e ora che fa ufficialmente parte dei Montgomery, ha detto che ho una famiglia bella e pronta ad aspettarmi. Non che io voglia davvero gettarmi tra le vostre braccia, ma sono contenta di non avere solo la mia famiglia».

«Sei sempre stata la benvenuta tra noi. Anche prima, quando Lincoln ed Ethan erano solo amici».

«È vero, ma mi sono sempre sentita a disagio a partecipare a ogni singola riunione dei Montgomery».

«Ce ne sono molte», disse Holland. «E io sono l'ultima arrivata, quindi sto ancora cercando di capire come funzionano».

«Faccio parte del clan Montgomery da poco più di te», disse Arden con tono asciutto. «Possiamo capire insieme come affrontarli».

«Per me va bene», disse Madison, e tutte risero.

«Conoscete tutti Zia?», chiese Bristol, radunando tutti in cucina e assicurandosi che Arden si sedesse. Si presentarono tutte a una a una e si misero comode.

«Okay, prepariamo questo tagliere di salumi tutte insieme, versiamo un po' di vino e poi possiamo parlare di come diavolo Bristol Montgomery sia finita a sposare il suo Marcus».

Tutti guardarono Zia mentre lei sorrideva e scrollava le spalle. «Cosa? Pensavo potessimo parlare della questione. Perché immagino ci sia qualcosa da dire, no? Mi mancano altri tasselli del puzzle?».

«Non che io sappia», rispose Holland, toccandosi il mento. «Sono sicura che ne troveremo altri. Ma prima parliamo del fidanzamento. Perché, oh mio Dio. Tu e Marcus? Com'è successo?».

Arden batté le mani. «Per favore, racconta. Tutto. Da quanto tempo state insieme? Quando è successo? Insomma, avevamo tutti notato la chimica tra voi, ma non volevamo dare troppo peso alla cosa».

«Non ero nemmeno molto presente, eppure persino *io* ho notato la chimica. Sono così felice per voi». Madison si passò una mano tra i capelli.

Bristol sorrise alle sue parole, anche se aveva iniziato a sudare freddo. «Ehm, occupiamoci prima del formaggio. E, sì, penso che potrei aver bisogno anche di un po' di vino».

La fissarono tutte e poi tornarono intenzionalmente sul tagliere, cambiando argomento e parlando del prossimo viaggio di Arden e Liam per il tour promozionale del libro, piuttosto che del fatto che Bristol stesse finalmente per sposarsi.

Finalmente? Oh. Quella era una parola che non avrebbe dovuto usare, nemmeno nella sua testa. O forse sì?

L'idea di stare insieme a Marcus le provocava brividi di nervosismo.

E anche di eccitazione.

Emozioni che non si era mai concessa di provare prima.

Tuttavia, scacciò quei pensieri dalla mente, perché le altre avrebbero potuto accorgersene e lei doveva concentrarsi. Si misero tutte all'opera. Madison aprì il vino come una professionista. A Bristol stava già simpatica, ma ora aveva la sensazione che Madison sarebbe diventata una delle sue migliori amiche.

Holland e Arden iniziarono a organizzare e preparare il tagliere di formaggi in modo perfettamente artistico, mentre Bristol si assicurò che tutto fosse fuori dal frigorifero e pronto per essere servito.

Le polpette che Holland aveva portato erano perfette, appetitose, e seguirono le battute che la loro forma evocava.

«Seriamente, quante battute sulle polpette avete intenzione di fare in un giorno?», domandò Holland.

«Non lo so, tutte quelle che mi passano per la bocca», rispose Zia, strizzando l'occhio prima di mettersi davvero una polpetta in bocca.

Bristol sbuffò, con il vino che le usciva quasi dal naso, e prese invece un bicchiere d'acqua. «Okay, basta così».

«Basta così nel senso che ora è il momento di raccontarci tutto quello che è successo tra te e Marcus?», chiese Arden, sporgendosi in avanti.

«Ehm. C'eravate anche voi. Al mio compleanno. Marcus e io ci sposeremo. Stiamo per affrontare insieme una nuova fase della nostra vita».

Le ragazze si guardarono l'un l'altra e poi spostarono l'attenzione su di lei.

«Questo non ci dice molto». Arden inclinò la testa e fissò Bristol. «Non faremo domande indiscrete». Fece una pausa. «Perlomeno, non troppo. Ma sembrate entrambi felici, anche se un po' scioccati di come stiano andando le cose. Voglio dire, sembra essere successo all'improvviso, ma forse non è così. E non vi costringeremo a dirci nulla».

«Credetemi, ho avuto una relazione in cui tutti dovevano sapere sempre tutto, e apprezzo il fatto che voi non mi abbiate mai fatto domande troppo intense o invadenti», intervenne Holland.

Zia alzò la mano. «A me non dispiacerebbe sentire i dettagli, però», disse Zia, e tutte risero, allentando la tensione. «Tuttavia, non parleremo del come, soprattutto perché mi sembra una questione personale», aggiunse Zia.

«Ma noi saremo qui per te», disse Madison sorridendo. «Sul serio. Marcus è un ragazzo così gentile, e anche se non lo conosco bene come conosco voi, sembra sempre essere presente per tutti, sia nella sua cerchia di amici che al di fuori di essa. Ha un ottimo lavoro, ci tiene a te e ti fa sorridere. Sono davvero felice che la vostra relazione funzioni».

Bristol sorrise anche se le facevano male le guance e una sensazione di freddo le attraversò il corpo. Non sapeva cosa fosse, però. Vergogna? Senso di colpa? No, non poteva essere nessuna delle due cose. Perché questo non era un fidanzamento finto. Non era una bugia. Era qualcosa che stava iniziando nel momento sbagliato di una relazione.

Forse. O forse stava perdendo la testa.

«Lo sapevamo e basta», disse, sperando che suonasse sincera. «Era il mio compleanno, ci siamo guardati e... lo abbiamo capito. E ora ci sposiamo».

Tutti sospirarono, con gli occhi pieni di lacrime, anche se lei sapeva che avrebbero avuto altre domande. Dopotutto, anche Bristol ne aveva alcune. Se i ruoli fossero stati invertiti, sarebbe stata lei a guidare la carica, sempre immischiata negli affari di tutti mentre cercava di aiutare le persone a raggiungere il loro lieto fine. Ma ora che si trattava di lei? Aveva bisogno di tempo.

Avrebbe potuto prendersi a calci per quanto era stata insistente prima, anche se le persone avevano detto di apprezzarlo.

Con il senno di poi...

«Ora, facci vedere quell'anello», disse Zia. Quando Bristol allungò la mano, non poté fare altro che sorridere mentre le altre esultavano e strillavano, rendendo il suo sogno ancora più reale.

. . .

Sorseggiò il suo vino e chiacchierò con le ragazze prima che tutte tornassero a casa, e lei rimase sola con i suoi pensieri.

Tirò fuori il telefono e compose il numero di Marcus senza nemmeno pensarci.

«Ehi», disse quando lui rispose.

«Ehi».

«Le ragazze se ne sono appena andate».

Una pausa. «Sono ancora con i ragazzi, anche se mi sono spostato in un'altra parte della casa così non possono sentirmi. Tutto bene?».

La conosceva così bene. Le lacrime le salirono agli occhi e lei le trattenne. Voleva sentire la sua voce. Voleva averlo vicino. Era una persona egoista, ma non poteva farci niente. Non quando si trattava di Marcus. Mai quando si trattava di lui. «Mi sento come se stessi mentendo, anche se non è così. Capisci?».

Marcus emise una risata roca, che la fece sentire immediatamente in sintonia con lui. Come faceva a ottenere quell'effetto con un semplice suono? «Ti capisco. Penso solo che prima dobbiamo capire cosa siamo l'uno per l'altra. Sei d'accordo?».

Lei si rilassò immediatamente, anche se sentire la sua voce le provocò una sensazione tutt'altro che rilassante. «Esatto. Io non sono cambiata, e nemmeno tu. Siamo ancora Bristol e Marcus. Siamo ancora quelli che litigano e ridono e si prendono in giro a vicenda. Tu sei sempre stato nella mia vita, e questo non cambierà nulla. Rafforzerà il fatto che saremo sempre insieme».

«Lo capisco».

Lui fece un'altra pausa e lei aggrottò la fronte, anche se lui non poteva vederla. «Cosa c'è che non va?».

«Pensi che sarebbe più facile se dicessimo a tutti cosa ci ha portato al fidanzamento?».

Lei si morse il labbro. «Sarebbe più facile sotto un certo aspetto, ma forse doloroso sotto un altro. Non lo so. Non sono brava in queste cose».

«Sei brava in tutto quello che fai, Bristol».

«Come no. Sappiamo entrambi che non è vero, e di sicuro in questo momento non mi sento affatto così».

«Allora partiamo da questo e andiamo avanti. Tu ed io. Risolveremo questo nostro problema».

«Cosa stai dicendo?».

«Voglio dire che abbiamo cenato insieme innumerevoli volte, abbiamo passato serate al cinema, abbiamo fatto viaggi insieme, ci siamo letteralmente incontrati in giro per il mondo, ma non ti ho mai portato fuori per un appuntamento. E se vogliamo essere sinceri e passare alla fase successiva come continui a dire, facciamolo bene. Tu ed io. Un appuntamento».

Lei si bloccò, pervasa da un'eccitazione nervosa. «Il nostro primo appuntamento?».

Lui si schiarì la voce. «Dopotutto siamo fidanzati. Tanto vale capire che diavolo stiamo facendo».

Le salì alla gola una risata. Chi avrebbe mai detto che sarebbe riuscita a ridere con tutte quelle emozioni che le attraversavano l'anima? Marcus, ecco chi. «Be', è bello pensare in questo modo. Perché io non so cosa sto facendo».

La sua voce si abbassò. «Ci sposeremo, questa è la cosa importante, ma forse non è la risposta giusta».

Si bloccò. «Sposarci non è la risposta giusta?».

«No, non è quello che intendevo. Sposarci è la risposta giusta. Perché è quello che vogliamo». Lui fece una pausa e lei non disse nulla. Aveva paura di farlo.

«Allora, dove andiamo per questo appuntamento?».

«Be', decidiamolo insieme. Ti va? So già cosa ti piace mangiare, dove ti piace andare, quindi... vogliamo andare in un posto che già adoriamo? O provare qualcosa di nuovo?».

Ci pensò su, chiedendosi come rispondere nel migliore dei modi. Perché erano stati già in molti posti che avevano provato e adorato, ma da amici. Avrebbero costruito su ciò che già avevano? O avrebbero provato qualcosa di nuovo?

Poiché temeva di non fare la scelta giusta, optò per ciò che conosceva. «Andiamo in quel ristorante thailandese che ci piace tanto».

Poteva sentire il sorriso nella voce di Marcus mentre parlava. «Il ristorante thailandese va bene. Sai che adoro la loro zuppa».

«E tu la prendi sempre così piccante che ci fa piangere entrambi, ma è la migliore».

«Vedi? Siamo già sulla strada giusta».

«È stata una mia idea, lo sai, Marcus? Tutta questa storia del matrimonio. Eppure, sei tu quello che mi tranquillizza. È sempre così».

«Non è vero. Anch'io mi stresso per certe cose».

«Ma sono io quella che esplode. Tu sei sempre stoico e severo».

«È il mio secondo nome, chiamami così d'ora in poi».

«Idiota».

«Faccio solo battute di qualità, grazie mille. Faresti bene a capirlo».

Lei rise, sentendo un calore diffondersi dentro di sé. Questo era il Marcus che conosceva e amava. Quello a cui era abituata. Non come l'altro Marcus. Quello che le provocava le farfalle nello stomaco e le faceva pensare a cose sporche e bollenti che la confondevano. Quello che la baciava e la toccava. E le faceva desiderare di più.

Ormai non poteva più trattenersi, non poteva più tornare indietro. E non voleva farlo. Non quando quei sentimenti seppelliti dentro di lei non se ne andavano. Li aveva nascosti per così tanto tempo, si era detta che sarebbe stato sbagliato desiderarli, eppure eccola lì.

Vicino a lui.

Con lui.

Una tentazione racchiusa nella passione e nella fiducia.

«Divertiti con i ragazzi», disse lei dolcemente dopo un attimo.

«Stiamo per iniziare, i tuoi fratelli non mi hanno ancora fatto il quarto grado, ma sono sicuro che è solo questione di tempo».

«Digli che li prenderò a calci nel sedere se ci provano».

«No, non funziona così. Sai che anche le mie sorelle vorranno farti delle domande».

Lei sussultò, un brivido di paura le percorse la pelle. «Lo so. È quello che mi preoccupa».

Marcus rise. Che idiota. «Non mordono. Almeno, non troppo. I tuoi fratelli, invece?».

«Ci penserò io».

«No, posso occuparmene da solo. Non importa cosa pensano o dicono gli altri. Sai che siamo solo io e te, vero? Lo faremo, ci *troveremo*. Io e te».

«Io e te», ripeté lei.

Dopo essersi salutati e aver terminato la chiamata, rimase lì seduta a chiedersi se stesse commettendo un altro errore. Stava diventando brava in questo. Perché non era finzione, non era un gioco. Era la vita reale, sentimenti reali, *tutto* reale.

E il fatto che stesse ancora andando avanti con questa storia significava che non era solo una facciata. Voleva sapere esattamente come sarebbe stato stare con Marcus.

E dato che stava usando questo accordo e questa promessa come scusa, ciò le diceva che era molto più immersa nella sua versione di *Alice nel Paese delle Meraviglie* di quanto volesse ammettere.

Non si poteva tornare indietro, per nessuno dei due.

La parte di lei che cercava di ignorare era d'accordo.

E il resto?

Era quello il punto, no?

CAPITOLO OTTO

Marcus chiuse la telefonata e alzò lo sguardo quando Aaron entrò nella stanza. «Era Bristol?», chiese Aaron, appoggiandosi allo stipite della porta.

Erano a casa di Ethan e Lincoln, dove avevano deciso di passare una serata tra ragazzi, anche se Marcus sapeva che era una scusa per fargli l'interrogatorio. A lui non dispiaceva. Dopotutto, se qualcun altro fosse stato con Bristol, anche lui avrebbe partecipato all'interrogatorio.

E il fatto che rabbia e gelosia lo attraversarono alla possibilità che qualcun altro potesse stare con Bristol significava che doveva imparare a controllare le sue emozioni. Sapeva di avere dei problemi con lei da molto prima di accettare il fidanzamento, molto prima di mettersi in ginocchio per chiederle di sposarlo.

Perché in fondo l'aveva sempre desiderata, anche se avrebbe voluto convincersi di non volerla.

Ed era qualcosa con cui avrebbe dovuto fare i conti.

Anche se ignorava come.

«Sì, era Bristol», disse Marcus, lasciando da parte suoi pensieri.

«Allora?», Aaron batté il piede, anche se, per fortuna, sembrava che stesse scherzando.

Marcus inarcò un sopracciglio. «Cosa intendi con "allora"? Sta bene, le ragazze se ne sono appena andate da casa sua, anche se pensavo che sarebbero rimaste di più».

«Si erano date appuntamento prima di noi. Anche se Holland non tornerà direttamente a casa, credo per darci i nostri spazi. Aveva alcune cose da fare nel suo negozio».

Holland si era trasferita da Ethan e Lincoln, quindi, tecnicamente, quella era anche casa sua. Possedeva anche un negozio incredibilmente eclettico sulla strada principale della zona turistica di Boulder. Se la cavava piuttosto bene vendendo oggetti d'arte e soprammobili, oltre a creazioni di artisti locali, tra cui pezzi artigianali unici.

Negli ultimi mesi aveva comprato un paio di oggetti per casa sua e per fare qualche regalo. Infatti, aveva trovato un regalo fantastico per l'anniversario dei suoi genitori che doveva ancora incartare. Probabilmente avrebbe finito per riportarlo al negozio così che fosse Holland a incartarlo, ma almeno ci avrebbe provato.

Aggrottò la fronte. «Ah, non me ne ero reso conto».

«Non ne hai parlato con Bristol, allora?». C'era qualcosa nel tono dell'altro uomo che mise Marcus a disagio. Aaron era un brav'uomo, un fratello ancora migliore, ma era così dannatamente protettivo che Marcus rivedeva se stesso in lui.

E non era sempre una cosa positiva.

«C'è qualcosa che vuoi chiedermi? Perché ti comporti come se avessi qualcosa in mente». Marcus poteva essere silenzioso la maggior parte del tempo, ma non avrebbe subito le stronzate di Aaron. Gli piaceva Aaron. Molto. Era premuroso, divertente e di solito aveva una prontezza di spirito che poteva far sorridere chiunque anche nel bel mezzo di una giornata davvero di merda. Ma era anche iperprotettivo come il resto dei altri maledetti Montgomery. Proprio come Marcus quando si trattava della sua famiglia *e* dei Montgomery.

«Perché? C'è qualcosa che devi dire?».

«Cominci a preoccuparmi», disse Aaron, e Marcus aggrottò la fronte, infilando il telefono in tasca.

«Davvero?».

«Di solito non sei il più loquace del gruppo, ma ancora non riesco a credere che tu stia uscendo con mia sorella... no, "uscire" non è la parola giusta. *Ti sei fidanzato con lei*. Ci avete mentito per tutto questo tempo? Avete tenuto segreta la vostra relazione? Non so come mi sento al riguardo».

Ed era per questo che Marcus era ancora indeciso se dire la verità su ciò che stava realmente accadendo tra lui e Bristol. Tuttavia, era ancora un problema che doveva affrontare lui. Dovevano risolvere la questione tra loro. Nessun altro. Nessuno doveva sapere esattamente come fosse nata la loro relazione. Perché era ancora agli inizi. Dovevano capirlo da soli. E avere tutti questi ficcanaso che cercavano di ottenere risposte da loro non sarebbe stato d'aiuto.

«So che sei suo fratello, ma non credo di doverti raccontare tutto della mia relazione con tua sorella».

Aaron inarcò le sopracciglia. «Sai, non pensavo che te ne saresti uscito così. Pensavo che saresti stato tu a dircelo, dato che Bristol è sempre molto riservata sulla sua vita. Tuttavia, lei è mia sorella, quindi credo che tu mi debba una spiegazione».

Liam si trovò improvvisamente dietro Aaron e gli posò una mano sulla spalla. Gli diede una stretta e Aaron sussultò. Marcus cercò di non provare soddisfazione per quel gesto. Ci riuscì quasi del tutto. «Smettila di fare il quarto grado a Marcus. Stasera è una serata tra uomini. Il che significa che non devi fare l'idiota».

Aaron, tuttavia, non mollò. «Sto solo dicendo che voglio sapere come hai fatto a fidanzarti con la nostra sorellina».

«È la *nostra* sorellina», disse Ethan, avvicinandosi all'altro lato di Aaron. Tutti i ragazzi Montgomery erano più o meno della stessa corporatura: grandi, robusti e muscolosi. E considerando che la maggior parte di loro lavorava seduto a una scrivania, Marcus era sempre sorpreso da quanto fossero muscolosi. Probabilmente era logico che la loro serata tra uomini iniziasse con un allenamento e poi magari una birra, se ne avessero avuto voglia.

Ethan e Lincoln avevano una palestra nel seminterrato, e mica una con un solo sacco da boxe e magari un tapis roulant. No, avevano fatto le cose in grande, considerando che Lincoln aveva un lavoro fantastico che gli permetteva di spendere soldi per i due amori della sua vita, anche se a loro non sempre piaceva che lo facesse.

«Sì, sei tu il più piccolo», concordò Liam.

Aaron alzò gli occhi al cielo. «Ma io sono più grosso. Non mi piace essere il più piccolo».

«Non credo che la tua posizione nella gerarchia dei Montgomery sia cambiata negli ultimi vent'anni», disse Lincoln, scuotendo la testa.

Marcus sorrise e si alzò dalla sedia alla scrivania su cui era seduto.

«Considerando che anch'io sono il più piccolo, ti capisco», disse Marcus.

Gli occhi di Aaron si illuminarono. «Sì, mi dimentico sempre che sei il fratello minore. Ma hai tre sorelle».

«Non mi lasciano mai fare nulla, anche se mia madre dice sempre che sono viziato e coccolato».

«Vedi, allora ha senso», disse Liam, stringendo di nuovo la spalla di Aaron. «Aaron è viziato e coccolato».

«Andate a fanculo, voi altri».

«Voi altri? Ma come parli?».

«Ho guardato molti western ultimamente. Non è illegale».

«Sai, stavo pensando di scrivere un thriller western», disse Liam.

Marcus aggrottò la fronte. «In genere non scrivi una serie principale in cui il tuo protagonista vive avventure e rischia di morire in ogni libro?».

«Sì, ma mi è venuta in mente un'idea per una seconda serie».

«Davvero?», Marcus sorrise, incuriosito. Amava il lavoro di Liam ed era suo fan in segreto. Non che qualcuno oltre a Bristol dovesse sapere del suo vero amore per i libri di Liam.

«Dimentico sempre che sei un fanatico del suo lavoro», disse Aaron ridendo.

Marcus fece spallucce. «Considerando che ho un dipinto di Lincoln, alcuni dei tuoi oggetti in vetro soffiato ed Ethan mi ha costruito il computer, sono abbastanza sicuro di avere una collezione di creazioni di Montgomery a casa mia».

«Beh, allora è un bene che tu stia per sposare una di noi», disse Liam con tono asciutto. «Finalmente potrai ottenere lo sconto per i familiari».

«Aspetta, c'è uno sconto?», chiese Aaron a bocca aperta. «Mi fai sempre pagare i tuoi maledetti libri».

«Certo che sì», disse Liam ridendo. «Non ottieni niente gratis. Ricorda, sei già viziato e coccolato».

«Vi odio tutti».

«Tu ci ami, ma va bene così». Ethan guardò Marcus. «Okay, sei pronto per allenarti? Stasera facciamo pesi».

«Come diavolo fa questa a essere una serata tra ragazzi? Non dovremmo... guardare qualche sport in TV e mangiare ali di pollo o cose così?», brontolò Aaron, ma sembrava comunque entusiasta.

«Magari la prossima volta», disse Lincoln con tono asciutto. «Non credo che ci sarà permesso abbuffarci di cibi fritti fino a dopo tutti i matrimoni, così questi ragazzi potranno entrare nei loro smoking».

«Ehi, sono ancora il più bello», disse Aaron, facendo scivolare le mani sul petto. «Non credete?».

«No», risposero tutti all'unisono, e Aaron mostrò loro il dito medio.

«Seriamente, però, avevamo programmato di fare sollevamento i pesi perché avevamo bisogno di fare esercizio, e trovare il tempo e degli spotter non è sempre facile con i nostri impegni. La prossima volta ci saranno ali di pollo, cibo spazzatura e tonnellate di birra». Liam si guardò intorno. «Naturalmente, potrebbe esserci della birra dopo l'allenamento. Dico solo così».

«Allora diamoci dentro», disse Marcus, ruotando le spalle all'indietro. «In effetti mi va di prendere a pugni qualcosa», aggiunse, chiedendosi perché gli fosse uscito di bocca.

Liam sollevò un sopracciglio. «Se è per via della nostra preziosa sorellina, allora dovremo darci dentro e insegnarti cosa significa essere sposato con una Montgomery».

«Non ho idea di cosa significhi», disse Marcus seccamente.

Lincoln sorrise. «Significa solo che ti tormenteranno fino alla fine dei tuoi giorni per cercare di capire esattamente cosa sta succedendo tra voi due. Non sono violenti. Per fortuna».

«Sai, faccio parte di questa famiglia da quando avevo sei anni, più o meno. E ho ancora paura dei Montgomery».

Lincoln rise. «Ti capisco. Forse mi ci è voluto un po'

più tempo per diventare parte dei Montgomery, ma dal punto di vista esterno? È come una setta».

«Uno di noi. Uno di noi», dissero i tre Montgomery e poi risero della loro battuta.

Liam scosse la testa, con un sorriso sulle labbra. «Ci sarà pure un'altra setta che non usa quella frase. Giusto?».

Ethan scrollò le spalle. «È vero, ma non sono proprio dell'umore giusto per far parte della spedizione Donner».

Marcus rise. «La spedizione Party non è una setta, no?».

«Da studioso dell'occulto...», esordì Aaron, per poi lanciarsi in una digressione sulle sette, i leader delle sette e il Kool-Aid.

Marcus si pizzicò il naso e scese nello scantinato.

Il gruppo fece un po' di sollevamento pesi, mentre Marcus usava anche il sacco da boxe, con Aaron che gli faceva da assistente. Risero, parlarono di lavoro, arte e della prossima partita. Evitarono accuratamente di parlare di donne.

Di solito era l'argomento su cui si concentravano in quei giorni, e Marcus sapeva che era a causa di Bristol.

Nessuno sapeva esattamente cosa pensare di lui e Bristol, e considerando che lui era della stessa identica opinione, era contento di questa tregua. «Ehi, la prossima volta dovresti portare il tuo amico Ronin», disse Liam mentre finivano e pulivano l'attrezzatura.

Marcus aggrottò la fronte. «Forse. Non gli piace molto uscire».

«Non lo costringeremo ad allenarsi con noi. Magari

quando usciamo per vedere una partita o qualcosa di simile?».

«Sì, potrebbe piacergli. È un bravo ragazzo, ma a volte mi sembra che si nasconda tra gli scaffali dei libri».

«Anche tu fai lo stesso ogni tanto, ma Bristol ti porta sempre fuori».

Marcus rimase in silenzio mentre aspettava che Liam continuasse, ma lui non lo fece.

«Non glielo chiederai?».

«Non so se devo chiedere qualcosa. Mi fido di mia sorella e mi fido di te».

Rimasero entrambi in silenzio per un attimo, e Marcus era grato che gli altri fossero in cucina a preparare la cena.

«Tuttavia, se le fai del male, ti distruggerò. E non solo in un libro, anche se probabilmente succederà anche quello. Scherziamo dicendo che è la nostra sorellina, ma è la verità. Lei si mette in gioco nel mondo, non solo con la sua musica ma anche con la sua anima, e ha bisogno di un posto sicuro da chiamare casa. Tu sei sempre stato quel luogo sicuro, ma se lo comprometti, se le fai del male in qualsiasi modo, al corpo, all'anima, al cuore? È finita. Non so come voi due abbiate iniziato questa relazione, ma vedo il modo in cui lei ti guarda e il modo in cui tu guardi lei. C'è qualcosa, quindi non dirò nulla sul fatto che non ce lo aspettavamo. Perché non stava a noi aspettarselo. Tutto quello che so è che lei è sempre stata tua, proprio come tu sei sempre stato suo. Quindi, non rovinare tutto».

Marcus deglutì a fatica.

«È la mia migliore amica, Liam», disse Marcus. Era l'unica cosa che poteva dire.

«Lo so. Come Arden è la mia migliore amica».

In quel momento gli altri entrarono nella stanza e non fu necessario aggiungere altro. Marcus prese il suo bicchiere d'acqua invece della birra che non aveva più voglia di bere, e poi tornarono a parlare di sport. Naturalmente, non appena lo fecero, Ethan prese la parola.

«Okay, ho sentito parte di quello che stava dicendo Liam, ma ora parlerò anch'io», disse l'altro uomo, e Lincoln si pizzicò il naso.

«Oh Dio, ti prego, non farlo».

«Non preoccuparti, amore della mia vita, non sono uno stronzo».

Aaron tossì nel pugno ed Ethan mostrò il dito medio al fratello.

«Voglio solo darti il benvenuto nella famiglia». Ethan alzò il bicchiere e Marcus deglutì a fatica, facendo un cenno agli altri uomini.

«Grazie».

«E aggiungere che se fai soffrire nostra sorella, ti faremo il culo».

Marcus scoppiò a ridere insieme agli altri perché Ethan sembrava così dolce e innocente mentre pronunciava quelle parole.

Lincoln si lamentò e si coprì il viso con le mani. «Sul serio?», mormorò tra i palmi delle mani.

«Sul serio».

«Voi ragazzi non siete stati così cattivi con me

quando mi sono unito a voi», disse Lincoln, abbassando le mani.

«Ma li stavi liberando di Ethan. Bristol è la loro preziosa sorellina, ricordi?», disse Marcus impassibile, ed Ethan rimase a bocca aperta.

«Non posso credere che tu l'abbia detto», disse Ethan e poi scoppiò a ridere insieme agli altri.

Aaron guardò entrambi, scuotendo la testa. «Sapete, sarò anche il più giovane, ma non pensavo che sarei stato l'ultimo superstite».

Marcus aggrottò la fronte. «Cosa intendi?».

«L'ultimo Montgomery single. Insomma, cosa farà Boulder senza di noi? Immagino che dovrò farmi carico della situazione e assicurarmi che tutti sappiano che c'è ancora un Montgomery scapolo, giovane e sexy».

Marcus sbuffò. «Sono abbastanza sicuro che tutti abbiano sempre saputo che eri disponibile».

«Non so se stai cercando di rispondermi per le rime o meno, ma lo prenderò come un complimento. Tutti conoscono la mia potenza».

«Per favore, non usare mai più la parola *"potenza"*», disse Liam, scuotendo la testa.

«Sul serio. Mai più». Ethan rabbrividì.

«Ehi. Sto solo dicendo che nell'ultimo libro che ho letto, la potenza è una cosa importante».

«Smettila di dire "potenza"», brontolò Lincoln.

«E per essere uno che legge tanti romanzi rosa come te, non capisci davvero le donne», disse Ethan.

«E tu sì?», chiese Lincoln al suo amato.

Ethan sorrise. «Holland la pensa così».

«Okay», disse Lincoln, con una nota sarcastica nella voce.

«Non mi piace il tuo tono, signorino».

«Puoi occupartene più tardi», lo provocò Lincoln. Marcus chiuse gli occhi, trattenendo una risata.

C'erano state delle minacce, certo, ma erano bonarie. Nessuno insisteva, come se avessero sempre immaginato che era inevitabile. Lui e Bristol erano inevitabili? Gli piaceva pensarlo. Solo che, a volte, non ne era sicuro. Soprattutto perché non si era permesso di pensarci.

Non avrebbe rovinato tutto, però. Non poteva. Non solo per via delle persone in quella stanza e delle loro minacce. No, non avrebbe rovinato tutto perché voleva Bristol. Ecco, l'aveva detto. La voleva. Voleva vedere chi potevano essere insieme e cosa sarebbe successo se avessero fatto il passo successivo. Quando lo avrebbero fatto.

Perché domani sarebbero usciti insieme e lui sarebbe stato con lei. E anche se stavano affrontando questa relazione al contrario, stavano comunque facendo in modo che funzionasse.

E non avrebbe permesso che le sue insicurezze le facessero del male o spingessero i Montgomery a vendicarsi di lui.

Poiché i Montgomery erano una famiglia, erano affidabili. Proprio come lui aveva sempre pensato di essere con Bristol.

E quindi avrebbe fatto in modo che ciò accadesse. A qualsiasi costo.

CAPITOLO NOVE

Cosa indossare al primo appuntamento con il proprio fidanzato, quando detto fidanzato è anche il tuo migliore amico e fa parte della tua vita da ventiquattro anni?

«Non quello che stai indossando adesso, Bristol Montgomery».

Si tolse la maglietta e rimase lì in piedi con i pantaloni neri e il reggiseno, chiedendosi quando avesse perso la testa. Oh, probabilmente circa dieci anni fa, quando aveva chiesto al suo amico e confidente di sposarla dal nulla.

E il fatto che continuasse a parlare da sola significava che aveva superato il punto in cui la sua sanità mentale poteva essere recuperata. Il che andava bene, agli artisti era permesso perdere la testa. Li aiutava a creare. Li incoraggiava nella loro arte.

E nonostante i conati di vomito, non se ne fece una colpa.

Cosa indossare, cosa indossare.

Si tolse i pantaloni, rimanendo in reggiseno di pizzo e mutandine abbinate. Erano nuovi, e decisamente del tipo "scopami contro una porta", e non sapeva se sarebbero stati usati quella sera.

Sarebbe andata a letto con Marcus? Non ne aveva idea. Il pensiero le fece venire i brividi e le si strinse lo stomaco. Per non parlare della sua figa che si bagnò al solo pensiero.

Allora, a quanto pare, dato che Marcus dei suoi sogni era molto bravo con le mani, con la bocca e con il suo cazzo carnoso, forse sperava che Marcus nella realtà fosse uguale.

Doveva davvero smetterla di pensare all'espressione *"cazzo carnoso"* perché suonava strana se usata su chiunque tranne che per il Marcus dei suoi sogni.

Non glielo avrebbe detto in faccia, però.

Sapeva che nel momento meno opportuno le sarebbe sfuggita la frase *"cazzo carnoso"* e sarebbe morta di imbarazzo.

«Basta così», si disse.

Stava solo indossando delle mutandine carine e un reggiseno stupendo. Perché le piaceva indossarli. E perché non sapeva cosa sarebbe successo quella sera, quindi tanto valeva sentirsi carina con qualsiasi abito avesse deciso di indossare.

Si era preparata? Sì. Si era depilata le gambe? Sì. Si era assicurata che i suoi capelli fossero morbidi e ondulati? Sì. Non aveva ancora finito di truccarsi, soprattutto perché voleva assicurarsi che il trucco si abbinasse ai vestiti, ma a quel punto non lo sapeva. Quindi corse rapidamente in bagno per finire di applicare l'ombretto.

Aveva fatto tutto il resto, ma era seriamente preoccupata che avrebbe finito per indossare solo le mutandine e il reggiseno di pizzo color lavanda chiaro.

Il suo seno era davvero bello e, si voltò, accertandosi che anche il suo sedere fosse splendido.

Marcus l'avrebbe notato? Chi poteva saperlo?

Perché questo era solo un primo appuntamento. Di solito non andava a letto con nessuno al primo appuntamento. Anzi, non pensava di averlo mai fatto.

Aggrottò la fronte, riflettendo. No, mai. Ma questo era Marcus. Era diverso.

E aveva fatto del suo meglio per non pensare al suo migliore amico in quella situazione, ma ora avrebbe dovuto farlo perché... eccoli lì. Aggiunse un po' di colore alle palpebre e cercò di fare respiri profondi. Sarebbe andata a letto con Marcus quella notte? Non lo sapeva. Non sapeva affatto come sarebbe andato quell'appuntamento.

Lo desiderava. Lo desiderava davvero. E questo la spaventava. Non si era mai concessa di provare un'emozione così profonda prima d'ora. E ora che era una possibilità? Non era sicura di riuscire a concentrarsi.

Ma era così tra Marcus e lei. Lui le aveva sempre mozzato il fiato, anche se lei non se n'era mai resa conto.

L'idea di stare con Marcus quella sera? Doveva togliersi dalla testa il pensiero che fossero migliori amici con tutta la loro storia. Doveva affrontarlo come un vero appuntamento. Perché le piacevano gli appuntamenti. Le piaceva uscire con qualcuno.

Le piaceva toccare, sentire, ridere. Le piaceva quella sensazione di farfalle nello stomaco mentre cercava di trattenere il respiro e... godersi il momento.

Non era la migliore negli appuntamenti, né era molto brava nelle relazioni. Ma ci provava. Il suo lavoro la portava spesso all'estero e, a volte, doveva anche dedicarsi alle prove. Quasi sempre.

Faceva del suo meglio per essere presente per la persona con cui stava, ma a volte doveva concentrarsi su se stessa. Le ci era voluta molta terapia e ancora più tempo con la famiglia per capire che andava bene così. Marcus l'aveva sempre capito. E il fatto che dopo tutto questo tempo avesse finalmente avuto una possibilità con lui? Doveva significare qualcosa. Giusto?

Fece un respiro profondo e finì di truccarsi prima di tornare al suo armadio. Aveva molti vestiti. Molte scarpe e molte borse. La maggior parte erano per il lavoro. Doveva incontrare dignitari, reali e persone che dovevano vederla in uno stato elevato, anche se la maggior parte delle volte avrebbe voluto raccogliere i capelli in cima alla testa e chiuderla lì.

Grazie ai suoi spettacoli e a Zia, aveva imparato a pettinarsi e truccarsi e indossava l'uniforme e il costume che indosserebbe una violoncellista di fama mondiale.

Ma non si sentiva sempre così.

Quella sera sarebbero andati al loro ristorante thailandese preferito, un posto non troppo elegante, ma nemmeno banale o da fast food.

C'erano graziose ciotoline bianche e musica diffusa dagli altoparlanti. Non si trattava della musica da ascensore o pop, ma brani soft e lirici.

Il locale aveva camerieri in uniformi impeccabili e tovaglie bianche.

Era un posto dove lei e Marcus andavano per festeggiare e, a volte, se avevano avuto una brutta giornata.

Pagavano sempre a turno, anche se lei sapeva bene di guadagnare più di lui.

Non era mai stato un problema tra loro, ma ora che stavano per sposarsi? Avrebbero dovuto parlarne.

Chiarire anche dove avrebbero vissuto e quanti figli avrebbero voluto.

Il suo cuore batteva all'impazzata e lei si chinò, appoggiando le mani sulle ginocchia. Okay, non era il momento di farsi prendere dal panico.

Sì, c'era un anello al suo dito. Abbassò lo sguardo sull'antica montatura e sul solido cuore. Ma quello era solo l'inizio. Non avevano parlato delle fondamenta, della logistica effettiva di tutto ciò. Ma era proprio quello lo scopo di quella serata. Un inizio.

La promessa fatta, la promessa mantenuta e l'anello che le circondava il dito erano solo l'inizio. Quella sera era un'occasione per seguire la strada della tentazione e sbirciare in un futuro che nessuno dei due avrebbe mai immaginato.

Perché un conto era dire che erano fidanzati e che si sarebbero sposati e usare quelle parole che ancora le facevano mancare il fiato, ma avevano bisogno di immergersi veramente nei loro sentimenti e assicurarsi che uscirne integri. Dovevano davvero lavorare su ciò che significavano l'uno per l'altra. E, francamente, su ciò che sarebbe successo fisicamente tra loro due.

Bristol indossò rapidamente uno dei suoi vestiti, un grazioso modello rosso con un motivo floreale e una scollatura profonda che mostrava molto décolleté. Be', non troppo, ma abbastanza da farla sentire sexy e felice. Si allargava sui fianchi e assomigliava quasi a un abito a portafoglio.

Le piaceva perché poteva essere casual o un po' più elegante, a seconda delle scarpe e dei gioielli che indossava.

Voleva un look neutro, quindi aggiunse dei brillanti alle orecchie e poi una collana con un unico pendente rettangolare che attirava lo sguardo sul suo collo e sul suo seno.

Non poteva farci niente, voleva apparire al meglio per Marcus.

Il suo fidanzato. Il suo amico.

E l'uomo che la rendeva nervosa. Una sensazione che non aveva mai provato prima. Almeno, non con lui.

Questo doveva significare qualcosa. Lei sapeva che era così.

Fece un altro respiro profondo e prese il telefono per controllare che ora fosse quando suonò il campanello.

Si bloccò, con le mani tremanti. Espirò senza rendersi conto che stava trattenendo il respiro.

Doveva essere lui.

Doveva essere così. Il momento. Un altro istante in cui tutto potrebbe cambiare.

Ormai dovrebbe esserci abituata. Ma era difficile pensare che potesse esserlo.

Aprì la porta e la sua lingua si incollò al palato.

Marcus era lì in piedi con pantaloni neri, scarpe di pelle e una camicia nera abbottonata infilata nei pantaloni. Si era arrotolato le maniche fino ai gomiti, mettendo in mostra i suoi deliziosi avambracci. Aveva già avuto una volta quel pensiero su di lui, la vista dei suoi avambracci le evocavano qualcosa di molto sporco. Non poteva farci niente, erano tutti muscolosi e una vena sporgeva ogni volta che faceva qualcosa. Erano sexy da morire e fino a quel momento non si era resa conto di avere un fetish per gli avambracci.

Era buono a sapersi, no?

«Sei stupenda», disse Marcus con voce roca e bassa. Pericolosa.

Lei si leccò le labbra, consapevole di farlo troppo spesso davanti a lui. Ma quel gesto attirò il suo sguardo direttamente sulla sua bocca, quindi forse era stata una buona cosa.

«Stavo proprio pensando la stessa cosa dei tuoi avambracci». Chiuse gli occhi e gemette. «Intendevo di te. Ma anche dei tuoi avambracci».

Aprì gli occhi e notò che lui aveva stretto i pugni, rendendo i suoi avambracci ancora più appetitosi.

Santo cielo, stava per svenire?

«I miei avambracci?», chiese lui, con una nota di ilarità nella voce, ma anche con qualcosa di più oscuro, più tagliente.

«Lo so. Non mi ero resa conto che fosse un mio fetish. Ma eccoci qui».

Lui gettò indietro la testa e rise, e lei si rilassò immediatamente. Questo era il suo Marcus. Poteva essere totalmente onesta con lui pur mentendo a se stessa. Perché non poteva mentirgli se lei era la prima a non conoscere la verità. Il che spiegava la sua onestà.

«Ho chiamato il ristorante thailandese e ho messo i nostri nomi sulla lista nel caso fossero pieni. Il tipo era così contento di riceverci. Penso proprio che avremo il nostro tavolo».

«Il fatto che ci conoscano per nome, malgrado sia uno di quei ristoranti che non accetta prenotazioni, significa che ci andiamo troppo spesso?», chiese lei, prendendo la borsa. Marcus si girò e chiuse la porta dietro di lei, assicurandosi che fosse chiusa a chiave. Era una cosa che facevano sempre, comportandosi entrambi come se fossero a proprio agio nelle rispettive case. Non avevano nemmeno bisogno di chiedersi a vicenda di proteggersi l'un l'altro.

Questo pensiero le infuse un sentimento di pace. Di conforto. Anche se tutto era stato stravolto da una sola promessa.

«Penso di volere quella dannata zuppa, quindi il fatto che non dovremo aspettare per un tavolo? Mi sembra fantastico».

Marcus allungò il braccio e fece scivolare le dita tra quelle di Bristol, che gli strinse la mano, sentendosi di nuovo a casa. Era normale. Lo facevano sempre. Dopotutto, andavano a pranzo e a cena in quel posto abbastanza spesso da conoscerlo bene.

Ecco perché era così felice che il loro primo appuntamento fosse così, invece che provare qualcosa di nuovo. Tutto il resto era già fuori posto, aveva bisogno di qualcosa di stabile.

E di sicuro non sarebbe stata lei.

«Cosa prenderai tu?», le chiese Marcus mentre l'aiutava a salire in macchina. Chiuse la portiera dietro di lei e fece il giro dell'auto. Lei scosse la testa.

Lo aveva sempre fatto, anche prima del fidanzamento. Visto? Non c'era nulla di imbarazzante. Non doveva sentirsi nervosa.

Lui si sedette sul posto del conducente e lei inspirò il suo profumo, sentendo i capezzoli indurirsi.

Okay, a quanto pareva, le cose erano cambiate.

«Non lo so, probabilmente qualcosa di saltato in padella. Anche se vorrei i loro involtini primavera. O semplicemente tutto il menu. Sto morendo di fame». Fece una pausa. «Non ho praticamente mangiato niente oggi».

Marcus mise in moto l'auto e la fulminò con lo sguardo.

«Perché non ti prendi cura di te stessa?».

«Stavo lavorando ed ero nervosa, va bene? Smettila».

«No che non la smetto. Perché dovresti occuparti meglio di te stessa. Quando salti i pasti, ti senti debole e diventi irritabile».

«Sei tu quello irritabile», disse lei chiudendo gli

occhi. «Scusa. Questo è un appuntamento. Probabilmente non dovrei essere così scortese».

«Oh, non saresti te stessa altrimenti», ribatté lui, e lei lo fissò, solo per notare che nei suoi occhi danzava una risata. Gli mostrò il dito medio e lui rise.

«Vedi? Ora mi stai mostrando il dito medio. Sembra proprio un appuntamento».

«Stiamo rendendo la situazione imbarazzante? E non lo facciamo nemmeno bene?».

Allungò la mano e la fece scivolare sul suo ginocchio. Quando glielo strinse, lei trattenne il respiro, le mutandine si inumidirono e le si seccò la bocca.

«Oh, okay, mi sbagliavo. Okay».

Erano fermi al semaforo, così Marcus guardò il punto in cui aveva posato la mano sulla sua pelle, un punto in cui il vestito era leggermente sollevato. Un brivido le percorse le cosce e il resto del corpo, ed ebbe quasi voglia di stringere le gambe, intrappolando la sua mano. Chiedendogli di salire un po' più in alto.

Santo cielo, era proprio una sgualdrina.

«Va tutto bene, Bristol. Smettila di pensarci troppo».

«Non sarei me stessa se non ci pensassi troppo».

«È vero». Lei lo fulminò di nuovo con lo sguardo e lui le accarezzò il ginocchio prima di togliere la mano e tornare con l'attenzione sulla strada. Lei non volle sentirsi privata di qualcosa, quindi ignorò la cosa.

Ma quando lui si avvicinò di nuovo e le strinse la mano, intrecciando le dita con le sue, con l'anello di fidanzamento che brillava alla luce dei lampioni, lei emise un sospiro di sollievo.

I due si erano sempre toccati, si erano sempre tenuti per mano, ma in modo del tutto platonico.

Ora non c'era più nulla di platonico.

Oh, sapeva che la loro promessa era solo una scusa. Almeno, per lei. Non aveva idea di cosa pensasse lui, e avrebbe cercato di scoprirlo. Ma prima di tutto? Avrebbe lasciato che i suoi sentimenti prendessero il sopravvento.

Almeno, un po'.

E sperava con tutto il cuore che alla fine non fosse imbarazzante.

Quando si sedettero al loro tavolo preferito e il proprietario si presentò per vedere come stavano, lei era un fascio di nervi e praticamente si contorceva sulla sedia.

Aveva sempre trovato Marcus attraente, ma era come se prima ci fosse stata una barriera tra loro. Non si era mai sentita così.

Ora, non poteva fare a meno di ansimare e desiderare di più.

Aveva davvero perso la testa quando si trattava di lui, e non poteva farci niente. Ogni tocco, ogni respiro, ogni carezza, semplicemente la sua presenza la mandava quasi fuori di testa.

E questo era solo il loro primo appuntamento.

«I miei occhi mi ingannano o quello è un anello di fidanzamento?», chiese il proprietario, guardando la mano di Bristol.

Lei si bloccò per un attimo prima di guardare Marcus negli occhi. Avrebbe giurato di averci visto preoccupazione, poi lui sorrise, un sorriso brillante che le arrivò dritto al cuore.

Adorava il suo sorriso.

«Sono successe un po' di cose dall'ultima volta che siamo stati qui», disse Marcus con disinvoltura.

Lei gli era grata per aver preso la parola, perché in quel momento era troppo nervosa per aprire bocca.

«Finalmente! Oh, sì. Ho sempre saputo che voi due eravate fatti per stare insieme. Eh, fingevate sempre di essere solo amici. Sapevo che doveva esserci qualcosa di più. Stasera la cena la offro io».

«Oh, no, non c'è bisogno. Per favore. Grazie, ma si senta obbligato», disse rapidamente Bristol.

«No, no. La cena la offro io». Si voltò. «I miei clienti preferiti si sono finalmente fidanzati. Presto ci saranno bambini e felicità, e ancora più membri della famiglia che vorranno il mio cibo».

Bristol sapeva di essere arrossita dalla testa ai piedi, e Marcus abbassò la testa, con le spalle che tremavano.

Stava ridendo perché tutti li stavano fissando e applaudendo? O perché lei era rossa come un pomodoro?

Non lo sapeva, ma aveva la sensazione che gliela avrebbe fatta pagare più tardi.

Il proprietario se ne andò dopo che lo chef portò un ordine di involtini primavera, ali di pollo e nam sod.

Marcus ordinò il suo Tom Yum Goong piccante, mentre lei ordinò un Tom Kha Gai come antipasto. Poi decisero di concedersi un lusso e di condividere il salmone Choo Chee e il pollo al basilico, decidendo entrambi di non prendere il curry per quella sera perché erano già troppo pieni dagli antipasti. Tuttavia, gli avanzi di questo posto erano incredibili e il suo stomaco non poté fare a meno di brontolare.

Gemette di piacere davanti alla sua zuppa e Marcus la guardò divertito, scuotendo la testa.

«Cosa?».

«Mi sorprende sempre il tuo amore per il cibo».

Lei posò il cucchiaio e inclinò la testa. «Cosa intendi?».

«Voglio dire, tu ci dai sempre dentro alla grande. Anche se ti ho appena rimproverato perché non hai mangiato abbastanza oggi».

«Sto più che recuperando». Si accarezzò la pancia.

«Sono già sazia dopo gli antipasti e la zuppa, ma sai che mangerò metà della mia cena».

«E un po' della mia. Probabilmente mangerei tutto, ma so quanto ti piacciono gli avanzi».

Lei socchiuse gli occhi. «Ti piacciono gli avanzi tanto quanto me».

«È vero. E di solito finiamo per guardare film e finire fino all'ultima briciola, per poi ordinare altro cibo da asporto».

«Wow, sembriamo proprio dei ghiottoni, vero?».

«Non lo facciamo spesso».

«Abbastanza spesso».

Si scambiarono un sorriso e continuarono a mangiare, ridendo di cose stupide mentre si riempivano lo stomaco di cibo gustoso e delizioso.

«È una bella serata», disse lei all'improvviso, sperando di aver detto la cosa giusta.

Marcus la guardò, inclinando la testa. «Perché, pensavi che non lo sarebbe stata?».

«Pensavo che sarebbe stata imbarazzante e strana».

«Siamo sempre imbarazzanti e strani. Siamo fatti così».

«Ma non voglio che le cose cambino». Chiuse gli occhi. «Ho detto una sciocchezza». Riaprì gli occhi. «Non voglio che cambiamo *noi*. O almeno che alteriamo le fondamenta della nostra relazione».

«Allora facciamo in modo che non succeda».

«Va bene». Le prese la mano e le accarezzò il dorso con il pollice. «Cominciamo con venti domande. O meglio, con alcune domande», precisò.

«Cosa intendi?».

«Senza pensarci troppo, quali sono le cose importanti da sapere per chi sta per sposarsi? Cominciamo da questo. Perché tutto il resto lo sappiamo già l'uno dell'altro. Conosciamo i nostri colori preferiti, sappiamo come dormiamo, sappiamo quali sono state le nostre prime auto, le nostre prime cotte. Conosciamo i nostri primi fidanzati e fidanzate. Sappiamo già tutto questo. Perché l'abbiamo vissuto insieme. Quindi, passiamo a ciò che vogliamo. Come vediamo il nostro futuro?».

«È davvero un'ottima idea. Mi sembra di dover prendere appunti».

Lui le strinse la mano e lei emise un piccolo sospiro. Adorava quando lui faceva così. «Non abbiamo bisogno di un quaderno. Anche se sono sicuro che più tardi vorrai prendere davvero appunti».

«Mi conosci bene».

«Okay, quindi, il nostro futuro. Tu ed io. Cosa vuoi sapere?».

«Ti va bene se non prendo il tuo cognome?». Chiese la prima cosa che le venne in mente. Non aveva idea del perché fosse proprio quella, ma era così.

Marcus annuì. «Professionalmente, tu sei Bristol Montgomery. E so che tu e la tua famiglia amate il vostro cognome come un clan. Ce l'hai persino tatuato».

«Con l'iride dei Montgomery, non il cognome stesso. Eri lì quando l'ho fatto».

«Me lo ricordo. Sul fianco. Proprio sotto il punto in cui di solito ti arrivano le mutandine». I suoi occhi si fecero più cupi e lei deglutì a fatica.

«Sai, una volta sposati, dovresti farlo anche tu. Tutti quelli che entrano a far parte della famiglia lo fanno».

«Come una setta».

«Non è una setta».

«Penso che dovresti "chiamare tuo padre perché fai parte di una setta"».

«Hai ascoltato tipo tre episodi di quel podcast e ci scherzi sopra più di me».

Lui alzò le spalle.

«Proprio così. Va bene, quindi mi sta bene che tu non prenda il mio cognome. A meno che tu non voglia farlo legalmente, invece che professionalmente. Oppure potresti anche unirlo con un trattino. Come preferisci. Perché non si parla di proprietà. Tu rimarrai sempre la stessa e io rimarrò sempre lo stesso, e poi capiremo cosa siamo insieme».

«Giusto. So che non posso cambiarlo per motivi di lavoro. Diventerebbe uno pseudonimo, se fossi uno scrittore come Liam».

«È vero».

«E Arden, Holland e persino Lincoln stanno cambiando nome. Non lo so».

«So che uno dei mariti di tua cugina ha cambiato il suo nome in Montgomery per sua moglie, ma io non lo farò», disse Marcus ridendo.

«Perché tua madre mi farebbe del male se provassi a convincerti a farlo. No, forse lo scriverò con il trattino».

«Forse lo farò anch'io», disse Marcus, e lei sorrise.

«Davvero?».

«Se avremo dei figli, che nome vorresti che avessero? Se avessero il trattino, sarebbe più facile che l'abbia anch'io».

Lei si bloccò, sbattendo le palpebre. «Non lo so. Penso che sia qualcosa che dovremo decidere quando sarà il momento».

Una pausa.

«Hai sempre voluto dei figli, Bristol».

«Anche tu».

Lei deglutì a fatica e notò che anche lui fece lo stesso.

«Quindi, i figli sono in programma?», chiese lui a bassa voce.

«Sì. I figli sono in programma».

E da lì, esaminarono le loro liste come se non stessero prendendo decisioni importanti e non stessero parlando di argomenti cruciali che avrebbero mandato in crisi qualsiasi altra relazione.

Ma con Marcus? Era più facile. Lei riusciva a respirare perché sapeva che se ne sarebbero occupati insieme.

Perché non sarebbero tornati indietro. Stavano andando avanti, insieme.

In qualche modo.

CAPITOLO DIECI

arcus si passò una mano sul viso e sperò con tutta l'anima di riuscire a capire cosa avrebbe fatto dopo. L'appuntamento con Bristol? Assolutamente fantastico. Persino esaltante. Tra loro tutto aveva un senso.

Sapeva che la sua brillante e bellissima amica, *fidanzata*, si corresse, aveva bisogno di avere tutto sotto controllo prima di potersi concentrare su ciò che era importante. L'idea che loro due decidessero dove i loro pensieri, bisogni e desideri si incastrassero a lungo termine era fondamentale.

Avevano parlato delle cose essenziali, e lui sapeva che era stato un bene per lei sentirle. Anche per lui, se doveva essere sincero. Tuttavia, ora che erano tornati a casa sua, almeno nel suo vialetto, le cose erano tornate a essere strane. Lei era seduta sul sedile del passeggero, senza guardarlo.

Non diceva una parola.

Neanche lui parlava.

Be', cavolo.

Il modo in cui sedevano in silenzio probabilmente non era il modo migliore per concludere la serata. Sempre che la serata fosse finita presto. Bristol avrebbe voluto che lui entrasse in casa come faceva prima? Il punto era che Marcus sapeva che se fosse entrato, non sarebbe finita come quando erano solo amici. E se fosse tornato a casa? Cazzo. Non lo sapeva.

«Non so se dovrei invitarti a entrare per un drink? O fingere che sia solo per un caffè? O lasciare che mi accompagni alla porta, e poi andare a mettermi comoda?». Bristol stava divagando, facendo sembrare le sue frasi più domande che pensieri, e lui ne era felice. Perché sapeva che anche lui avrebbe divagato.

«Non credo che abbiamo ancora finito di parlare», disse, scandendo bene le parole.

«Parlare è bello. Parlare è davvero bello».

Marcus si chinò, le slacciò la cintura di sicurezza, facendo scivolare il dorso della mano lungo la sua coscia. Il suono del suo respiro affannoso gli arrivò dritto al cazzo, e lui deglutì a fatica, fissandola negli occhi.

«Non deve succedere nulla stasera», sussurrò.

«E se invece succedesse?», chiese lei, con un filo di voce.

Bristol si leccò le labbra. Ogni volta che lo faceva, il suo sguardo andava sempre alla sua bocca, e lui non poteva fare a meno di desiderare di toccarla. Assaporarla.

«Entriamo».

«Io... va bene».

Scesero dall'auto e lui la aspettò davanti, tendendole la mano. Lei vi scivolò dentro senza dire una parola e insieme si diressero verso la porta d'ingresso. Lui aveva una chiave, ma lasciò che lei usasse la sua perché non si sentiva a suo agio ad entrare di sua iniziativa.

Avevano cambiato la dinamica del loro rapporto, sia insieme che separati, e lui non voleva metterle pressione.

Allo stesso tempo, aveva smesso di ignorare i pensieri e i desideri che aveva avuto per così tanto tempo. Non poteva più mentire a se stesso e dire che non voleva Bristol. Perché la voleva. Amava il suo sapore, come si sentiva con lei. E voleva la sua bocca sulla sua. Voleva leccarle la pelle e assaporarne ogni centimetro. Vederla contorcersi sotto di lui. Metterle le mani addosso, dentro di lei, sopra di lei.

Voleva mostrarle esattamente chi era. Non solo il suo corpo, ma anche la sua anima. Voleva che lei facesse lo stesso. Voleva *conoscerla*.

Una parte della sua mente desiderava anche scoparla con forza, farla venire sul suo cazzo, sbatterla contro il muro mentre entrambi tremavano e cadevano oltre l'oblio. Voleva fare come quella vecchia canzone di Eric Church e rompere il cartongesso con tutte quelle spinte.

Voleva fare tutto questo.

Ma voleva anche andarci piano e sentire ogni centimetro di lei.

Non sapeva a che punto sarebbero arrivati quella sera, ma sapeva che quello era il primo passo. O forse il centesimo, non lo sapeva più.

Ma era così. Non si poteva tornare indietro. Forse non si era mai potuto.

Una volta entrati in casa, nessuno dei due andò in cucina a preparare il caffè.

Era stato a casa sua innumerevoli volte, l'aveva persino aiutata ad arredarla perché lei aveva fatto lo stesso per lui. Non aveva esagerato, ma aveva quattro camere da letto perché aveva bisogno di un ufficio e di uno spazio per esercitarsi. L'altra l'aveva trasformata in una camera per gli ospiti per i suoi amici del mondo della musica che venivano a trovarla.

Anche lui aveva dormito lì, soprattutto quando aveva bevuto più di due drink e non voleva guidare fino a casa. Anche Bristol aveva dormito a casa sua innumerevoli volte, perché si erano sempre sostenuti a vicenda, qualunque cosa accadesse.

Ora, non sapeva cosa sarebbe successo, ma se non avesse fatto il passo successivo, se non avesse fatto la sua mossa, sarebbero rimasti bloccati lì, a chiedersi cosa sarebbe potuto accadere. Allo stesso tempo, avevano delle etichette l'uno per l'altra che forse non avevano senso per il mondo esterno, ma che per loro erano perfettamente comprensibili.

Senza queste, non sarebbe stato in grado di capire chi fossero insieme.

Quindi, perché no? Perché non fare la prima mossa?

«Stasera posso baciarti?», le chiese, sapendo che, come lei gli aveva detto mille volte prima: *il consenso era sexy da morire.*

Lei sorrise, le sue guance assunsero un delizioso colore rosato.

«Voglio che mi baci, Marcus».

Fece un passo avanti, il respiro divenne più affannoso mentre si chinava su Bristol. Lei spalancò gli occhi e inclinò la testa all'indietro per guardarlo.

«E dopo averti baciata, posso baciarti di nuovo? Posso toccarti? Posso assaporarti?». Abbassò la testa, le labbra che le sfioravano l'orecchio. «Posso... scoparti?».

Le fece scivolare le mani intorno, afferrandole il sedere e premendo il suo corpo contro il suo. Lei gli cinse la vita con le braccia, affondando le mani nella sua camicia.

«Ti prego. Pensavo che non me lo avresti mai chiesto».

E poi una mano era sulla sua coscia, sollevandole la gonna, l'altra tra i suoi capelli, inclinandole la testa all'indietro in modo da poter divorare la sua bocca.

Non era una carezza casuale. Non era una dolce tentazione di peccato.

No, era una dannata perdizione, potente e invincibile.

Respiravano entrambi affannosamente, digrignando i denti mentre le loro labbra si premevano l'uno contro l'altro come se non ne avessero mai abbastanza.

Lui le infilò la mano sotto il vestito e le circondò il sedere, scivolando attraverso il tanga fino alle sue pieghe e nella sua figa.

Lei gridò nella sua bocca, irrigidendosi per l'invasione.

Lui le morse il labbro e la baciò per alleviare il dolore.

«Troppo?», chiese lui, facendo scivolare le dita dentro e fuori di lei, mentre il corpo di Bristol lo stringeva sempre più forte man mano che lei diventava più bagnata.

«Non è mai abbastanza, mio Dio. Questo è più di un bacio».

«Ti avevo detto che ti avrei toccata. Che ti avrei scopata». Fece scivolare le mani fuori dal suo vestito e poi si leccò le dita per pulirle. «Che ti avrei assaggiata».

«Mio Dio. Non sapevo che fossi così perverso».

«Ci sono molte cose che non sai di me, Bristol Montgomery. Sei pronta a scoprirne alcune?».

Lei lo guardò e annuì, con gli occhi affamati e le pupille dilatate. «Sempre».

E poi si ritrovarono di nuovo l'uno sull'altra, cercando affannosamente di spogliarsi. Lui le strappò il vestito, tirandoglielo sopra la testa. Lei aveva ancora le scarpe, ma a lui non importava un cazzo. Gli strappò la camicia, i bottoni volarono via, e risero, mentre si baciavano, si leccavano, si toccavano. Gli slacciò la cintura, poi lui si tolse le scarpe con i piedi, i pantaloni abbassati intorno alle caviglie.

Marcus imprecò, poi si chinò per prendere un preservativo dalla tasca. Lei alzò le sopracciglia.

«Sarò sempre prudente con te, dannazione. E lo sai che mio padre mi riempie di preservativi da quando avevo quattordici anni».

Bristol rise. «Mia madre fa lo stesso».

«E ora basta parlare di loro», disse lui, poi si infilò il preservativo.

Gli occhi di Bristol si spostarono lungo tutta la sua erezione, e lui strinse la base del pene, coprendo i testicoli con le mani.

«Sai, ho già sentito quella linea prima. Ne ho intravisto il contorno ogni volta che metti quei pantaloni grigi molto sexy. Sono abbastanza sicura che tu li indossi consapevolmente».

Lui sorrise, poi si avvicinò. «Sì?».

«Già».

E poi le sue labbra furono di nuovo sulle sue, con il suo cazzo premuto tra di loro. Lei portava ancora il reggiseno, le mutandine di pizzo e i tacchi, ed era dannatamente sexy.

«Non togliere i tacchi», le ordinò, poi le spinse da parte le mutandine e ricominciò a giocare con lei, usando il pollice lungo il clitoride mentre le sfiorava lentamente la cucitura. Lei si inarcò per lui, con le spalle premute contro il muro, e andò incontro al suo tocco.

La scopò con la mano mentre le abbassava le coppe del reggiseno per poterle leccare i capezzoli rosa.

Erano boccioli sodi su pelle preziosa e imploravano la sua bocca.

Così lui li leccò, li succhiò e desiderò di più.

«Verrai per me, Bristol?», le chiese con voce bassa. Bristol tremò contro di lui.

«Marcus», sussurrò lei, e lui affondò dentro di lei con le dita, stuzzicandole il clitoride, con la bocca sui suoi capezzoli.

Lei si sciolse intorno a lui, la sua figa si strinse

attorno alle sue dita, ma lui continuò, poi cadde in ginocchio, bisognoso di assaporarla, di leccarla.

«Marcus!».

«Shh, piccola. Lascia che mi prenda cura di te».

E poi la sua bocca era su di lei, e lui stava affogando nel suo sapore. Era dolce, come il miele, e lui ne aveva bisogno. Bristol fece scivolare un ginocchio sopra la sua spalla, e l'altra gamba iniziò a tremare, così lui posò la mano sulla sua coscia, tenendola ferma. Usò la mano libera per allargarla prima di leccarla e succhiarla, passando la lingua sul suo clitoride.

«Come fai a essere così bravo?».

«Tutto per te, piccola», le sussurrò lui, e lei rise prima di chiamarlo per nome, stringendolo di nuovo tra le sue gambe. Lui le succhiava il clitoride e lei venne.

Poi lui si alzò in piedi, le mise le mani sulle cosce, la sollevò e la spinse contro il muro.

«Marcus», sussurrò lei.

Lui la guardò e deglutì a fatica. «Sei pronta?», le chiese, improvvisamente un po' preoccupato, un po' timido.

«Ti stavo aspettando», sussurrò lei, con le mani sul suo viso. Poi lui scivolò dentro di lei, all'inizio lentamente, centimetro dopo centimetro, senza mai distogliere lo sguardo, entrambi con il fiato sospeso come se avessero atteso quel momento da più tempo di quanto entrambi volessero ammettere.

All'improvviso, lui era completamente dentro di lei, il corpo di Bristol si allargò per accoglierlo, le sue gambe tremavano mentre avvolgeva i polpacci intorno alla sua schiena. Lui spostò una mano per poterle accarezzare il viso, asciugandole le lacrime dagli occhi, sapendo che non le stava facendo male, ma che si trattava di qualcosa di diverso. Qualcosa che non si era aspettato.

Conosceva questa donna. La conosceva dal profondo della sua anima fino a congiungersi alla sua. Aveva sempre saputo che sarebbero stati legati, che qualunque cosa fosse successa nel mondo, sarebbero stati insieme. E si erano assicurati di avere sempre quella strada che li avrebbe portati l'uno all'altra. Anche se non fosse finita così. Eppure, li aveva portati entrambi dove erano adesso, in questo momento.

Lei gridava contro di lui, toccandolo, mentre lui la riempiva e lottava per non muoversi. La guardò semplicemente e capì.

Nonostante quello che gli piaceva credere, era inevitabile arrivare a questo momento.

Sarebbe rimasto impresso nella sua anima fino alla fine dei suoi giorni.

Aveva mentito a se stesso quando aveva detto che era solo una promessa fatta a un'amica per vedere cosa sarebbe successo.

Amava Bristol Montgomery. Non come la sua migliore amica, non come l'altra metà della sua anima, ma come una donna che sapeva sarebbe stata parte di lui per sempre.

L'amava, e non aveva idea se lei lo ricambiasse nel modo in cui lui aveva bisogno.

Ma in quel momento, con la sensazione di lei attorno al suo cazzo e nel suo cuore, non gli importava.

Perché avrebbe trovato un modo per farlo accadere.

Ma prima doveva finire quello che aveva iniziato, doveva completare il loro legame e aveva bisogno di stare con lei.

Così, scacciò dalla mente i pensieri su ciò che avrebbe potuto essere, perché sapeva che non sarebbe stato in grado di concentrarsi se si fosse preoccupato del futuro, e posò la bocca sulla sua. E poi si mosse.

Lei indossava ancora il reggiseno, le mutandine erano spostate di lato e le sue scarpe gli affondavano nella schiena, ma a lui non importava. Era eccitante da morire, e quella era la sua Bristol. L'amore della sua vita.

L'unico amore della sua vita.

La bugia più dolce che si fosse mai raccontato.

Fecero l'amore. Non era più solo una scopata, non era solo sesso, era ciò che aveva sempre temuto di provare se si fosse lasciato andare.

Lei si inarcò contro di lui, le unghie che gli graffiavano la schiena, e lui si spinse più a fondo, desiderando di più.

«Marcus», sussurrò lei.

Un bacio. Un respiro. Un altro bacio. «Il mio Marcus».

E poi si perse, la bocca sulla sua mentre assaporava il suo urlo. Lei venne intorno e lui la seguì oltre l'oblio.

Le gambe gli tremavano, e la penetrò con forza ancora una volta. Entrambi si inarcavano l'uno verso l'altra come se non ne avessero mai abbastanza, come se non fossero abbastanza vicini.

E dopo, la aiutò ad alzarsi, la pulì e la accompagnò in

bagno affinché potessero fare una doccia e assicurarsi che fosse tutto a posto. Perché era fatto così.

L'uomo che si era sempre preso cura di lei, non perché doveva, ma perché voleva. E perché lei faceva lo stesso per lui.

E poi erano a letto, a baciarsi, a toccarsi, questa volta fecero l'amore in un modo più dolce, più delicato, come se avessero fatto il passo più importante, ma volessero ancora un assaggio.

Non avevano più bisogno di parlare perché lo avrebbero fatto più tardi, avevano sempre tempo.

E quando lei si addormentò tra le sue braccia, lui la strinse a sé e sperò con tutta l'anima che non sarebbero scappati da tutto questo.

Perché aveva passato tutta la sua vita a ripetersi che lui e Bristol Montgomery erano perfetti come semplici amici.

Ma non c'era nulla di semplice tra loro due.

Era la donna che amava, la donna che avrebbe sposato e la donna che avrebbe fatto di tutto per meritarsi.

Sperava solo con tutto il cuore di riuscire a mettere a punto quel piano.

Perché nel momento in cui lei si strinse a lui, Marcus fu certo di non volere che tutto questo finisse.

Solo che aveva paura che, se non fosse stato attento, il loro finale li avrebbe colpiti più duramente di quanto entrambi avessero mai immaginato.

CAPITOLO UNDICI

«Non dovrebbe sembrare strano, vero?», chiese Bristol mentre Marcus si appoggiava allo stipite della porta.

Quando lui le rivolse un sorriso languido, lei avvertì una fitta allo stomaco e si trattenne dallo stringere le cosce.

Cosa c'era di così speciale in un uomo appoggiato allo stipite della porta che sfoggiava quel sorriso pigro? Era come se sapesse esattamente cosa stava facendo e volesse semplicemente far esplodere le ovaie di tutte le donne presenti nella stanza. Per non parlare del fatto che Marcus indossava una camicia arrotolata fino ai gomiti.

Stava quasi per mordersi le nocche per trattenere un gemito.

Santo cielo, voleva saltare addosso a quel bibliotecario, spogliarlo e assaporarne ogni centimetro.

L'aveva già fatto quasi un'ora prima, ma era pronta

per il terzo round, nonostante non fosse passato molto tempo.

Il fatto che il suo desiderio sessuale sembrasse essersi intensificato quando si trattava di Marcus non avrebbe dovuto sorprenderla. Dopotutto, aveva nascosto i suoi sentimenti per lui nella sua mente per anni.

Ora che finalmente si stava concedendo di desiderarlo, santo cielo, non poteva fare *altro* che desiderarlo.

Oggi, tuttavia, doveva fare un sacco di cose che non avevano nulla a che fare con il desiderio di andare a letto con il suo migliore amico e fidanzato.

No, oggi c'era la cena della famiglia Montgomery.

E lei era terrorizzata all'idea di mandare tutto all'aria.

«Andrà tutto bene. E poi, questa è la tua famiglia. Dovrei essere io quello nervoso».

Bristol si infilò la maglietta dalla testa, ignorò il gemito che sfuggì dalle labbra di Marcus e cercò di non sorridere. Il fatto che gli piacesse il suo aspetto? Il fatto che si fosse lamentato quando si era coperta? La rendeva felice. Solo che avrebbe fatto del suo meglio per non lasciarsi trasportare troppo da quella sensazione partico-lare, perché tutto era ancora così nuovo. Poteva anche avere quel diamante al dito, e si erano scambiati delle promesse, ma c'era ancora una parte della loro relazione che era rimasta inesplorata. Intatta e agli albori. E pensarci le faceva venire le farfalle nello stomaco.

«Aspetta, non sei nervoso?», chiese lei, smettendo di fantasticare sull'uomo davanti a lei e concentrando invece la sua attenzione su ciò che aveva detto.

Marcus scrollò le spalle mentre si allontanava dallo

stipite della porta. «Forse. Voglio dire, la tua famiglia fa sempre un po' paura».

Lei spalancò gli occhi, confusa. «Non a te. Tu sei praticamente di famiglia».

«Be', speriamo che non vogliano adottarmi, altrimenti la situazione si complicherà un po' quando dovremo sbrigare le pratiche per il certificato di matrimonio».

Le sue labbra ebbero un sussulto. «Sai bene che mamma e papà non hanno mai voluto adottarti. Soprattutto perché i tuoi genitori li avrebbero fatti fuori».

«Non dire sciocchezze. I miei non farebbero mai fuori i tuoi genitori. Forse li mutilerebbero un po'. Anche se, se i tuoi mi adottassero, i miei vorrebbero essere adottati a loro volta. Per formare una grande famiglia felice».

«Le nostre mamme sembravano davvero entusiaste del fidanzamento».

«Certo che sì. È tutto ciò che loro due hanno sempre desiderato. Mi piace che le nostre famiglie siano sempre state amiche».

«Già, a differenza della famiglia di Lincoln». Non aveva idea del perché avesse tirato in ballo il suo futuro cognato, ma lei e Marcus avevano parlato spesso di Lincoln, dato che anche lui faceva parte della famiglia.

Marcus scosse la testa. «Non tutta la sua famiglia. I genitori di Lincoln sono simpatici. Hanno semplicemente voltato pagina e sono andati avanti senza di lui. Gli adulti fanno così. Non tutti vivono nello stesso Stato per tutta la vita. Cavolo, mi sorprende che tu non sia finita a New York o a Los Angeles o città simili».

«Non lo farei mai. Amo i miei genitori. La mia famiglia». Fece una pausa. «E non volevo nemmeno stare lontana da te perché hai sempre fatto parte di tutto questo. Il mio punto di riferimento».

«Be', sono contento che tu sia tornata. E sono ancora più contento di aver trovato un lavoro in una biblioteca qui. Non è così facile come alcuni potrebbero pensare, anche se è una grande città».

«Siamo a Boulder, non a Denver. Anche se avessi trovato un lavoro a Denver, non sarebbe stato poi così lontano».

«È vero. Ma sono contento di aver trovato un lavoro qui, e uno che tecnicamente non fa parte dell'università, così non devo avere costantemente a che fare con quel tipo di politica aziendale».

«Devi avere a che fare con loro già abbastanza così».

«È vero».

«Comunque, dobbiamo andare. Non vorrai essere l'ultima ad arrivare a casa tua».

«No, perché poi Aaron ci darebbe addosso».

«A volte gli riesce bene la parte del fratellino fastidioso, vero?», chiese Marcus, con un sorriso sulle labbra. Lei si sporse in avanti e baciò quelle labbra, incapace di trattenersi. Era così strano. Prima, Bristol lo abbracciava o voleva baciarlo sulla guancia, o magari gli teneva la mano senza pensarci troppo. Ora che avevano portato la propria relazione al livello successivo, questa nuova dinamica tra loro, non voleva che finisse. Si sarebbero baciati in pubblico? In un certo senso l'avevano già fatto durante il loro appuntamento, no? Anche se in pubblico, e poi davanti ai Montgomery, erano due cose diverse. Completamente.

«Perché hai quell'espressione?», chiese Marcus, sistemandole una ciocca di capelli dietro l'orecchio. Lei si strinse a lui come faceva sempre. Quella parte non era mai cambiata tra loro. Erano gli elementi nuovi di ciò che stavano diventando a rendere tutto così complicato.

«E se l'atmosfera fosse strana, ancora *più strana* di quanto a volte già non sia?».

«Non credo che andrà poi così male. Io ho già passato del tempo con i ragazzi, tu con le ragazze, e ognuno di noi ha visto i propri genitori da quando abbiamo iniziato questa nuova fase».

«Lo so, ma questa è la prima volta che siamo noi due insieme davanti alla famiglia. Non lo so. È solo che non voglio che le cose siano imbarazzanti».

Marcus annuì, aggrottando le sopracciglia mentre le accarezzava la guancia con la punta delle dita. Lo faceva da una vita. Non era niente di nuovo. Solo che ora lei conosceva come quelle dita la avevano fatta sentire mentre facevano l'amore, mentre si toccavano... in altri posti. E non sapeva bene come respirare quando quelle dita vagavano su di lei.

Forse avrebbe dovuto. Forse avrebbe dovuto pensare in modo logico e fare una lista. Ma non riusciva a pensare quando si trattava di lui. Non c'era nulla di logico in ciò che provava per Marcus, perché era stata così brava a nascondere quei sentimenti. Aveva represso ciò che avrebbe dovuto fare piuttosto che ciò che voleva per così tanto tempo, che non sapeva come dare un'etichetta o un peso a quell'emozione senza nome che la attraversava.

«Non voglio rovinare tutto», sussurrò.

«Siamo solo noi due, Bristol. Non possiamo rovinare nulla».

«Non lo so. Sono bravissima a mandare tutto all'aria».

«No, non è vero. Sei bravissima in tutto quello che fai. Compreso far capire agli altri che non sono soli. Hai aiutato Arden a capire che poteva sentirsi subito parte della famiglia Montgomery».

Bristol sbuffò. «No, ho invaso casa sua e le ho detto che sarei stata sua amica, con o senza Liam. Non mi piaceva il fatto che si fosse isolata perché era malata. Non che fosse mio diritto prendere decisioni del genere, ma odiavo che si sentisse sola. E sai che per me gli amici non sono mai abbastanza. E Arden sembrava una persona fantastica».

«E anche tu sei una persona fantastica. Voi siete amiche, con o senza Liam, come hai detto tu. Ed è perché sei una donna straordinaria. Hai cercato di avvicinarla, anche se sei passata per una stalker».

Lei gemette, chiudendo gli occhi con forza. «Non agisco troppo da stalker, vero?».

«Mi avvalgo della facoltà di non rispondere su questo punto e poi sposto la conversazione su Holland. L'altra tua vittima di stalking».

«Io non sono una stalker. *Tu* lo sei».

«Non ha nemmeno senso».

«Forse. Comunque, non lo so. Non volevo nemmeno

che Holland fosse sola. Voglio dire, è scappata dal suo matrimonio perché il suo fidanzato era un idiota». Fece una pausa. «Grazie per non essere un idiota».

Lui la baciò di nuovo, dolcemente, le loro lingue si intrecciarono. Le sue ginocchia quasi cedettero. «Ti prometto che non sarò mai quel tipo di idiota. Potrei essere uno stronzo a volte. Ma non posso farci niente».

Lei sbuffò. «Okay, come vuoi tu. Comunque, anche Holland mi piace. E sì, sono andata a casa sua solo per assicurarmi che sapesse di avere altre persone con cui parlare oltre a mio fratello e Lincoln. E forse questo sarebbe potuto apparire strano agli altri. Io non la pensavo così».

«Non è stato poi così strano. Non nel quadro generale delle cose. Siete amiche».

«E il mio prossimo progetto, cioè, la *persona* a cui farò capire chiaramente che è la benvenuta come parte della famiglia, è Madison».

Marcus aggrottò le sopracciglia. «Non hai intenzione di fare da cupido, vero? Perché la cugina di Lincoln non ha bisogno di un partner. Probabilmente potrebbe cavarsela da sola».

Bristol sollevò un sopracciglio. «Lo dici perché pensi che sia sexy?».

Lui sorrise, e lei quasi ringhiò. «Certo che penso che sia sexy. Non fare la finta tonta. Sappiamo bene che sia io che tu pensiamo che sia sexy».

«Forse. Ma ora che siamo fidanzati, non è strano?».

«Non lo so. Ho sempre pensato che fosse piuttosto figo che, dato che siamo entrambi bisessuali, abbiamo potuto guardare le stesse persone. Ma suppongo che potrei astenermi dal trovare qualcuno attraente d'ora in poi».

«Mi piace parlare delle cotte per le celebrità che abbiamo in comune. Mi ha sempre fatto sentire come se fossimo migliori amici per un motivo».

«Siamo migliori amici per più motivi oltre alla nostra cotta per Michael B. Jordan».

«E Jennifer Garner. Non possiamo dimenticare l'epoca di *Alias*».

Marcus sorrise, scuotendo la testa. «Hai ragione. Non potremo mai dimenticare quei giorni. Anche se ancora non capisco la parrucca rossa».

«Non devi capirla. Tutto quello che devi sapere è che la rendeva carina».

«Come vuoi tu. Faremo tardi, ma devi promettermi di non fare da cupido con Madison».

«Perché?».

«Perché non sei brava a fare da cupido. Lo sappiamo entrambi».

«È successo solo una volta, e non mi ero resa conto che fossero cugini».

«Avevano lo stesso cognome, e sono abbastanza sicuro che tu li abbia conosciuti entrambi a un barbecue di famiglia a cui avevano invitato i vicini».

«Pensavo che uno dei due fosse un vicino. E poi non riesco a credere che ne stiamo ancora parlando».

«Era per dire», sussurrò lui.

«Basta. Non ho intenzione di fare da cupido. Ho intenzione di creare legami di amicizia». Lei gemette.

«Va bene, non ha senso. Madison sta lentamente cascando nella mia rete». Si fermò di nuovo, mentre gli occhi di Marcus brillavano dalle risate. «Non intendevo nemmeno dirlo così».

«Oh, ti sto immaginando con questa rete di amici e conoscenti legati da un filo rosso che unisci insieme, mentre saltelli cercando la migliore corrispondenza per ciascuno».

«Zitto. Come stavo dicendo, la famiglia di Madison è orribile, lo sappiamo tutti. E finalmente sta uscendo un po' di più con noi. Quindi, mi assicurerò che sappia che è la benvenuta».

«Non lo ripeterò. Non penso che siate una setta».

«No, non contavo che lo ripetessi. E non siamo una setta. Siamo i Montgomery».

«Il motto della tua famiglia?».

Lei esalò un lamento. «Ora dobbiamo davvero andare».

Lui esitò prima che si mettessero in marcia. «Ci sarà anche Madison?».

«Sì, perché verrà con Lincoln». Lei sorrise graziosamente, sbattendo le palpebre.

«Sei stata tu a dirlo a Lincoln, vero?».

«No, l'ho detto a Ethan perché era più vicino a me, e lui ne ha parlato con Lincoln».

«Oh, tu e le tue reti».

«Oh, smettila», disse ridendo. Il tragitto fino a casa dei suoi genitori fu relativamente breve, e lei continuava a stupirsi del fatto che, in qualche modo, era riuscita a vivere vicino alla maggior parte della sua famiglia in un'epoca in cui non tutti potevano permetterselo.

«Sono così grata che entrambe le nostre famiglie vivano ancora tutte qui. Insomma, so che io e Liam ci siamo spostati un po', soprattutto per motivi di lavoro, ma ora siamo tutti qui. Capisci?».

Marcus allungò una mano e le accarezzò di nuovo il ginocchio, e anche se lei sentì lo stomaco stringersi, soprattutto per la sua vicinanza, riuscì comunque a rilassarsi, confortata da quel tocco familiare.

«Capisco. Non so cosa farei se dovessi vivere lontano dalla mia famiglia. Sono viziato in questo senso».

«Il fatto che tutte e tre le tue sorelle si siano sposate e si siano comunque trasferite vicino a te è pazzesco».

«La tua famiglia è uguale. Cavolo, tipo il novanta per cento dei tuoi cugini vive addirittura nello stesso Stato».

«Credo che al momento sia circa il cento per cento. E uno è tornato a vivere qui di recente».

«È davvero notevole».

«Siamo una famiglia unita». Fece una pausa. «E non una setta».

«Questo lo dici tu. Eppure, eccomi qui, sul punto di prestare giuramento. Mi danno una toga o qualcosa del genere?».

«No, ti fanno un tatuaggio sulla pelle».

Marcus la guardò e poi rise mentre parcheggiava davanti alla casa dei Montgomery. «Hai ragione, il fatto che la tua famiglia abbia un tatuaggio che ricevono anche quelli che si sposano, mi dice che è più simile a una setta di quanto pensi».

«Idiota». Lei rise mentre scendevano dall'auto. Marcus le fece scivolare un braccio intorno alla vita e la baciò con decisione sulla bocca, anche se lei rideva contro di lui.

«Rimane comunque una setta», sussurrò lui.

«Eccovi qui, ragazzi. Sono così felice che siate venuti». Sua madre batté le mani dalla porta, raggiante. Sembrava che avessero deciso di dare sfogo alle loro effusioni pubbliche e di comportarsi in modo naturale.

Perché era naturale: stavano davvero per sposarsi. Stavano costruendo il loro futuro. E si baciavano, si toccavano come se lo avessero sempre fatto. Come se fosse sempre stato parte della loro vita.

Il fatto che fosse ancora nervosa e cercasse di immaginare cosa sarebbe successo dopo non era qualcosa su cui si sarebbe concentrata quella sera.

«Entrate. Stiamo servendo gli stuzzichini proprio ora».

Bristol aggrottò la fronte. «Siamo gli ultimi ad arrivare?», chiese.

Sua madre alzò le spalle mentre si avvicinava a loro. Diede a Bristol un bacio sulla guancia, e poi si sollevò in punta di piedi mentre Marcus si chinava in modo che potesse raggiungere anche la sua guancia.

«Sì, ma Aaron è venuto presto, credo perché volesse essere il primo ad arrivare».

«Tipico del mio fratellino».

«Sai che si considera ancora un fratello maggiore. Non so, deve essere il complesso del minore», disse sua madre, ridendo.

«Eppure, sono io quello con il complesso del figlio di mezzo?», chiese Ethan mentre usciva dalla porta d'ingresso.

«Entrate. Stiamo mangiando bruschette e insalata caprese».

«Oh, sembra delizioso, ma pensavo che avremmo mangiato arrosto con le patate», disse Bristol. «Non sapevo che li servissi insieme».

Sua madre sorrise. «Ne avevo voglia. Tuttavia, al negozio non avevano l'arrosto che avevo in mente di fare, quindi ho preparato pollo arrosto ripieno di limoni ed erbe fresche». «E ovviamente purè di patate, asparagi, cavoletti di Bruxelles, carote glassate e, come contorno, patate gratinate».

«Credo di amarti», disse Marcus con un ampio sorriso. «Davvero, sto morendo di fame».

«Allora vai a mangiare una bruschetta». Sua madre lanciò un'occhiataccia a Bristol. «Perché non dai da mangiare a quest'uomo? Sai qual è il tuo dovere».

Bristol resistette all'impulso di mandare a quel paese sua madre, ma alzò gli occhi al cielo. «Sì, perché sono sicura che è mio dovere assicurarmi che il mio uomo sia sfamato».

«L'hai chiamato il tuo uomo. Sono così felice». Baciò di nuovo Bristol sulla guancia e poi trascinò Marcus verso il cibo.

A quel punto suo padre si avvicinò, dando a Bristol un grande abbraccio. «Non badare a tua madre. Le piace stuzzicarti. E sai che sono io quello che ha preparato gli antipasti».

«È per questo che non si abbinano alla cena?».

«Tua madre aveva voglia di un sacco di pomodori, anche se non si abbinavano al resto del suo tema. Quindi, oggi, il tema è semplicemente il cibo che avevamo voglia di mangiare piuttosto che qualcosa di più specifico. Siamo liberi di farlo».

«E non ci avete permesso di portare nulla per cena».

«No, ma è perché ora che siete tutti adulti, abbiamo cambiato le cose così organizzeremo le cene Montgomery anche a casa vostra, non solo da noi».

«Liam è il prossimo, giusto?».

«E poi la famiglia di Ethan, e poi tu e Marcus. Aaron chiuderà la fila».

«Come sempre, il piccolo, quello che viene dimenticato».

«Davvero?», chiese Madison da un lato, ridendo. «Ti sei intromesso in ogni conversazione da quando sono arrivata. Sono abbastanza sicura che fai in modo che nessuno ti *dimentichi*», disse.

Bristol batté le mani. «Madison. Sei qui. E sei la mia nuova persona preferita. Dobbiamo mettere Aaron al suo posto. È l'unica regola per far parte della nostra setta... cioè, del nostro clan».

«Io l'ho detto che è una setta», disse Marcus dall'altra parte della stanza, con un piattino già pronto. Aveva un altro piatto in mano e lo sollevò verso di lei. «Hai fame?», le chiese.

Lei sorrise e andò da lui, prendendo il suo piatto.

«Grazie».

«Di niente».

«Sai, mi sono reso conto che voi ragazzi siete sempre stati così l'uno con l'altro, ma è un po' strano vederlo con quell'anello al dito».

Lei guardò Ethan. «Cosa intendi?», chiese, improvvisamente a disagio. Giocò con l'anello di fidanzamento con il pollice, facendolo ruotare attorno al dito.

«Non sto dicendo niente di male», disse Ethan in fretta dopo che entrambi i suoi partner che lo fulminarono con lo sguardo. «Davvero».

«Credo che intendesse dire che per noi è ancora strano l'idea che tu e Marcus stiate davvero insieme e lo abbiate reso pubblico. Un giorno, ne sono sicuro, ci racconterete la storia di come è successo, ma dato che ci hai concesso la decenza di non addentrarti in ogni singolo aspetto personale della nostra relazione, mi asterrò dal farlo ora con la tua». Lincoln sorrise mentre lo diceva, con tono da vero gentiluomo, e Bristol si rannicchiò al fianco di Marcus, un po' sollevata.

«Non ho mai detto che mi sarei trattenuto», aggiunse Aaron, ed emise un gemito quando Madison gli diede una *gomitata* nello stomaco.

«Smettila», sussurrò lei.

«Non mi conosci nemmeno e già mi stai facendo del male? Lincoln, porta via tua cugina».

«Madison, ti do il permesso di fare tutto quello che vuoi ad Aaron. Picchialo. Probabilmente se lo merita».

Madison sorrise a suo cugino. «Grazie. Mi sento davvero parte della famiglia adesso».

«Sì, anch'io», borbottò Aaron, e Bristol rise, guardando gli altri mentre scherzavano.

Liam e Arden uscirono dalla stanza sul retro, con l'aria un po' spettinata, e tutti fecero del loro meglio per non scoppiare a ridere.

«Scusate, stavamo solo portando fuori Jasper».

L'Husky siberiano bianco approfittò di quel momento per avvicinarsi a tutti loro, in cerca di coccole. Non chiedeva cibo, era un cane molto ben educato, ma lei sapeva che almeno Aaron gli avrebbe dato qualche avanzo.

Bristol non l'avrebbe fatto, soprattutto perché sapeva che non sarebbe stata l'unica, e non voleva che mangiasse troppo. Ma amava quel cane. E se fosse stata a casa abbastanza spesso, ne avrebbe preso uno tutto suo. Ma non era giusto.

Forse ne avrebbe preso uno ora che Marcus sarebbe stato a casa. E poi aggrottò la fronte, con il senso di colpa e la tensione che le attanagliavano lo stomaco. Cosa sarebbe successo quando fosse partita per il tour? Sarebbe venuto con lei? No, non poteva. Aveva un lavoro a tempo pieno, che amava. Ma come avrebbero sopportato la distanza?

E cosa sarebbe successo una volta sposati e con dei figli? Lei sarebbe rimasta a casa? E lui? Non sapeva la risposta, e avrebbero dovuto discuterne. Ma erano ancora nelle fasi iniziali, e indipendentemente dall'etichetta che si fossero attribuiti, non sapeva se fossero pronti.

Marcus le strinse la spalla e la guardò.

«Cosa c'è che non va?».

Lei fece del suo meglio per cambiare espressione e

scosse la testa. «Niente. Sto pensando troppo».

«Sai che non dovresti farlo».

«Lo so. Non posso farci niente. Ora vado a mangiare un po' di bruschetta e poi darò fastidio al mio fratellino. Per il piacere di farlo».

«Ho la sensazione che Madison lo stia facendo per te».

«Sapevo che era la mia preferita», disse rapidamente, scacciando dalla mente ogni pensiero su ciò che avrebbe potuto rivelarsi un disastro. Perché aveva tanta paura di ciò che sarebbe potuto accadere quando avessero guardato oltre la superficie di questa nuova parte della loro relazione e si fossero resi conto che non avrebbe funzionato.

E se non avesse funzionato? E se, con un solo bacio e una sola promessa, avessero rovinato per sempre tutto ciò che avevano avuto?

CAPITOLO DODICI

Ora Marcus capiva perfettamente cosa avesse provato Bristol una settimana prima, quando lo aveva presentato ancora una volta alla famiglia.

Non era proprio una presentazione, dato che aveva una calza tutta sua appesa a casa loro per Natale. Ma era stata la prima volta che era andato con Bristol come suo fidanzato. Anche se non aveva dovuto affrontare nessun interrogatorio, aveva comunque la sensazione che le domande sarebbero potute arrivare all'improvviso se non si fosse tenuto pronto. In effetti, tutti erano stati straordinariamente cauti nel modo in cui avevano trattato la sua relazione con Bristol.

L'intera situazione gli aveva dato l'impressione che i Montgomery sospettassero che le cose non fossero del tutto normali per quanto li riguardava.

Aveva il presentimento di essere sopravvissuto a

quella prova perché tutti stavano aspettando di vedere cosa sarebbe successo tra loro due.

Forse avanzavano in punta di piedi, proprio come lui e Bristol.

Stasera, però, non si trattava dei Montgomery. No, si trattava della *sua* famiglia.

Non aveva idea di come sarebbe andata a finire portando Bristol a cena, ma doveva affrontarla con grandi speranze.

Non che temesse che la sua famiglia la trattasse male. Non l'avevano mai fatto in passato. I suoi genitori l'amavano come se fosse già una loro figlia. Bristol era sempre andata d'accordo con le sue sorelle come se fosse stata parte della loro famiglia fin dall'inizio.

Nel corso degli anni le sue sorelle lo avevano tormentato senza tregua riguardo al suo legame con Bristol. Avevano sempre voluto sapere come si fosse evoluta la relazione nel tempo, anche se Marcus stesso non sapeva spiegarlo. Le sue sorelle non erano mai state crudeli o scortesi con Bristol. Proprio come i Montgomery non lo erano mai stati con lui. Aaron forse si era comportato da idiota un paio di settimane prima, mentre cercavano di capire esattamente come fosse iniziata la loro relazione, ma Marcus non gliene faceva una colpa. Oh, avrebbe comunque tenuto i dettagli per sé, ma non biasimava Aaron per la sua curiosità. Marcus stesso aveva torchiato i mariti delle sue sorelle. Più che altro per scherzo, perché gli piacevano quei ragazzi. Sperava che questa volta fosse la stessa cosa. Gli altri Montgomery lo avevano protetto da tutto ciò, e lui ne era grato.

Stasera, però, tutto ruotava intorno alla famiglia Stearn.

«Sto per vomitare».

Marcus guardò Bristol mentre stringeva i pugni sulle ginocchia sul sedile del passeggero della sua auto. Indossava pantaloni grigi e una specie di mantella-maglione che gli ricordava uno scoiattolo volante. Glielo aveva già detto una volta, e lei lo aveva fulminato con lo sguardo e se n'era andata sbattendo la porta. Era successo un anno prima, e lei indossava ancora quella maledetta cosa, quindi doveva piacerle. Adorava come le stava, ma pensava sempre allo scoiattolo.

«Perché stai per vomitare?».

«Innanzitutto, conosco quello sguardo. Stai pensando allo scoiattolo e alla mia maglietta. E non è per niente carino da parte tua. Sto benissimo con questo top. Mi dona una figura a clessidra anche se è un mantello. Non ha senso, eppure lo adoro. E le tue sorelle adorano questa maglietta. Quindi ho pensato di indossarla come portafortuna. Non parlare dello scoiattolo».

Lui sbuffò, scuotendo la testa. «Come diavolo fai a sapere a cosa stavo pensando senza nemmeno guardarmi davvero?», chiese, e lei alzò le spalle.

«Sei il mio migliore amico. Capisco certe cose. E poi, ti viene quel sorrisetto quando cerchi di non ridere di qualcosa che sai mi dà fastidio. E visto che l'unica cosa in questa macchina che ti dà fastidio è la mia maglietta, vaffanculo».

«Quindi, se stessi pensando a qualcos'altro che mi fa ridere, cercheresti di picchiarmi?».

«No, perché stai guidando e voglio arrivare a casa dei tuoi genitori sana e salva». Fece una pausa, le labbra che si incurvavano in un sorriso. «Grazie per aver cercato di distrarmi dal fatto che sto per vomitare».

Marcus aggrottò la fronte. «Hai detto che pensavi di vomitare. Stai davvero per vomitare adesso?», disse, cercando un posto dove accostare.

«Non sto davvero per vomitare. Almeno, non credo». Si portò una mano sullo stomaco, sopra il top a scoiattolo.

Le sue labbra si incurvarono di nuovo.

«Smettila di pensare a quei cazzo di scoiattoli».

Lui scoppiò a ridere e lei si unì a lui, entrambi scuotendo la testa mentre lui imboccava la curva successiva.

«Sono solo nervosa. Si tratta della tua famiglia. I tuoi genitori. Le tue sorelle e i loro mariti. Mi fa paura».

«Sei stata a casa mia tante volte quante io sono stato a casa tua».

«Non mi sembra sempre così. Forse è perché sono egocentrica».

«Ma smettila».

«Ma smettila tu».

Risero di nuovo, e la tensione si allentò.

«È solo che non voglio fare una brutta impressione».

«Ti conoscono. Hai dormito a casa dei miei genitori anche in mia assenza».

Non aveva bisogno di guardarla per sapere che Bristol lo stava osservando con aria di rimprovero. Lo faceva sempre quando raccontava quella storia in particolare. «Eravamo alle medie e avrei dovuto fare il mio progetto di astronomia con te e passare la notte da te. Solo che te ne sei dimenticato e hai deciso di fare un pigiama party a casa di un tuo amico. Sai, con i ragazzi. Invece di invitare qualcuna delle ragazze».

«All'epoca i pigiama party misti non erano ben visti».

«Per noi due non è mai stato un problema. Io sono arrivata con il sacco a pelo sotto il braccio e il mio piccolo telescopio pronto all'uso. A tua madre è bastata un'occhiata per maledirti in non so quante lingue».

«Tipico di mia madre», disse lui, alzando gli occhi al cielo mentre prendeva la svolta successiva.

«Allora tua madre mi fece entrare, e i tuoi genitori, insieme alle tue sorelle, giocarono con me in giardino e mi aiutarono con la mia lezione di astronomia. I miei erano pronti a venirmi a prendere e a scusarsi per il malinteso. Soprattutto perché mio padre aveva parlato con tuo padre, ma le nostre mamme non si erano davvero consultate al riguardo».

Marcus sbuffò. «E questo significava che anche i papà erano nei guai. Dopotutto, non dovrebbero pianificare le cose senza segnare tutto sul calendario».

«Esattamente», disse lei, sorridendo. «Ma è stato uno dei momenti più belli. Tuo padre sapeva tutto di astronomia, e avevamo questo programma sul tuo vecchio computer che ci aiutava a capire le costellazioni che non riuscivamo a individuare dal libro. È stato fantastico. Mi sarebbe piaciuto che tu fossi stato lì».

«Stavo andando a casa di quel ragazzo per parlare di ragazze. Sai, di quanto fossero disgustose».

«Eri alle medie. Le ragazze erano davvero disgustose allora?».

Marcus fece spallucce. «Forse no. Ma *noi* eravamo piuttosto disgustosi».

«È vero».

Entrarono nel quartiere dei suoi genitori e lui parcheggiò proprio davanti casa, spegnendo il motore ma senza scendere ancora. Si slacciò la cintura di sicurezza e si girò leggermente per poter guardare Bristol dritto negli occhi. «Andrà tutto bene. Tu ed io? Ce la faremo».

«Ce la faremo?», chiese lei, sollevando le sopracciglia.

Marcus fece una smorfia.

«Ti adorano. Entreremo lì dentro, ceneremo insieme e molto probabilmente metteranno sotto torchio me, ma non te».

Bristol sbuffò. «Tu sei il piccolo di casa. Quello perfetto. Non ti metteranno sotto torchio».

«Ti comporti come se non avessi mai conosciuto la mia famiglia».

«Non abbiamo appena parlato del fatto che li conosco?», gli chiese, sporgendosi in avanti.

Poiché non riusciva a trattenersi, e in fondo gli piaceva questa nuova fase della loro relazione, si sporse in avanti e le posò un bacio delicatissimo sulle labbra. «Entriamo. Non aspetteranno a lungo».

Il colpetto sul finestrino spaventò a morte entrambi, e Bristol gridò, mentre Marcus rideva.

«A quanto pare, non dovremo aspettare affatto».

«Eccoli qui».

Si voltò e vide Vanessa in piedi fuori dall'auto, che picchiava sul vetro. Aveva un ampio sorriso sul volto, anche mentre scuoteva la testa.

Lui e Bristol scesero, e Jennifer e Andie, dall'altra parte dell'auto, abbracciarono Bristol con affetto.

Ma non c'era nulla di cui preoccuparsi. Giusto? La sua famiglia la adorava. Solo perché era un po' nervoso all'idea di cosa avrebbero pensato della rapidità con cui stavano andando le cose, non significava che avrebbero trattato male Bristol.

Avrebbero potuto fargli l'interrogatorio, ma probabilmente se lo meritava. Dopotutto, era una cosa del tutto inaspettata.

Non voleva ferire la sua famiglia, specialmente sua madre, venendo meno alle promesse che avevano fatto.

«Ma guardati, a sbaciucchiarti con la tua fidanzata invece di entrare in casa». Sua sorella lo baciò sulla guancia e poi gli diede una pacca sul braccio.

«Hai portato quello che ti abbiamo chiesto?».

Marcus annuì e poi andò sul sedile posteriore della sua auto per prendere le due bottiglie di vino e i biscotti.

«Li abbiamo fatti io e Bristol».

«Voi due cucinate insieme?», chiese Andie, intrecciando le mani davanti a sé. «Che carini».

«Sono commestibili?», chiese Jennifer, schivando Andie che cercava di darle una gomitata nello stomaco.

«Ehi. Non ce l'ho mica con te. Sto prendendo in giro il nostro fratellino. È sempre stato concesso. Il fatto che ora abbia una donna che ci piace e che adoriamo tutti non significa che non possa più infastidirlo».

«Sono assolutamente commestibili», disse Bristol, ridendo. «E grazie per aver pensato che sarebbe stata colpa sua, invece che mia, se non fossero stati commestibili. Perché sappiamo tutti che è lui quello che sa cucinare e preparare dolci. Una volta ho letteralmente bruciato una pentola cercando di far bollire l'acqua».

«Ti stavi esercitando con il violoncello e hai dimenticato di spegnere il fornello. Succede».

«E tu leggi e ascolti libri in continuazione mentre cucini, e non fai bruciare un bel niente».

«Ma guardatevi, a litigare senza litigare davvero». Andie saltellava da un piede all'altro. «Siete così carini. Ora entrate, perché sapete che mamma e papà ci stanno guardando da dentro».

Marcus guardò verso la casa e, in effetti, i suoi genitori stavano salutando con la mano dalla finestra.

«Ah, già, c'è umidità qui fuori. Scommetto che tuo padre non vuole che tua madre esca, per precauzione».

Tutti si guardarono e sorrisero dolcemente, mentre Bristol fece una smorfia. «Mi dispiace». Allungò una mano e le massaggiò la parte bassa della schiena.

«No, ne parliamo spesso. Ci preoccupiamo per lei al punto da infastidirla. È questo che ci rende una famiglia. Quindi assicurati di infastidirla anche tu. Perché non puoi essere la preferita tra noi».

«Pensavo che Chris fosse il preferito», disse Marcus seccamente, riferendosi al marito di Andie.

«Lo è». Andie sospirò.

Jennifer alzò gli occhi al cielo. «I mariti sono in casa, più che altro perché abbiamo chiesto loro di non uscire così da potervi tormentare».

Vanessa aggiunse: «Abbiamo dovuto fare appello a tutta la loro forza di volontà e tutta la nostra evidente moderazione per riuscirci. Adesso entriamo. Che l'interrogatorio abbia inizio».

«Siate gentile con Bristol», disse Marcus.

«Bristol è al sicuro. Le vogliamo bene e siamo così contenti che stia diventato parte della famiglia. Tu, invece... Sei tu quello che metteremo sotto torchio».

Tra una battuta e l'altra, entrarono in casa, dove sua madre stava già abbracciando Bristol con forza mentre suo padre prendeva la sua borsa e la appendeva al gancio vicino alla porta.

«Eccoti», disse sua madre e lo baciò sulla guancia. Lui la strinse tra le braccia e la abbracciò forte, inspirando il profumo che gli ricordava casa e la donna che era sempre stata con lui, qualunque cosa accadesse.

Quando l'aveva quasi persa, aveva pensato di aver quasi detto addio una parte di sé. Forse, in fondo, ne aveva già persa una parte lungo il percorso.

Ma averla lì, vederla così dannatamente felice? Stava ritrovando se stesso.

E mentre guardava Bristol da sopra la testa di sua madre, capì che forse, con lei, stava prendendo la giusta direzione.

Avrebbe dovuto spaventarlo, ma non fu così. Bristol era sempre stata lì. Ora che si stava concedendo di immaginare chi potesse essere lei al suo fianco, al di là di ciò che avevano sempre avuto, tutto ciò che aveva tenuto nascosto per così tanto tempo stava ora affiorando in superficie, pronto a esplodere.

Bastarono un malinteso casuale e una promessa che alcune persone non avrebbero mai compreso perché ciò accadesse.

Mangiarono, bevvero e risero. Nessuno fece domande, né a lui né a lei. Per lui non aveva alcun senso. Avrebbero dovuto fare loro il terzo grado. Avrebbero dovuto chiedersi come diavolo era possibile che avessero deciso di fidanzarsi all'improvviso, ma nessuno faceva domande. Forse avevano troppa paura che, se lo avessero fatto, la bolla sarebbe scoppiata e tutto sarebbe tornato com'era prima. Ma non poteva tornare al passato. Marcus non era sicuro che lo avrebbe permesso.

«Allora, non è stato così male come pensavo», disse Bristol, togliendosi il fermaglio dai capelli e massaggiandosi il cuoio capelluto.

Marcus posò il Tupperware vuoto, non che i biscotti fossero stati mangiati tutti, e tirò fuori il portafoglio e le chiavi, sfilandosi le scarpe con la punta del piede. Sembrava che stessero tornando a casa dopo una lunga giornata, dove vivevano insieme, e che quello fosse il loro futuro. Era un assaggio di ciò che li aspettava. Non avevano ancora deciso dove avrebbero vissuto o quando si sarebbero sposati, ma ci sarebbero arrivati. Marcus pensò che avrebbero continuato a frequentarsi per un po' e che avrebbero semplicemente vissuto il momento. E poi il resto sarebbe venuto da sé. Perché se si fosse messo troppa pressione, cercando di capire esattamente cosa sarebbe successo, non avrebbe funzionato.

«Non credo che sia andata male per niente. Per te».

«Il fatto che le tue sorelle ti abbiano messo alle strette mentre i loro mariti ridevano non significa che sia andata male».

«Vedi, non capisco come mai io mi sia ritrovato tagliato fuori da ogni squadra, dato che le mie sorelle sono dalla tua parte. Ti vogliono bene. Perché sei una donna. E i miei cognati sono dalla tua parte perché, come loro, stai per entrare nella famiglia. Come ho fatto a essere respinto da entrambe le parti?».

Bristol rise e gli posò le mani sul petto. «Sai che non sei stato respinto da nessuno. Né dalla mia famiglia, né dal la tua. E il fatto che ci stiano concedendo del tempo per renderci conto della situazione è un po' scioccante e piuttosto preoccupante».

Le parole di Bristol facevano eco ai suoi pensieri. Annuì e le sistemò i capelli dietro le orecchie. «Sì, penso che sappiano tutti che c'è qualcosa di diverso. Ma ci stanno permettendo di capirlo da soli».

«Cosa che non succede sempre con le nostre famiglie».

Marcus sbuffò. «Sì, neanche un po'. Dovrebbe preoccuparmi, ma non voglio pensarci troppo».

Bristol annuì e poi si alzò in punta di piedi per baciargli la mascella.

Lui sorrise e fece scivolare lentamente le mani lungo i suoi fianchi per afferrarle il sedere. Lei sorrise.

«Be', buonasera, signor Marcus».

«Hai ragione. Questa maglietta a scoiattolo mette davvero in risalto le tue curve».

Lei gli diede un pugno sul petto.

«Come osi?».

Marcus sbuffò. «Se quel tuo piccolo pugno mi avesse fatto male, forse mi sarei offeso un po'».

«Le mie mani sono assicurate, signore. Questi tesori sono il mio mezzo di sostentamento. Non ho intenzione di far loro del male prendendoti a pugni».

«Almeno non hai piegato il pollice».

«Certo che no. Mi hanno addestrato i miei fratelli. E poi ho seguito quei corsi di autodifesa».

«Me ne ero dimenticato», disse Marcus, abbassando la voce.

«Liam mi ha costretta a seguirli prima di partire per il mio primo tour. Ricordi? Prima del mio compleanno».

Marcus emise un sospiro. «Me lo ricordo. Il compleanno che sembra aver cambiato tutto».

«Sì, ma in meglio, giusto?», chiese lei, a voce bassa.

Marcus non sapeva cosa dire, perché la pensava così, ma se si fosse sbagliato? E se questo fosse stato solo l'inizio della fine?

Lasciò che quel pensiero terribile gli scivolasse addosso, e invece di rispondere, premette la bocca sulla sua e gemette.

La baciò, mettendoci tutto se stesso, mettendoci tutto il suo essere.

Presto sarebbe arrivato un momento in cui i baci e le carezze non sarebbero più bastati. Avrebbero dovuto affrontare ciò che il futuro riservava.

Ma non era ancora il momento.

Per ora, avrebbero preso un bel respiro e si sarebbero goduti il presente.

Il futuro poteva presentarsi il giorno dopo. E loro lo avrebbero affrontato.

Sperava con tutto il cuore che lo avrebbero fatto insieme, però.

CAPITOLO TREDICI

«Pensavo avessi il giorno libero», chiese Ronin entrando nell'ufficio di Marcus. Questi alzò lo sguardo e si tolse gli occhiali da lettura. Non ne aveva bisogno tutto il tempo, ma quando trascorreva le ore di lavoro a fissare caratteri minuscoli, gli occhi gli si affaticavano un po'. Inoltre, avevano lenti con filtro per la luce blu, utili per il computer. Il fatto che a Bristol sembrassero piacere su di lui era un vantaggio.

Trattenne un sorriso, pensando a lei. Bristol era sempre stata nei suoi pensieri, solo in un modo molto diverso da come era ora. L'idea che gli fosse permesso di pensare a lei in quel modo? Di volere di più? Avrebbe dovuto metterlo in allerta. Ma non era così.

Lo adorava, cazzo.

«Cosa?», chiese Marcus, distogliendo i pensieri da Bristol e da ciò che significavano esattamente l'uno per l'altra.

Ronin sbuffò. «Ti ho chiesto perché fossi qui, dato

che pensavo avessi il giorno libero. E guardati, immerso nel lavoro, distratto, e dall'espressione sul tuo viso in quell'ultimo momento, non stavi affatto pensando al lavoro. Bristol?».

Marcus si pizzicò il naso, più che altro perché odiava indossare gli occhiali per troppo tempo, e si allontanò dalla scrivania, stirandosi la schiena.

«Oggi mi sono concentrato sul lavoro, ma avevo intenzione di prendermi solo il pomeriggio libero, non l'intera giornata».

«Ma così non superi le ore di lavoro?», chiese Ronin, sedendosi di fronte a lui.

«Facciamo sempre gli straordinari», disse Marcus ridendo. «Ecco perché non veniamo pagati a ore».

«Touché».

«Comunque, ieri ho lasciato una questione in sospeso e volevo passare a finirla. Ma tra poco devo andare a Denver, quindi non preoccuparti, non ti darò fastidio a lungo».

«Non è per questo che sono qui, e lo sai bene. Non mi stai disturbando affatto, idiota».

«Ehi, siamo al lavoro, non chiamarmi idiota».

Ronin si limitò a sorridere. «Forse. Sono in pausa e tu stai per uscire, quindi... hai due minuti?».

«Okay», disse Marcus con una certa cautela.

«Quando è il matrimonio?», chiese Ronin, e Marcus sbuffò.

«Aaron?», domandò Marcus, e Ronin alzò le spalle. «Sì, è venuto per un paio di libri in catalogo che lui non riesce a ricevere online e me ne ha parlato. Perché non mi hai detto che tu e Bristol vi siete fidanzati?».

«Penso perché non mi sembra ancora vero», disse Marcus onestamente, le parole gli uscirono di bocca prima ancora di trattenersi.

«C'è qualcosa che non va?», chiese Ronin, un po' cauto. «Vuoi dirmi esattamente cosa sta succedendo?».

Marcus scosse la testa. «No, è una cosa tra me e Bristol. Va bene?».

Ronin inclinò la testa e aggrottò le sopracciglia. «Tu conosci parte del mio passato. Giusto?».

Marcus annuì, sapendo che non era un segreto, ma nemmeno un argomento di cui Ronin parlasse spesso. Dopotutto, non era sempre stato un bibliotecario. L'altro uomo aveva visto cose che nessuno dovrebbe vedere. Aveva passato momenti terribili che gli avevano tolto così tanto. Ma ora era lì e sembrava felice. Per quanto Marcus potesse capire.

«Quindi sai in parte cosa ho passato, e proprio per questo sai che a volte bisogna affrontare gli ostacoli che abbiamo davanti e affidarci a chi ci sta vicino per superare le difficoltà».

«Sì, lo so», disse Marcus a bassa voce.

«Penso che Bristol sia perfetta per te. Ti fa sorridere ogni volta che parli di lei. È divertentissima, ha talento e, ovviamente, è sexy da morire».

Marcus era contento che Ronin avesse chiuso la porta poco prima, perché quello non era il posto migliore per parlare di cose del genere.

«Sai bene che i clienti moralisti non ne saranno entusiasti se ti sentono parlare in questo modo».

«Per una città progressista come Boulder, di sicuro non sembrano gradire il ragazzo queer dietro al bancone», disse Ronin, alzando gli occhi al cielo. «Possono sopportare il mio linguaggio».

«In effetti. E per quanto riguarda Bristol? Stiamo procedendo con calma».

«Siete fidanzati, non procedete con troppa calma».

«Possiamo andarci piano e rimanere comunque fidanzati», disse Marcus, sapendo che non era del tutto corretto. Ma, dopotutto, stava ancora cercando di capire come stavano le cose.

«Vai al tuo appuntamento a Denver. Saremo qui quando torni. E farai meglio a invitarmi al matrimonio».

Marcus si staccò completamente dalla scrivania e si alzò in piedi. «Sai che ci sarai. E gli altri vogliono già che tu venga alla prossima serata tra uomini o qualcosa del genere».

«Si faranno cose tipo sollevare pesi? Perché posso farlo, ma preferirei mangiare le ali di pollo. Sì, mi sembra un'idea migliore».

«E ora mi è venuta una fame da lupi. Grazie mille».

«Quando vuoi. Ora, torniamo al lavoro. Oggi arriva il club del libro».

Ronin non ebbe bisogno di aggiungere altro. Si presentavano molti club, e a lui piacevano. Tuttavia, c'era un club del libro che Marcus proprio non sopportava. Erano maleducati, scontrosi ed esigenti. E non sembravano affatto appassionati di libri. Volevano soprattutto giudicare e darsi delle arie. Ma non era certo che potesse mandarli via. Non quando i suoi capi adoravano quelle ragazze, e una di loro era addirittura loro cugina. Così, Ronin e Marcus se ne fecero una ragione. Era una di quelle piccole cose che a volte rendevano il suo lavoro non proprio il massimo. Ma ne valeva comunque la pena.

Non stava andando a casa. Andò invece a casa di Bristol per andare a prenderla. Aveva fissato questo appuntamento a Denver quasi un anno fa e aveva programmato di andarci da solo. Aveva sinceramente pensato che Bristol sarebbe stata in tour. Invece, lo stava accompagnando.

Cercò di non badare a quella piccola stretta di cuore al pensiero di lei in tour. Aveva il diritto di farlo. Era il suo fottuto lavoro. Solo perché sentiva che ora gli sarebbe mancata ancora di più rispetto a prima non significava che avesse voce in capitolo. Avrebbero escogitato un piano. Aveva abbastanza tempo libero da poterla andare a trovare in giro per il mondo. Oppure, esisteva una cosa chiamata telefono. Con l'invenzione delle videochiamate, non si era mai troppo lontani da qualcuno. Almeno, questo è ciò che si ripeteva quando quell'idea lo angosciava.

Bristol lo stava aspettando sotto il portico e corse verso l'auto, sorridendo.

«Sei pronto?», gli chiese, dandogli un bacio sulle labbra. Lui grugnì, poi le tirò i capelli e le inclinò la testa all'indietro mentre le copriva completamente la bocca con la sua. Lei gemette contro di lui, aggrappandosi alle sue spalle.

«Be', wow. Questo sì che è un saluto. Perché lo hai fatto?».

«Ne avevo voglia. Ti crea qualche problema?», le chiese, sollevando un sopracciglio.

«Assolutamente no. Mi è piaciuto. Sarà divertente. Sono già stata con te per un tatuaggio, ma questa volta sarà fantastico».

«Lo spero proprio. Riuscire a prendere appuntamento al negozio dei tuoi cugini è incredibilmente difficile».

«Questo perché Austin è fantastico. E lo è anche Maya. Ma oggi lavori con Austin, vero?».

Marcus annuì e imboccò il vialetto.

«Sì, più che altro perché Austin ha fatto quasi tutto il resto dei miei tatuaggi. Maya no, e sai bene come i cugini litighino sempre per chi marca più territorio».

«Ci scherzano sopra. Ma se le lasci fare l'iris, allora avrà vinto la gara».

Marcus le lanciò un'occhiata prima di immettersi in autostrada.

«Che cos'era quello sguardo?».

«Perché pensi che mi farò un'iris Montgomery», rispose lui, evitando ogni tono di presa in giro.

«Non conti di farlo?», chiese lei, chiaramente offesa, anche se probabilmente era solo per finta.

«Potrei aver messo la bocca sulla tua iris. Non significa che me la farò tatuare».

«Sembra molto più perverso di quanto dovesse essere», disse lei, sbuffando. «Ma pensavo che lo volessi. Non è così?».

«Forse. Non tutti quelli che si sposano nella tua famiglia ne fanno uno, vero?».

«Credo che quasi tutti lo facciano. Forse tranne l'ex marito di mia cugina Meghan. E l'ex moglie di Alex. Ma, sai, non erano comunque delle brave persone».

Era un eufemismo, ma non aveva intenzione di soffermarsi sull'argomento. «Quindi stai dicendo che se non mi faccio il tatuaggio, finiremo automaticamente per divorziare?».

«No, sto dicendo che i fatti sembrano dimostrarlo».

«Okay, come vuoi tu. Magari mi farò quel tatuaggio. Un giorno. Ma poi dovrò farmi tatuare i nomi e lo stemma della mia famiglia da qualche parte sul corpo, così i miei non si sentiranno esclusi».

«Magari potrebbero farsi tutti l'iris dei Montgomery».

«Sei completamente fuori di testa», disse Marcus ridendo, poi le prese la mano e si diressero a sud verso Denver. Per fortuna non era l'ora di punta. Il viaggio in macchia non fu così male perché erano per strada di primo pomeriggio nel bel mezzo della settimana. E, dato che i Montgomery avevano un piccolo parcheggio dietro al loro negozio, trovare posto fu facile e gratuito.

Ovviamente, bisognava lavorare nel negozio o essere un Montgomery per parcheggiare lì, ma Bristol aveva le conoscenze giuste.

«Andiamo a fare un tatuaggio», disse Marcus, scendendo dall'auto. «Ma niente iris».

«E niente tatuaggi coordinati. A parte l'iris, perché

quello è come uno stemma di famiglia, non uno strano tatuaggio coordinato».

Lui annuì. «Sì, certo, perché un tatuaggio coordinato o il fatto di scrivermi il tuo nome addosso può portare alla fine di una relazione».

«Non facciamo queste cose qui», disse una donna dai capelli scuri, con tatuaggi lungo le braccia e un sorriso malizioso, dalla porta sul retro.

«Maya!», esclamò Bristol, correndo verso sua cugina. Maya la abbracciò forte e ballarono un po' insieme. Quella donna tosta con gli stivali sembrava una bambina insieme a Bristol mentre ridacchiavano.

«Seriamente, però, niente nomi».

«Lo promettiamo. Stavamo solo scherzando».

«Bene. Mi sembra di capire che sei qui per vedere mio fratello e non me. Va bene. Hai il diritto di farlo. Ma sappi che, una volta che farai parte della famiglia, dovrai iniziare ad alternare».

Marcus scosse la testa. «Non lo so, ormai Austin ha fatto quasi tutti i miei tatuaggi».

«È vero, quindi il resto spetta a me». Maya gli fece l'occhiolino, poi gli mise un braccio intorno alle spalle e lo trascinò dentro il negozio.

«Ora andiamo a divertirci».

Marcus guardò Bristol alle sue spalle, che batteva le mani e rideva.

I Montgomery erano davvero tutti pazzi, e lui adorava il fatto di far già parte della famiglia.

CAPITOLO QUATTORDICI

Bristol lasciò che il suo corpo si muovesse al ritmo della musica. L'archetto sfiorava le corde, producendo esattamente le note che desiderava. Era arrivata a una maestria tale da non dover pensare più a ogni singola nota, né guardare le pagine davanti a sé. Aveva gli occhi chiusi e si lasciava trasportare dalla melodia.

Il brano non era stato scritto da lei, ma era uno di quelli che avrebbe inserito nel suo prossimo album. Era un pezzo che parlava di età, di dolore, ma anche di grande amore. Ed era una canzone che richiedeva ogni goccia della sua anima, del suo corpo e della sua abilità.

E lei lo amava.

Sebbene si esercitasse per ore ogni giorno e si fosse esibita innumerevoli volte, sapeva che se non avesse tenuto il passo, nonostante tutti gli anni di esperienza alle spalle, non sarebbe stata in grado di suonare quella canzone.

Ed era per questo che amava ciò che faceva. Poiché imparava costantemente, arricchiva continuamente il suo repertorio e si guadagnava l'amore e l'ammirazione di coloro che apprezzavano il suo lavoro.

Bristol stava ancora cercando di capire esattamente chi dovesse essere e che tipo di artista sarebbe diventata alla fine, ma era proprio per questo che suonava in quel modo. Ecco perché, quando le era stato chiesto di esibirsi a questo concerto nel centro di Denver, aveva accettato subito, perché amava ciò che faceva e voleva farlo.

Il fatto di sapere che tra il pubblico ci fossero i suoi cari l'aveva aiutata.

Marcus era venuto con sua madre e suo padre. C'erano i suoi genitori, così come i suoi fratelli, le loro compagne e Lincoln. Aaron aveva detto che avrebbe portato una ragazza, anche se lei era abbastanza sicura che stesse scherzando. Era troppo impegnato con i suoi progetti per pensare agli appuntamenti. Almeno, questo era ciò che aveva detto l'ultima volta che la madre glielo aveva chiesto.

Dopotutto, tutti gli altri suoi figlioli erano ormai sistemati, e Aaron era rimasto l'unico scapolo.

Lasciò che tutti quei pensieri le attraversassero la mente mentre si concentrava sulla musica, su chi doveva essere.

Questo era ciò che amava.

La musica, il violoncello sotto le sue dita e tra le sue gambe.

Amava il fatto di poter sentire un legame con il pubblico mentre l'accompagnavano durante l'esibizione.

E quando raggiunse l'ultima nota, quella che le mozzava il respiro, quella che le bruciava gli occhi mentre si immergeva nella canzone, la lasciò indugiare, e poi ci fu silenzio.

Silenzio assoluto.

Quando iniziarono i primi applausi, aprì gli occhi e sorrise.

Sebbene amasse essere acclamata ed entrare in contatto con gli altri, nonostante ciò che alcuni potessero pensare, la sua parte preferita era la musica stessa. L'idea che il pubblico potesse ascoltare e interpretare individualmente ogni canzone era senza ombra di dubbio uno dei motivi per cui lo faceva. Ma non l'unico.

Espirò e poi mise da parte il violoncello per potersi alzare in piedi, inchinandosi leggermente mentre il pubblico iniziava ad applaudire. Salutò con la mano, cercando di scrutare i volti sotto le luci intense per vedere le persone che amava, ma non ci riuscì. Sapeva che erano lì. Dopotutto, li aveva visti prima ancora di iniziare.

Ma ora era stanca e voleva tornare a casa.

Non era più giovane come quando aveva iniziato questa vita. Non avere più vent'anni faceva una grande differenza. Ma era in forma e si era esercitata abbastanza da poter probabilmente resistere ancora un paio d'ore prima di crollare.

Tuttavia, invece di andare a una festa o di ballare tutta la notte, stava tornando a casa con Marcus per riposarsi un po'.

Aveva aggiunto questa esibizione all'ultimo minuto,

quindi, per assicurarsi di essere pronta, si era esercitata giorno dopo giorno. Al punto che loro due non erano più usciti insieme da quando lei aveva accettato di partecipare al concerto. Non aveva visto la sua famiglia e parlava raramente con chiunque. No, si era concentrata sulla sua musica, a scapito di tutti e di tutto il resto.

Forse doveva cambiare atteggiamento. Perché ora non era più da sola, faceva parte di una relazione. Un duo. Una coppia. Non era mai stata brava con gli appuntamenti, quindi forse doveva trovare un modo per diventare brava in questo.

Uscì dal palco e la sua assistente l'aiutò con il violoncello.

Richiedeva il supporto della sua assistente, Chelsea, soprattutto in tour, perché Bristol non poteva fare tutto da sola. Chelsea le dava una mano anche con i social media, sebbene Bristol cercasse di fare da sé il più possibile. Anche se Instagram era praticamente l'unico posto che frequentava davvero ormai.

Era strano pensare che in certi ambienti la gente conoscesse il suo nome e la sua musica. Non era semplicemente Bristol Montgomery, figlia, sorella, amica e ora fidanzata.

Sorrise a quel pensiero, e Chelsea le lanciò uno sguardo curioso.

«Niente, grazie di tutto».

«Non c'è problema. Sistemerò tutte le tue cose, ma tu hai finito. Puoi andare a casa se vuoi. Devi essere stanca... questo evento ci ha colti un po' di sorpresa».

«Lo so. E so che c'è una festa, ma sono davvero esausta».

«Lo sapevano già tutti che saresti stata stanca. E ci siamo assicurati che non apparisse un comportamento da diva o roba del genere», disse Chelsea, alzando gli occhi al cielo.

Bristol sorrise a quelle parole. «Già, non voglio certo che questa sia la mia reputazione».

«Tu, una diva? Mai», disse Colin, e lei si irrigidì. Non si aspettava quell'accento britannico. No, pensava che Colin fosse tornato a casa.

A quanto pareva, non era così.

Ora eccolo lì, nel backstage del suo evento, dove nemmeno la sua famiglia era ammessa.

Ovviamente, si era fatto strada con le sue buone maniere.

Ma c'erano altre persone che guardavano, quindi lei si stampò un sorriso sulle labbra e gli baciò le guance senza nemmeno sfiorarle.

«Non sapevo che saresti stato qui», disse, cercando di non sembrare accusatoria.

«Certo che sono qui. Sei la mia ragazza».

«Colin», lo ammonì, sempre con un sorriso sul volto.

«Volevo solo dirti che stai andando alla grande. Davvero. Basta uno sguardo. Insomma, sono così orgoglioso di te. Guarda tutta la strada che hai fatto».

Era sempre stato così altezzoso, o se ne stava accorgendo solo ora? Non riusciva a credere di averlo frequentato per tutto quel tempo. Ma ormai non aveva importanza, aveva chiuso con quella storia e stava voltando pagina.

«Ehi», disse una voce al suo fianco, e lei si voltò, sentendosi invadere dal sollievo.

«Ti hanno lasciato entrare qui dietro», disse, gettando le braccia intorno alla vita di Marcus. Lui la strinse a sé e poi le baciò la sommità della testa, facendo attenzione ai suoi capelli e al trucco. Lei gliene fu grata perché quella mattina ci aveva messo un'eternità a prepararsi per lo spettacolo, dato che era esausta.

«Ah, è arrivato il fidanzato».

«Futuro marito, ma è un piacere vederti, Colin. Suoni oggi?», chiese Marcus, tenendole un braccio intorno alla vita. Non sembrava affatto geloso, né tantomeno possessivo. A lei piaceva quel suo atteggiamento. Perché poteva badare a se stessa, e Marcus lo sapeva bene.

«No, purtroppo, ma forse un giorno passerò a trovarli e suonare qualcosa per loro».

Sapeva per certo che non avevano chiesto a Colin di suonare. Forse perché l'ultima volta si era comportato da idiota. Colin dava l'impressione di non volersi abbassare al loro livello e suonare per loro. Ma lei non poteva farci nulla, e ora la gente cominciava a guardarli. Fantastico.

«Comunque, grazie per essere venuto, Colin, io vado a casa. Sono un po' stanca».

«Si vede», disse lui, guardandola negli occhi.

Stronzo.

«Sei sicura di non voler venire a salutare i tuoi fan al cocktail party? Mancherai a tutti».

«No, ho già fatto presente al momento dell'iscrizione

che non ci sarei stata. Sebbene l'abbia fatto all'ultimo minuto. Devo andare a casa adesso, Colin, se permetti».

«Certo, va bene, tesoro. Ci andrò io al posto tuo. Non preoccuparti».

Avrebbe voluto stringergli le mani al collo e soffocarlo solo un po'. Onestamente non lo odiava, anche se spesso diceva il contrario. Quando lavoravano insieme, producevano musica meravigliosa. Ma ora stava iniziando a darle fastidio, e aveva la sensazione che avesse più a che fare con la sua stanchezza che altro. Almeno, questo era ciò che sperava.

La gente attorno si soffermò a osservarli ancora di più e a bisbigliare, così lei raddrizzò le spalle, si appoggiò al fianco di Marcus e sorrise.

«Buona serata, Colin. Andiamo, Marcus?».

Le strinse il fianco e annuì. «Sì, torniamo a casa».

Non le sfuggì il modo in cui Colin socchiuse gli occhi a quelle parole. Ma sentirle pronunciare? Era una sensazione incredibile.

Quello era stato un inizio per loro. Un'idea di chi avrebbero potuto diventare in futuro, quando si erano promessi di sposarsi. Ora sembrava tutto così reale. Quello poteva essere il loro futuro. Lei che suonava, lui al suo fianco, e lei che trovava il modo di fargli capire, in ogni modo possibile, quanto lo apprezzasse.

Non era solo sicura di cosa sarebbe successo la prossima volta che sarebbe stata via per così tanto tempo.

Tutto era iniziato con una promessa che avrebbe potuto passare per uno scherzo, ma ora era reale, e le si seccava la bocca al solo pensiero.

«Stasera andranno tutti a casa dei tuoi genitori. Non devi andarci se non vuoi, ma hanno voluto lasciarti un po' di spazio qui. Spero che per te vada bene».

Il dolce suono della voce di Marcus la strappò via dai suoi pensieri. «Mi sembra fantastico. Non devo stare sveglia a casa dei miei genitori», sussurrò mentre uscivano dall'edificio e si dirigevano verso la sua auto.

«È quello che hanno pensato. Puoi toglierti le scarpe e addormentarti sul divano, se vuoi».

«Sembra perfetto. Potrei già addormentarmi durante il viaggio in macchina».

«Puoi farlo tranquillamente anche lì». Si fermò un attimo e lei lo guardò. «Sei incredibile. Insomma, assisto alle tue esibizioni da quella che mi sembra tutta la vita, ma stasera? Sei stata trascendentale».

Lei perse ogni pensiero, limitandosi a sbattere le palpebre. «Davvero?».

«Sì, *davvero*. Dio, Bristol. Non riesco a credere a quello che sei capace di fare. Per me non ha alcun senso».

Aggrottò la fronte, confusa. «Cosa intendi?».

«Non riesco a esprimermi bene. Sei stata semplicemente fantastica, e guardarti suonare mi ha dato l'impressione che fossi una persona completamente diversa. Sono felice di aver potuto assistere a questo momento. Insomma, non sono un esperto di musica classica, né conosco tutti quelli che fanno parte della tua cerchia, ma quello che so, l'ho imparato perché adoro guardarti suonare e perché fa parte del tuo mondo. Capisci?».

«Lo so. Non tutti devono conoscere ogni singolo

violoncellista famoso o il nome dei brani che suono. Ma tu ci hai sempre provato. E l'ho sempre apprezzato».

«Mi impegnerò ancora di più. Soprattutto ora che so che hai un tour in programma».

Lei trasalì.

«Sì, immagino che dovremo parlarne».

«Ho pensato che dovremmo sposarci dopo», disse lui, con nonchalance.

«Quindi ti sta bene il fatto che potrei stare via per un po', vero?».

«Fa parte del tuo lavoro. Scopriremo come fare funzionare la cosa. Non so esattamente come, ma abbiamo tempo. Ce l'abbiamo sempre fatta in passato».

E mentre faceva scivolare la mano nella sua, emise un sospiro e sperò che avesse ragione.

Perché si stava innamorando di lui, o forse era sempre stato nel suo cuore in un modo a cui non aveva mai voluto dare importanza.

Sperava solo che non stessero commettendo errori.

Perché sarebbe costato loro più di quanto entrambi potesse dare.

CAPITOLO QUINDICI

Marcus si appoggiò allo schienale del divano e osservò Bristol agitare le braccia come se stesse cercando di volare. Si limitò a scuotere la testa e a ridere.

«Una gabbia per uccelli?», chiese, e lei sospirò, sbattendo di nuovo le mani, per poi stringere i gomiti ai fianchi prima di agitarli ancora di più.

Gli altri Montgomery iniziarono a ridere, e Marcus scosse la testa, perplesso.

«Non ne ho idea».

«Finito il tempo», disse Liam, e Bristol imprecò sottovoce.

«Di solito siamo molto più bravi di così».

«Che diavolo era?».

«Un velociraptor».

Tutti rimasero in silenzio per un attimo, poi Marcus scoppiò a ridere, cercando di non cadere dal divano. «Stavi mimando il volo».

«Pensavo ci fossero prove che i velociraptor potessero volare». Lei fece una smorfia e Marcus sbuffò di nuovo. La sua donna. A volte proprio non riusciva a capirla.

«Certo, l'ho sentito anch'io, ma non mi sembra il caso di aprire il dibattito in un gioco di società», disse Aaron, asciugandosi le lacrime dagli occhi.

Holland era la sua compagna di squadra ed era seduta accanto a lui, ridendo così forte che cadde davvero dal divano.

«Pensavo foste i campioni in carica», disse Arden, con aria perplessa.

«Di solito lo siamo. Dev'essere una serata sfortunata», rispose lui, tendendole la mano.

«Vieni qui».

«No. Mi prenderai in giro». Bristol incrociò le braccia sul petto, ma Marcus si limitò a sorridere.

«Quello non era un velociraptor, tesoro. E lo sai bene. Vinceremo comunque. Abbiamo ancora due round. E prima ho fatto un sacco di punti».

«Va bene. È grazie a te se siamo bravi a questo gioco. Io sono una schiappa». Si avvicinò a lui e si sedette sulle sue ginocchia, nonostante i suoi fratelli lo fissassero con aria di disapprovazione. Lui le cinse la vita con un braccio, senza curarsi degli sguardi degli altri. Dato che si trattava della sua fidanzata, gli altri potevano andare al diavolo.

«Forse eravate più bravi a questo gioco come migliori amici, piuttosto che come fidanzati», disse Aaron, e Marcus aggrottò la fronte mentre l'altro uomo impallidiva. «Scusa. Lasciamo stare. Ho detto una cazzata».

«In effetti», disse Bristol prima di scivolare giù dalle ginocchia di Marcus per sedersi sul divano.

«Non preoccuparti», sussurrò Marcus, non volendo litigare con nessuno dei Montgomery in quel momento. Lui e Bristol erano un po' nervosi dal concerto. Non sapeva bene perché. Non se ne sarebbe accorto se Bristol non avesse evitato di parlare con Marcus. Certo, erano dai Montgomery per passare una divertente serata di giochi, dato che non avevano voglia di andare in un bar o di uscire in comitiva. Eppure, sembrava che si stessero allontanando, e Marcus non capiva perché. Forse se ne accorse proprio grazie a come stava andando quel gioco.

Lei non gli parlava di nulla. Si concentrava sul lavoro, ma non accennavano al fatto che erano fidanzati. Non avevano altri piani se non quello di capire come far funzionare la cosa. E stava arrivando al punto in cui gli sembrava che stessero giocando a fare finta, invece di vivere una relazione vera. E forse era proprio quello il problema. E se fosse stato solo un sogno, qualcosa di finto con cui giocare, come una promessa tra bambini? Piuttosto che qualcosa di autentico.

Non conoscere la risposta a quella domanda lo preoccupava.

«Okay, immagino sia il mio turno», disse Holland, alzandosi in piedi.

«Va bene. Ma vedi di farci vincere», disse Aaron, battendo le mani davanti a sé.

«Holland, tesoro, non puoi lasciare che Aaron ci batta», disse Ethan, sorridendo alla sua donna.

Marcus sbuffò.

«Oh, io e Aaron vi faremo il culo. Anche a Lincoln. Cioè, vi amo entrambi, ma vincerò io».

Marcus sbuffò e allungò una mano per stringere il ginocchio di Bristol. Lei gli sorrise, ma il sorriso non le arrivò agli occhi. Dannazione, dovevano parlare, cazzo. Il momento di capire esattamente da dove fossero partiti e come avrebbero fatto funzionare le cose era passato da un pezzo. Quella non era la brillante scintilla di una nuova relazione o come cazzo la chiamava la gente al giorno d'oggi. No, quella era la realtà, e avevano bisogno di un piano, cazzo. Dovevano smettere di nascondere tutto sotto il tappeto e fingere di sapere cosa stavano facendo. Chiaramente, non era così.

Continuava a ripetersi che non si poteva tornare indietro, ma forse era necessario. Se non avessero guardato indietro, aveva il terrore che non sarebbe stato possibile andare avanti. E questo lo spaventava più di ogni altra cosa. Come era giusto che fosse.

«Okay, tenetevi pronti a farvi fare il culo», disse Holland.

Marcus non ebbe nemmeno bisogno di guardare in direzione del trio per capire che si stavano lanciando sguardi infuocati, mentre Liam e Aaron si coprivano il viso con le mani e Arden e Bristol ridevano.

«Non ho bisogno di sapere queste cose», disse Bristol. Guardò Marcus. «Perché non stai facendo smorfie?».

Lui cercò di scrutarle il viso, ma riuscì a vedere solo la Bristol che conosceva e amava. «Scusate, come osate parlare di queste cose davanti alla vostra povera sorellina?».

«Non è quello che intendevo, idiota». Gli diede una gomitata nello stomaco, ma non gli fece male.

Sapeva che si trattava solo di un gioco, ma gli sembrava qualcosa di più. Quindi avrebbero giocato, avrebbero riso, e lui avrebbe cercato di capire dove esattamente le cose tra lui e Bristol stessero andando male.

ARDEN E LIAM AVEVANO VINTO AL GIOCO DI SOCIETÀ. MARCUS ancora non riusciva a crederci. La dolce, piccola e innocente Arden e il suo tranquillo e pensieroso Montgomery avevano semplicemente fatto a pezzi tutti gli altri.

«È una farsa, te lo dico io, una vera e propria farsa», disse Bristol, battendo il piede a tempo con la musica in macchina.

Marcus la guardò prima di svoltare un angolo. «Non lo so. Bisogna sempre aspettarselo da quelli più silenziosi».

«Ma tu sei il mio tranquillo. Noi vinciamo sempre».

«Penso che sia perché sei competitiva da morire», disse Marcus onestamente.

«Anche tu sei segretamente competitivo».

«Mai quanto te, e mi sta benissimo così. Tuttavia, penso che Arden e Liam volevano vincere a ogni costo».

«E noi no?», chiese lei con voce sommessa.

«Non lo so. Forse hanno semplicemente avuto una serata fortunata».

«E noi no».

Calò un silenzio imbarazzante, e a Marcus non piacque affatto. Tra loro non c'erano mai silenzi imbarazzanti. Almeno non fino a poco tempo fa. Che cazzo stava succedendo? Perché non riusciva a capire cosa voleva?

Voleva che le cose tornassero come prima? Non pensava proprio. Ma aveva bisogno di ciò che avevano per andare avanti. Era stanco di aspettare. Gli sembrava di averlo fatto per tutta la vita.

Aspettare di diventare chi doveva essere.

Aspettare che Bristol tornasse.

Aspettare di vedere cosa provasse per lui una volta che la fase iniziale ed eccitante della loro storia d'amore e delle promesse che si erano fatti a vicenda fosse svanita.

L'idea che, in qualche modo, avessero fatto finta per tutto questo tempo avrebbe dovuto ferirlo, ma non poteva permetterlo. Perché se non avesse lottato per ciò che voleva, se non le avesse detto come si sentiva, allora che senso aveva? E che senso aveva volere da Bristol parole che nemmeno lui avrebbe pronunciato? Lo rendeva un fottuto ipocrita, ecco.

Tornarono a casa sua.

«Sono esausta. Non sapevo nemmeno che questi stupidi giochi potessero stancarmi così tanto».

«Non credo che sia solo per i giochi. Ultimamente ti sei allenata come una matta».

Bristol trasalì. «Mi dispiace. Sto cercando di mettere a punto queste ultime canzoni per l'album, poi c'è il tour in arrivo, ed è stato tutto così improvviso. Mi sembra di impazzire».

Marcus si avvicinò e aprì le braccia per farla stringere

al suo petto. Lei scivolò tra le sue braccia, avvolgendole intorno alla vita mentre appoggiava la testa sul suo petto. Si rannicchiò contro di lui, e a lui piacque moltissimo.

Ma lei era sempre stata lì. Prima che i suoi sentimenti cominciassero a cambiare, si erano sempre toccati in quel modo.

Ecco perché era così difficile per lui capire davvero se fosse questo ciò che lei voleva, o se semplicemente non sapesse cos'altro potesse esserci tra loro.

Aveva una vita così piena, perché avrebbe voluto restare con qualcuno a cui non piaceva lasciare il nido di casa? Lui aveva i suoi sogni e ci stava lavorando. Ma non portavano negli stessi posti in cui portavano quelli di Bristol. Ed era solo una parte del problema.

E questo lo preoccupava. Lo preoccupava davvero, cazzo. Ma non sapeva cosa avrebbe dovuto fare al riguardo. A parte starle vicino.

E sperare con tutte le sue forze che lei fosse lì per lui.

«Sono solo stanca. So che le cose peggioreranno durante il lungo tour, e sto cercando di destreggiarmi tra mille cose». Si appoggiò allo schienale, guardandolo in faccia. «Ma sono felice di avere te. Lo sai? Che sei sempre qui. Qualunque cosa accada. E non sono sola».

Lui annuì, sistemandole i capelli dietro le orecchie. «Sì. Anch'io sono contento di essere sempre qui».

Sperava che non ci fosse alcuna amarezza in quelle parole. Perché non avrebbe dovuto esserci. Era ben lontano dall'essere amareggiato quando si trattava di lei. Perché, anche se scherzava sul fatto di essere sempre trascurato, gli piaceva il punto in cui era arrivato. Amava il fatto che avevano le loro vite separate. E alla fine, tornavano sempre insieme.

Si era rifiutato di pensare a cosa potesse esserci tra loro due abbastanza a lungo da nasconderlo persino a se stesso per tutti quei lunghi anni.

Ma cazzo, la amava. La amava da morire.

Eppure, perché non riusciva a dirglielo?

Era pessimo quanto lei. Incapace di dirglielo perché aveva troppa paura. Cosa sarebbe successo una volta che l'avesse persa?

Non sapeva cosa rispondere a quella domanda, quindi non aveva nemmeno accennato all'argomento. Un ulteriore motivo che lo rendeva una pessima persona.

«Ehi, mi sono appena reso conto che non ti ho mai dato il tuo regalo di compleanno», disse, cercando di cambiare argomento. E alla fine, una volta datole il regalo, anche se le cose non avessero funzionato, le avrebbe mostrato una parte di sé.

E mentre ci pensava, si chiese come diavolo avesse fatto a nascondere la testa sotto la sabbia per così tanto tempo. Perché sapeva esattamente quanto l'amasse. Il suo regalo ne era la prova.

Eppure, si era convinto che fosse perché erano amici. Perché c'erano sempre l'uno per l'altro.

Quanto era idiota, in effetti?

«Oh, sì. Pensavo che fossi tu il mio regalo». Lei sorrise, e lui capì che non era poi così lontana dalla verità.

Perché, in un certo senso, era proprio così.

«In parte. Ma non sono così egocentrico».

«Be', a volte hai il diritto di esserlo. Così per dire».

«Mi lusinghi». Le diede una pacca sul sedere e poi la fece entrare nel suo studio.

«Cosa ci facciamo qui dentro?».

«Be', è il tuo regalo». Aveva lasciato la chitarra lì il giorno prima, quando si era esercitato con lei. Lei voleva qualcuno con cui suonare, anche se lui non era neanche lontanamente al suo livello, ma aveva bisogno di avere qualcun altro nella stanza per potersi concentrare e scaricare la tensione. E lui aveva bisogno di fare lo stesso per lo stress causato dal lavoro e, francamente, dai suoi sentimenti per lei.

«Ecco il tuo regalo».

Lei spalancò gli occhi.

«Suonerai per me? Adoro quando suoni per me».

«Ti ho scritto qualcosa. Ma non dirmelo se non ti piace».

Gli occhi le si riempirono di lacrime e lui trattenne una smorfia.

«Cosa?».

«Mi hai scritto una canzone?», chiese lei, asciugandosi le guance.

«Non piangere. Non ho nemmeno iniziato a suonare. Quando ti renderai conto di quanto faccio pena, *allora* potrai piangere».

«No, non puoi fare così, Marcus. Mi hai scritto una canzone».

«Non l'hai ancora sentita. Aspetta un attimo».

«Va bene. Ora mi calmo. Sono solo così emozionata».

Si sedette sulla sedia di fronte, mentre Marcus prendeva la chitarra e si preparava.

Stava ancora piangendo quando lui iniziò lentamente i vari accordi, cantando con la voce profonda, un po' roca.

Marcus non la guardava. Non poteva. Ma sperava che le parole le trasmettessero ciò che provava. Perché non sapeva come farlo in altro modo. La musica era il modo in cui Bristol comunicava, il modo in cui entrava in contatto con il mondo. Forse questo sarebbe stato un legame per entrambi. O forse ci stava sperando troppo. Non lo sapeva più.

Continuò a cantare, parole su chi fosse lei e su come si sentisse. Aveva scritto quella canzone prima di concedersi di amarla. Prima di permettersi di pensare a chi avrebbero potuto essere insieme.

Quando ebbe finito, alzò lo sguardo e vide Bristol in ginocchio davanti a lui, con le lacrime che le rigavano le guance mentre si appoggiava a lui.

«Allora», disse, schiarendosi la voce, «immagino che ti sia piaciuta?».

«È stata la cosa più bella che abbia mai sentito», disse lei, singhiozzando.

Aggrottò la fronte.

«No, non lo è stata. Ma grazie per pensarlo».

«Smettila», sussurrò lei.

«Smettila di fare cosa?».

«Smettila di sminuire il tuo talento. So che questa non è la cosa che hai sempre voluto fare. So che non è la tua vita come lo è la mia, ma sei fantastico. Ci hai messo così tanta anima. La tua anima. E io ti ammiro».

«Davvero?», disse lui, non credendoci del tutto. Ma il fatto che lei stesse piangendo poteva dare un po' di credibilità alla sua affermazione.

«Quindi, immagino che dovrò superare me stesso per il tuo compleanno dell'anno prossimo», disse lui, cercando di mantenere un tono leggero.

Lei sorrise allora, con gli occhi pieni di vita, e poi si alzò in ginocchio per poterlo baciare. Lui chinò la testa, spostando la chitarra, e la baciò dolcemente.

«Penso che dovrai impegnarti molto perché quello è stato davvero fantastico».

Marcus sorrise. «Be', immagino che sia stata una cosa un po' stupida da parte mia, vero?».

Il suo telefono vibrò e lei aggrottò la fronte, guardando lo schermo prima di premere "ignora".

«Chi era?», chiese Marcus, preoccupato per l'espressione sul suo viso.

«Nessuno».

Marcus rimase in silenzio per un attimo, fissandola.

Lei alzò gli occhi al cielo. «Colin. Vuole partecipare al tour e scrivere qualcosa insieme per il mio album, anche se non è nei nostri piani. Mi sta dando sui nervi, ma so anche che il mio agente vorrebbe che lavorassimo insieme in qualche modo. Vendiamo di più insieme, e stanno valutando l'idea di realizzare un singolo per beneficenza».

Lei strizzò gli occhi, ma Marcus aggrottò la fronte.

«Allora lavoreresti comunque con lui?». Non era

proprio gelosia quella che lo attraversava, non proprio, ma non era nemmeno entusiasta all'idea che lei e Colin passassero tempo a così stretto contatto.

«È davvero fastidioso, ma forse devo farlo. Se è per beneficenza? Non so se posso rifiutare solo perché a volte mi dà sui nervi».

«Solo a volte?», chiese Marcus, ancora seduto mentre lei era in ginocchio. La cosa gli piaceva, anche se non lo disse ad alta voce.

«Okay, spesso. Ma, ogni tanto, è fantastico. Ed è un pianista incredibile. Uno dei migliori della nostra epoca, e devo ricordarmelo quando lavoriamo insieme».

«Essere davvero bravo in qualcosa non ti dà il diritto di comportarti da stronzo».

«È vero. E non gliela lascio passare liscia. Mi hai vista. Gli dico dritto in faccia che si sta comportando da stronzo e che deve smetterla. E non è sempre così male. Cioè, ultimamente è stato un po' appiccicoso, ma penso che sia solo perché pensava che saremmo andati in tour insieme. E ora che non lo faremo, è un po' in difficoltà».

«Un po' in difficoltà?», chiese Marcus, a cui non piaceva come suonava quella frase.

«Oh, organizzerà presto il suo tour, ma penso che avesse dato per scontato che sarei stata io a occuparmi di tutto come faccio di solito».

«Vedi? Ancora un fottuto stronzo», disse Marcus.

«Hai ragione. Però stasera non ho intenzione di occuparmene. Stasera resterò proprio qui per il mio regalo di compleanno». I suoi occhi si incupirono e Marcus sorrise.

«Sì?», chiese lui.

«Sì», disse lei, e poi le sue mani si posarono sulla sua cintura.

Lui l'aiutò a slacciargli i pantaloni, facendoli scivolare lentamente un po' verso il basso, e quando lei gli afferrò il cazzo attraverso le mutande, lui deglutì a fatica.

«Santo cielo, tesoro. Così mi uccidi».

«Ti prometto che farò la brava», disse lei, leccandosi le labbra.

«Va bene, ma non essere troppo brava», disse lui, ridendo.

«Mai». Poi lo strinse alla base prima di tirarlo fuori lentamente dai boxer.

Quando lei fece scorrere la mano su e giù lungo tutta la sua lunghezza, lui emise un gemito, intrecciando le dita tra i suoi capelli.

«Sai, prima stavo pensando che mi piacevi in ginocchio, ma non volevo essere quel tipo di uomo».

Bristol alzò lo sguardo, con una risata negli occhi. «Considerando che sto per avere il tuo cazzo in bocca, puoi permetterti di essere quel tipo di uomo. Ricorda, a un certo punto dovrai ricambiare. Perché a me piace quando sei in ginocchio».

«Non ho nessun problema a farlo».

E poi Marcus non riuscì più a pensare perché la bocca di lei era sul suo cazzo. Le sue labbra l'avvolgevano al punto da fargli incrociare gli occhi, e lui gemette, stringendole i capelli con le mani. Lei gli leccò la base, poi passò la lingua in cima, leccando via il la goccia che si raccolse sulla sua punta.

Aveva una mano sulla sua coscia e l'altra sul suo

membro, stringendogli la base, e non riusciva a prenderlo tutto in bocca.

La testa di Bristol si muoveva su e giù, la sua bocca era calda, succhiava così bene che se non avesse fatto attenzione, sarebbe venuto proprio lì, giù per la sua gola.

Lei se ne accorse e rise, succhiando e muovendosi più velocemente, mentre le sue mani lo stringevano. L'altra mano gli affondò nella coscia, con le unghie affilate che lo graffiavano, e a lui piaceva da morire, ne voleva ancora.

Stava per venire, così la tirò via da sé e si inginocchiò davanti a lei, spingendo indietro la sedia, attento a non danneggiare nient'altro nella stanza. Le sue labbra si unirono mentre lei apriva la bocca per parlare, e lui intrecciò la lingua con la sua, spingendole indietro la testa per approfondire il bacio. Fece scivolare la mano sul suo petto, stringendole un seno, e poi l'altro, e lei si inarcò contro di lui, chiaramente desiderando di più. Quando lui si staccò, lei ansimò. «Marcus, non avevo ancora finito».

«Sì, invece, perché voglio scoparti con forza proprio qui, nel tuo posto preferito di tutta la casa. E questo significa che non posso venire in quella bella gola».

«Va bene, ma la prossima volta ingoio». Lei gli fece l'occhiolino, e Marcus rise prima di baciarla di nuovo e poi spingerla sulla schiena. Le sfilò i pantaloni in un istante, e poi anche la camicia. In qualche modo, si ritrovò nuda davanti a lui, e lui si sfilò la camicia, con i pantaloni abbassati solo a metà, ma non gli importava. Perché era inginocchiato davanti a lei, con la testa tra le sue gambe. Le sollevò la parte posteriore delle cosce in modo che le ginocchia fossero vicine alle spalle, e poi iniziò a leccarla, a succhiarla. Lei urlò il suo nome mentre lui le succhiava il clitoride, desiderando di più. Immerse la lingua dentro di lei, e succhiò, sfiorandola leggermente con i denti. E quando lei venne, con tutto il corpo che tremava, lui continuò a leccarla, cercando di prolungare ancora di più l'orgasmo.

Si inginocchiò e si accarezzò il cazzo, chiedendosi dove diavolo avesse messo il preservativo.

Bristol lo guardò di nuovo, con le mani sui seni.

«Abbiamo già fatto il test. Siamo entrambi negativi. Ora, entra dentro di me».

«Sei sicura?», chiese lui, stringendosi il pene per non venire al solo pensiero di penetrarla senza protezione.

«Ho la spirale. Ora, entra dentro di me».

Ne avevano parlato, l'unica cosa del futuro di cui avessero parlato onestamente, e ora eccoli, proprio dove tutto aveva senso.

Si chinò su di lei, la bocca sulla sua, e poi si spinse in profondità. Lei urlò, avvolgendo le gambe intorno alla sua vita mentre le sue pareti interne si stringevano come una morsa attorno al suo cazzo.

E poi si mosse, dentro e fuori, all'inizio lentamente, e poi prese a martellare dentro di lei. Le unghie di Bristol gli graffiavano la schiena al punto da sanguinare. La baciò con forza e le succhiò il collo, e poi la valle tra i suoi seni. Le pizzicò i capezzoli, stringendoli, e sapeva che avrebbe lasciato dei piccoli segni, come piaceva a entrambi. E quando lui allungò la mano tra loro, con il pollice sul suo clitoride, lei esplose, la voce rauca mentre urlava, e lui continuò a spingere, più forte, finché entrambi non furono in estasi, travolti dall'orgasmo.

Lui raggiunse l'orgasmo con un ruggito, riempiendola mentre la penetrava ancora una volta, e poi entrambi tremarono, aggrappati l'uno all'altra, incapaci di muoversi.

Lui la accarezzò, incapace di fare altro, sapendo che stavano solo negando l'inevitabile.

Le canzoni e le azioni contavano più delle parole? Non lo sapeva, perché lei parlava con la musica, si muoveva con essa. Forse capiva ciò che lui provava.

Ma Marcus non aveva idea di cosa provasse lei. E aveva tanta paura che tutto questo non fosse reale. Che un giorno si sarebbe svegliato e avrebbe capito che tutto ciò che avevano avuto in passato si era trasformato in cenere, e che ciò che avevano ora non aveva alcun significato.

Ma ignorò quel pensiero per un attimo e si permise di respirare, di stringerla a sé.

Perché il momento delle decisioni sarebbe arrivato presto, ma per ora, tutto ciò che voleva era lei. E si concesse di credere.

CAPITOLO SEDICI

Bristol abbassò lo sguardo sull'agenda e si massaggiò le tempie. Aveva bisogno di dormire di più, ma non sarebbe successo tanto presto. C'erano dei matrimoni in vista, di cui il suo non faceva parte, dato che lei e Marcus non ne avevano ancora parlato. Forse avrebbe dovuto preoccuparla, e in effetti un po' lo era, ma per il momento era più concentrata sugli altri matrimoni in famiglia. Inoltre, alcune delle sue cugine stavano per partorire, quindi c'erano baby shower, feste prematrimoniali, feste di compleanno. Alcuni dei bambini si facevano grandi, quindi voleva anche far parte delle loro vite.

Tutta la sua famiglia stava crescendo a vista d'occhio, compresa lei. Solo che sarebbe stata via per almeno un mese, forse due se il suo agente e il tour avessero avuto la meglio. Due mesi interi via da Boulder, e lontana da Marcus.

Aveva già fatto cose del genere in passato, troppe

volte per poterle contare. Ma ora era diverso. E *doveva* essere diverso.

Loro due non stavano comunicando, e questo la uccideva. Aveva pensato che avrebbero sempre parlato di tutto, ma si era sbagliata. Se fosse stato davvero così, forse avrebbe saputo esattamente quali fossero i suoi sentimenti. Ma non era così, e ancora non si permetteva di affrontarli pienamente.

Non sapeva perché. Stavano per sposarsi.

Abbassò lo sguardo sull'anulare e aggrottò la fronte. Non le sembrava ancora vero. Come se fosse uno scherzo che ora era andato troppo oltre, e non ci fosse modo di tornare indietro.

Era una cosa che doveva sistemare, ma non sapeva come.

Tuttavia, le cose stavano per cambiare. Oggi, dopo l'allenamento, Marcus sarebbe passato da lei, avrebbero preparato la cena e si sarebbero goduti una serata tranquilla a casa. Finalmente gli avrebbe detto che lo amava.

Avevano gestito tutta la loro relazione al contrario. E lei lo sapeva, ma avrebbe sistemato le cose.

Dato che lui aveva sempre fatto così tanto per lei, era il suo turno di fare qualcosa per lui. Ma se lui non l'avesse amata? E se, alla fine, stesse portando avanti l'accordo solo perché pensava fosse la cosa giusta? Non aveva mai mancato una promessa. Marcus era fatto così. Quindi, forse era per questo che era ancora lì. Oh, il sesso era fantastico. Ma era dovuto alla chimica tra loro? O perché erano semplicemente bravi a farlo?

Non aveva una risposta a quella domanda, e questo la preoccupava.

E così, avrebbe dovuto mettersi in gioco, finalmente. E sperare con tutte le sue forze che lui la ricambiasse.

E se non fosse stato così?

Si portò una mano sul ventre e fece un respiro profondo. Se non fosse stato così, allora sarebbero dovuti tornare ad essere amici.

Amici consapevoli del sapore dell'altro.

Vi era una canzone che diceva gli amici non potevano conoscere che sapore avesse l'altro, amava ascoltarla, ma forse potevano tornare indietro perché lei si rifiutava di perderlo.

Ed era una cosa totalmente egoista da parte sua.

Chiuse l'agenda, distese le spalle e capì che doveva tornare a esercitarsi. Aveva difficoltà con quella canzone e sapeva che non era per mancanza di impegno. No, aveva la testa altrove.

In quel preciso istante suonò il campanello e lei aggrottò la fronte. Non aspettava nessuno. Marcus era al lavoro, così come il resto della sua famiglia.

Forse era un corriere dell'UPS o qualcosa del genere.

Si avvicinò alla porta d'ingresso, guardò dallo spioncino ed emise un lamento.

«Ma certo», sussurrò, sperando che lui non la sentisse attraverso il legno.

Bristol aprì la porta e cercò di cambiare espressione. «Colin, cosa ci fai qui?».

Lui le sorrise e si infilò le mani nelle tasche. «Ehi, facevo un giro in macchina, cercando di mettere a punto l'ultima parte di una canzone, quella di cui ti avevo parlato, e ho pensato di passare a trovarti».

«Stavi girando per Boulder e sei venuto da me?», chiese lei.

«Sì, ma mi sono ritrovato a guidare direttamente verso casa tua, non so se ha senso».

«Forse. Stavo per fare qualche ripetizione. Come va, Colin?».

«Ripetizione? Pensi che possa unirmi a te?».

Lei trattenne una smorfia. «Non lo so. Al momento sono concentrata».

«Non ti darò fastidio. Te lo giuro. Sarebbe bello lavorare insieme, no? E poi c'è quella canzone che i nostri agenti vogliono far uscire». Alzò rapidamente le mani mentre lei apriva la bocca per parlare. «Non sono stato io a proporre l'idea. Sì, voglio andare in tour con te, e so che potrebbe aiutarci, non solo te, non solo me, ma entrambi, ma la canzone non è stata una mia idea. Comunque, è fantastica. E per beneficenza. Cosa potremmo sbagliare?».

Questo era il Colin che di solito le piaceva. Quello che non era così egocentrico. Nascondeva quella parte di sé un po' troppo spesso.

«Okay, va bene, mi farebbe comodo un po' di aiuto, in realtà».

Gli occhi di Colin si illuminarono. «Davvero?».

«Davvero. Sto lavorando all'ultima parte di un nuovo pezzo e ho la sensazione che sia tutta una questione di testa. Ma mi servirebbe qualcuno che mi ascolti e mi aiuti a capire dove mi sto bloccando».

«Be', sono qui per te. Sempre, Bristol. Lo sai, vero? Insomma, so che non stiamo più insieme, e va benissimo così. Ma possiamo rimanere amici. Dopotutto, stai voltando pagina, ti stai per sposare, e quant'altro».

Lei sorrise, ma non capiva dove volesse arrivare.

«Mi sto per sposare. Sarà fantastico».

«Oh, sì. Assolutamente. Verrà in tour con te? O dovrete fare i conti con lunghi periodi senza vedervi? Sai quanto ci si possa sentire soli là fuori. Anche se sei circondata da tutti, hai bisogno delle persone che ti stanno più a cuore. Cosa farai?». Stavano camminando verso il suo studio sul retro e la sala prove, e lei aggrottò le sopracciglia, non gradendo che le parole di Colin seguissero la stessa direzione dei suoi pensieri. Non sapeva se lui avesse un secondo fine, ma si trattava di Colin, quindi forse sì.

«Ci stiamo ancora lavorando. È tutto ancora nuovo».

«Già. Non mi ero nemmeno reso conto che vi frequentaste, e all'improvviso vi sposate. Non ho ancora visto l'annuncio completo, sai, sui social media. Non volete renderlo pubblico?».

Lei aggrottò la fronte mentre si sedeva sulla sedia, tirò indietro le spalle e si preparò a prendere il violoncello.

«Non metto cose personali sui social media. Si tratta solo di lavoro e, a volte, di me che mi esercito con il violoncello da casa. Questo è tutto ciò che vedono di me su Instagram».

«Ma tu sei Bristol Montgomery. La gente si interessa

a te. Si interessa alla tua vita privata, anche se pensi di tenerla nascosta».

Lei aggrottò di nuovo la fronte, sistemandosi il violoncello tra le gambe. «Non penso di tenerla nascosta. Lo sto facendo consapevolmente. Non hanno bisogno di conoscere ogni aspetto di me. Nessuno, in realtà». Tranne Marcus, ma questo non lo disse. Era sottinteso. Almeno, così sperava.

«Comunque, dove hai difficoltà? Fammi vedere. Suona».

Si sistemò e prese l'archetto, aggrottando le sopracciglia. «Il mondo non ha bisogno di sapere tutto. Sono solo una violoncellista».

«No, tu sei *la* violoncellista. Il volto della nostra generazione».

«Mi sembra un po' esagerato», disse seccamente.

Colin alzò le spalle, mentre si sedeva al piccolo pianoforte che lei aveva nell'angolo. Era stato un regalo che si era fatta quando voleva imparare a suonare lo strumento a fondo. Era stato Colin a spingerla a farlo e, onestamente, la cosa non l'aveva preoccupata più di tanto. Anche lei voleva suonare. Voleva assicurarsi di avere più di un solo talento nel suo repertorio.

«Voglio essere il migliore. Non voglio essere semplicemente un altro pianista. Voglio essere quello a cui la gente pensa. Voglio essere quello che conoscono anche al di fuori della nostra comunità. E se questo mi rende uno stronzo arrogante, allora va bene. La gente dovrà farsene una ragione».

Lei scosse la testa. «Ci deve essere una via di mezzo.

Voglio essere la migliore in quello che faccio, ma non voglio sminuire gli altri lungo il percorso».

«Non credo che tu debba farlo. Ma che ne so io? Sono un semplice pianista».

Lei sbuffò. «Hai appena passato non so quanto tempo a spiegarmi che vuoi essere il migliore, e pensi già di esserlo. Non c'è niente di semplice in te».

«Dici delle cose dolcissime», disse lui, facendole l'occhiolino. «Ora, datti da fare. Voglio sentirti suonare».

Lei annuì e chiuse gli occhi, fece un altro respiro, e poi iniziò a suonare, senza bisogno di guardare lo spartito per questa prima parte. Aveva memorizzato tutto, ma non importava. Una volta arrivata in una certa parte, avrebbe dovuto aprire gli occhi e guardare. Si lasciò trasportare dal ritmo, consapevole della presenza di Colin nella stanza ma ignorandolo. Tutto ruotava intorno a lei, alla musica e a ciò di cui aveva bisogno per respirare, ma quando arrivò alla parte in cui continuava a sbagliare, aprì gli occhi e si concentrò sulle note davanti a sé, assicurandosi che le dita fossero nella posizione giusta, grazie al tatto, al suono e a una semplice sensazione di familiarità. Poi, una volta terminato, emise un profondo sospiro: ogni tensione che aveva provato era ormai svanita grazie alla musica.

Alzò lo sguardo verso Colin, che la guardava accigliato, con gli occhi socchiusi e lo sguardo intenso.

«Orribile, vero?».

«Al contrario. Sei davvero sorprendente. Ma vedo quel passaggio. E mi sembra che tu stia andando verso un crescendo e poi la musica cambi proprio in quel momento, ma non è colpa delle tue dita o del modo in cui eserciti pressione su di esse. Hai ragione, è nella tua testa».

«Vedi? E non si può semplicemente cambiarlo. Non so cosa fare se non urlare e ripetermi che andrà tutto bene. Ma ora ho questo blocco mentale nella testa e non riesco a superarlo».

«Ci starebbe bene un po' di pianoforte in questa canzone, hai il tuo iPad con te?».

Lei annuì e glielo porse, sbloccandolo. Lui fece una ricerca e poi gemette.

«Sapevo di averlo. Okay, e se suonassi con te, almeno la linea armonica, e vediamo cosa succede? Forse in quella parte, se ti lasci andare e ti diverti, supererai il tuo blocco mentale».

«Pensi che succederà?».

«Potrebbe».

«Okay, proviamo», disse lei, poi fece un respiro profondo prima di mettersi in posizione.

Si divertirono entrambi. La prima volta se la cavarono piuttosto bene, e Colin scosse la testa.

«Okay, ora che ci siamo tolti questo peso dallo stomaco, rifacciamolo. Ce la possiamo fare».

«Questo lo dici tu, io ho l'impressione di peggiorare sempre di più».

«Ci stiamo solo esercitando. Non devi essere perfetta ogni volta».

«Non è proprio il genere di cose che diresti di solito», disse lei, facendo ruotare il collo.

«Forse, ma sto cercando di essere umile. Sai, sto provando a vedere se mi dona».

«Come ti pare».

Sapeva che questo Colin sarebbe svanito a un certo punto. Era ancora felice, sorridente e disponibile quando otteneva ciò che voleva.

Ne era consapevole e sapeva che, dato che non poteva escluderlo completamente dalla sua vita professionale, poteva comportarsi in modo civile. E solo perché a volte la infastidiva e altre volte faceva l'idiota, non significava che dovesse stringere i denti ogni secondo di ogni giorno.

Era facile andare d'accordo con questa versione di Colin e, mentre lavoravano per qualche ora sul brano, cosa che lui non era nemmeno obbligato a fare, sperò che questo suo aspetto durasse, anche se sapeva che non sarebbe successo.

La musica le scorreva dentro durante l'ultima ripetizione, e superò quella parte che le aveva sempre creato difficoltà, e poi eccola, a vivere il momento, respirando semplicemente attraverso la musica. Alle note finali, posò il violoncello e l'archetto e si alzò in piedi, applaudendo. «Cazzo, sì. È così che si fa».

Colin si alzò con lei, la sollevò per i fianchi e la fece volteggiare.

Lo spinse via, alzando gli occhi al cielo. «Te l'avevo detto che ce l'avresti fatta. Allora, chi è il migliore insegnante?».

«Sarei io», disse lei ridendo. «Comunque, davvero, grazie. Avevo bisogno di distrarmi, e suonare con qualcun altro mi ha aiutato davvero».

Proprio come faceva musica con Marcus: anche se lui diceva di non essere abbastanza bravo, in realtà lo era. Adorava suonare con lui, e questo l'aveva aiutata a risolvere qualsiasi intoppo avesse avuto. Inoltre, adorava stargli vicino. Non vedeva l'ora che lui passasse più tardi, così da poterglielo dire in faccia.

«Sei fantastica». E poi la mano di Colin era sul suo viso, e le sue labbra erano sulle sue.

Le ci volle un attimo per rendersi conto di che cazzo stesse succedendo. L'euforia della musica e non si rese subito conto che le labbra di Colin erano sulle sue o che non si trattava di Marcus.

Si sentiva in colpa, ma non voleva farne un dramma, non voleva farlo arrabbiare, o peggio. Così, lo spinse via e rise.

«Smettila», disse.

«Sì, evitiamo», disse una voce dalla porta. Si voltò, notando per la prima volta che non erano soli. E come prima, quando lui era sulla soglia e le mani di Colin erano su di lei, sembrava incazzato.

«Marcus», sussurrò lei.

Questa volta non sarebbe stato facile spiegare la situazione.

Forse non era colpa sua, ma sembrava che lei lo avesse ferito. E non poteva rimediare a quel dolore.

CAPITOLO DICIASSETTE

Marcus fece del suo meglio per non dare credito alla sua prima impressione. Era convinto che Bristol non lo avrebbe mai tradito.

Era una mossa tipica di quello stronzo di Colin e della sua fottuta faccia.

Ma il fatto che le mani di Colin fossero ancora sul viso di Bristol, e che le sue labbra fossero tutte gonfie e malridotte, gli rendeva difficile in quel momento non avere voglia di uccidere qualcuno.

Cosa ne sapeva lui? Era solo il fidanzato che lei non amava, cazzo. Bristol respinse Colin e Marcus strinse i pugni lungo i fianchi. Non era un uomo violento e non aveva intenzione di diventarlo.

«Marcus, non mi ero resa conto che fosse così tardi. Abbiamo il nostro appuntamento stasera».

«Sembra di sì», disse lui, con voce neutra.

«Ciao», disse Colin, con quel fottuto accento britannico che infastidiva Marcus da morire. Era come se l'altro uomo lo mettesse in risalto di proposito quando cercava di infastidirlo. E probabilmente era così. Colin era un fottuto stronzo.

«Colin era di passaggio e io stavo lavorando, avevo dei problemi con quella canzone di cui ti avevo parlato. Ci abbiamo lavorato insieme, ma alla fine ce l'ho fatta. Finalmente. È fantastico, vero?».

Marcus annuì. «Sembra fantastico».

Colin si sporse in avanti, con gli occhi che brillavano. «E immagino che ci siamo lasciati trasportare dal momento. Sai, la musica fa questo effetto. Voglio dire, è quello che succede quando due artisti stanno insieme. A volte, la musica ci travolge».

«Colin», sbottò Bristol. «La musica avrà anche esaltato te, ma non me. Se lo rifai ancora, ti do una ginocchiata nelle palle».

Marcus vide gli occhi di Colin assottigliarsi come pugnalate, ma per fortuna quello stronzo si limitò a scrollare le spalle e a sfoggiare il suo solito sorriso finto. «Scusa, tesoro. Mi sa che mi sono fatto prendere dall'atmosfera».

«Non chiamarmi *tesoro*. Quando lo dici, fai finta di non essere inglese anche se in realtà vieni dal Regno Unito».

L'altro uomo fece un gesto di diniego. «Forse. Comunque, sembra che tu abbia un po' di cose da sistemare. Mi dispiace per il mio coinvolgimento. Ora, spero che parleremo presto della canzone?».

«Forse. Non lo so. Devi andartene, Colin».

Marcus guardò l'altro uomo andarsene e lasciò che Bristol si difendesse da sola. Perché non era mai intervenuto per quelle cose. Non avrebbe picchiato un tizio solo perché ne aveva le facoltà. Anche se, cazzo, ne aveva voglia.

«Mi dispiace tantissimo».

«Per il bacio? O il fatto che vi abbia scoperti?», chiese Marcus, incapace di trattenersi.

Bristol spalancò gli occhi e fece un passo avanti, con la mano tesa, ma si fermò vedendo l'espressione sul suo volto.

Almeno, era quello che lui pensava fosse il motivo per cui si era fermata. Per quanto ne sapeva, ne aveva abbastanza. Forse anche lui.

«Colin mi ha baciata. Io non volevo. Lo stavo respingendo. L'hai visto».

«Eppure continui a lasciarlo entrare in casa tua?».

«Perché lavoro con lui. E mi ha aiutata. Ma è sicuro che se dovessi lavorare di nuovo con lui, sarà in uno studio pubblico dove non saremo soli. È davvero complicato gestirlo. Mi dispiace, Marcus. Non volevo che succedesse».

«No, hai ragione. Non puoi controllarlo». Marcus emise un sospiro e poi iniziò a camminare avanti e indietro. «Non è davvero colpa tua. Non sono arrabbiato per questo. Stai bene, però?», le chiese, riuscendo finalmente a districarsi dalla nebbia che gli offuscava il cervello e cercando di non fare lo stronzo.

«Sto bene». Fece una pausa. «Cioè, purché tu stia bene. Marcus, parlami. Che cosa ho fatto?».

Lui sospirò, cercando di mettere ordine nei propri pensieri.

«Non hai fatto niente, Bristol».

Fece una pausa. «Forse è proprio questo il problema. Non abbiamo fatto un cazzo».

Lei spalancò gli occhi e fece un passo indietro. «Cosa intendi?».

«Cosa stiamo facendo? Stiamo solo interpretando un ruolo, giusto?».

«No, non è vero. Abbiamo fatto una promessa».

«Fanculo quella promessa».

Lei spalancò gli occhi, ma non disse nulla. Bene. Perché lui non era sicuro di cosa avrebbe fatto se lei avesse provato a dire qualcosa. Non sapeva se ci avrebbe creduto. Riusciva a malapena a credere a se stesso.

«Che cazzo stiamo facendo?», chiese di nuovo. «Non stiamo... qualunque cosa stiamo facendo, non sta andando bene. Comunichiamo a malapena, passiamo del tempo con gli altri, e loro hanno così paura di rovinare quello che abbiamo che nessuno osa dire nulla. È un tabù, e mi sta uccidendo, cazzo. Che cazzo stiamo facendo?».

«Ci sposeremo», sussurrò lei.

«Risposta sbagliata. Se fosse così, non sembreresti tanto nervosa al riguardo».

«Marcus».

«No. Abbiamo fatto quella promessa perché avevamo paura. E lo capisco. Tu stavi per partire e mentre io sarei rimasto qui. Ma sarà sempre così. Tu te ne andrai sempre, e io resterò sempre qui. Non sarò mai come Colin. Non viaggerò mai con te per vedere il mondo e non sarò mai il tipo di ragazzo di cui hai bisogno».

«Smettila. Lo sai che non è quello che voglio. Non è Colin quello che voglio. Sei tu».

«Ne sei sicura? O hai solo paura di fare marcia indietro? Siamo arrivati a questo punto».

«Marcus».

«Smettila di dire il mio nome in quel modo. Sai che non servirà a nulla».

«SE continuo a dire il tuo nome è perché mi stai facendo paura. Non so cos'altro fare».

«Non lo so nemmeno io, ma così non funziona. Non parliamo più. Una volta parlavamo di tutto anche se, ora che ci penso, non è vero. Negli ultimi dieci anni, abbiamo ignorato di proposito il fatto di aver fatto una promessa che sembrava sciocca. Nessuno sano di mente lo avrebbe mai fatto, ma noi non ci tiriamo indietro perché? Perché Andie ci ha sentiti per sbaglio? Che razza di relazione si basa su questo? Ti ho regalato un anello, uno che pensavo ti sarebbe piaciuto, ma non ti ho detto cosa provo, e tu non mi stai dicendo cosa provi».

Lei rimase in silenzio. Lui sapeva che quel suono sordo che sentiva rombare dentro era il suo cuore che si spezzava. Ma non si permise di provare nulla. Non aveva tempo per quello. Non se voleva salvare ciò che avevano.

«Non voglio perderti. Sei la mia migliore amica e ci siamo buttati in questa storia troppo in fretta».

«Hai ragione, è vero».

Un'altra pugnalata.

«E non voglio perderti», ripeté. «Ma non posso averti. Tu non mi ami, Bristol».

Lei aprì la bocca per parlare, con gli occhi sgranati e pieni di lacrime, ma lui scosse la testa.

«Tu non mi ami», ripeté. «E io non voglio perdere l'amica che avevo, quindi mi tiro indietro. E poi forse, un giorno, potremo tornare a quello che avevamo, ma non lo so. Perché non sono l'uomo di cui hai bisogno. Non sono quello che vuoi. Non sto dicendo che sia Colin, perché sappiamo entrambi che non è nemmeno lui. Ma non posso essere l'uomo a cui ti rivolgi quando hai paura di guardare al futuro. E non voglio nemmeno che tu lo sia per me». Aggiunse l'ultima parte anche se sapeva che era una bugia. Lei era il suo futuro. La amava, cazzo. Ma non aveva intenzione di mettersi a nudo. Cavolo, avrebbe solo reso più difficile per lei andarsene.

«Ti amo», sussurrò lei.

«Ma come, Bristol?», chiese lui, con voce roca. «Hai bisogno di molto più di quanto io possa darti, credo. Quindi, vai. Sii la persona che so che puoi essere. E io resterò me stesso, qui. A Boulder. Senza mai andarmene. Perché la mia realtà è qui, mentre tu hai l'intero mondo nelle tue mani. E non credo di essere l'uomo giusto per te».

Poi si voltò e se ne andò, lasciandosi alle spalle una parte di sé.

Non sapeva se stesse facendo la cosa giusta, e non appena pronunciò quelle parole, capì che probabilmente non avrebbe dovuto. Ma come aveva detto prima, non si poteva tornare indietro. E desiderare qualcosa da Bristol non significava che l'avrebbe ottenuta. Quindi se ne andò, sapendo che stava commettendo un errore. Ma, diamine, era una forza della natura in termini di errori, no?

CAPITOLO DICIOTTO

Bristol si raccolse i capelli e socchiuse gli occhi, fissando le occhiaie che le incorniciavano il viso. La notte precedente non aveva dormito, ed era tutta colpa sua.

Era tutta colpa sua.

Si era convinta a credere in qualcosa che non era del tutto reale. Come avrebbe potuto esserlo se non aveva espresso i suoi veri sentimenti? Se aveva avuto così tanta paura di sentire cosa provasse Marcus da non averlo ascoltato.

Era qualcosa che avrebbe dovuto capire, ma ancora non sapeva come, non era sicura che ci sarebbe mai riuscita.

Tirò fuori il correttore e coprì le occhiaie, poi aggiunse un po' di cipria e un po' di mascara. Il mascara sarebbe colato più tardi se avesse ricominciato a piangere, ma andava bene così. Avrebbe dato una ripassata e via.

Qualsiasi cosa pur di proteggersi da ciò che provava veramente. Perché se avesse analizzato i suoi sentimenti, strato dopo strato, si sarebbe ritrovata a pezzi, un involucro vuoto della donna che pensava di essere.

Non voleva perdere il suo migliore amico, l'uomo che aveva imparato ad amare, e così aveva creato questa favola in cui nessuno doveva porre domande difficili e tutto sarebbe andato bene.

Solo che il mondo reale non funzionava così. Aveva rotto qualcosa di prezioso proprio perché, fin dall'inizio, aveva avuto tanta paura di perderlo.

E non c'era modo di tornare indietro. Come aveva potuto pensare che fosse possibile?

Le faceva male il cuore e si massaggiò il petto con il pugno, chiedendosi quando si sarebbe sentita di nuovo completa.

Sapeva che la risposta doveva essere "mai". Come avrebbe potuto sentirsi davvero completa senza Marcus al suo fianco?

Non sarebbe più tornata ai tempi in cui Marcus era il suo migliore amico e lei cercava di essere all'altezza di ciò che rappresentava per lei. Non sarebbe più tornata ai sorrisi e alle allusioni maliziose.

Non sarebbe più tornata ad averlo come parte della famiglia e viceversa.

Non sarebbe mai stata una Stearn. Lui non sarebbe mai stato un Montgomery.

E tutto perché non era riuscita a dirgli che lo amava.

Perché lui non poteva ricambiare il suo amore.

E perché vederla con Colin aveva portato tutto questo in primo piano.

Con le mani chiuse a pugno, le unghie affondate nel palmo, fece del suo meglio per espirare lentamente.

Non avrebbe dovuto far entrare Colin in casa sua. Oh, sapeva che Marcus non aveva davvero pensato che lei lo avesse tradito. Non avrebbe mai potuto pensarlo, ma il fatto che lei non avesse allontanato Colin immediatamente o con più forza? Forse se lo meritava.

No, non era giusto.

Lei non aveva nessuna responsabilità per il comportamento di Colin, e Marcus lo sapeva. Almeno, così sperava.

Ma forse vedere quella scena aveva spinto Marcus a rendersi conto di ciò che non avevano.

Quello che avevano era una favola fasulla in cui potevano andare a letto insieme e fingere che tutto andasse bene, che fosse impossibile rovinare tutto ciò che avevano mai avuto.

«Ottimo lavoro, Bristol», disse, deglutendo a fatica. Non avrebbe pianto di nuovo, ma sentiva il bisogno di farlo.

Avrebbe dovuto esercitarsi, il suo tour era alle porte. Non voleva andare fuori città, non voleva uscire di casa. Aveva ignorato le chiamate della sua famiglia, di tutti. Voleva solo nascondersi sotto le coperte e far finta che andasse tutto bene, quando in realtà non era così.

Suonò il campanello e lei si bloccò, con il cuore che le balzò in gola.

«Marcus?», chiese, con voce flebile.

Ma non poteva essere lui. Come avrebbe potuto? Non dopo che lui aveva detto di aver bisogno di spazio. E stare vicini non sarebbe mai potuto essere lo spazio giusto.

Si leccò le labbra, si diresse verso la porta e guardò dallo spioncino.

Non era Marcus, ma grazie a Dio non era nemmeno Colin.

«Facci entrare, Bristol. Abbiamo anche noi le chiavi».

Bristol chiuse gli occhi al suono della voce di Holland, poi espirò.

«Ti prego, Bristol. C'è qualcosa che non va».

Era Arden.

«Non so se entrare con la forza sia il modo migliore per risolvere la situazione, ma lo farò se avrò scelta».

Madison.

E così, all'improvviso, Bristol non era più completamente sola.

Aprì la porta, sapendo che non voleva vedere nessuno, ma rendendosi conto di non avere scelta.

«Ehi», disse Arden, avvicinandosi per abbracciarla. «So che forse in questo momento non hai voglia di abbracci o di stare in compagnia, perché non abbiamo idea di cosa stia succedendo, ma non rispondi al telefono, né alle e-mail, né a nient'altro. Quindi siamo qui. Parlaci».

Entrarono in casa e Bristol lasciò scorrere le lacrime, sapendo che il mascara e il correttore che aveva appena applicato sarebbero diventati un pasticcio sulle sue guance.

«Oh, tesoro», disse Holland, stringendola in un

abbraccio. Madison le si avvicinò dall'altro lato, e poi arrivò anche Bristol, e le quattro rimasero lì insieme mentre Bristol singhiozzava tra le loro braccia, chiedendosi come fosse potuto succedere.

Perché non aveva pensato alle conseguenze, ecco come.

Come aveva potuto.

«Marcus ha chiuso la relazione», disse, cercando di respirare.

«Davvero?», chiese Arden, con voce bassa.

Bristol si guardò intorno e capì che doveva dire la verità. Non aveva senso cercare di far sembrare la cosa migliore di quanto non fosse.

«È una lunga storia», disse onestamente.

Madison annuì. «Di solito è sempre così. Ma noi siamo qui. Te lo prometto».

Bristol emise un sospiro. «Marcus e io avevamo fatto un patto quando ho compiuto vent'anni: che dieci anni dopo, al mio trentesimo compleanno, se nessuno dei due fosse stato sposato, ci saremmo sposati io e lui».

Le espressioni sulle facce delle donne che adorava erano a dir poco comiche. Occhi sgranati, bocche spalancate e un sacco di battiti di ciglia.

Non avrebbe dovuto sorprenderla.

«Davvero?», chiese Madison. «Avrei detto che è geniale, ma cavolo, mi dispiace, Bristol».

«Sì, anch'io pensavo fosse un'idea geniale», disse con sincerità. «Pensavo che le cose stessero funzionando. Così abbiamo deciso, in qualche modo, di fidanzarci ma di continuare a frequentarci allo stesso tempo. Non ne abbiamo parlato davvero, ed era proprio quello il problema. E ora Marcus non sa bene cosa provo per lui, e io non so cosa provo davvero perché non mi permetto di provare nulla, e... eccoci qui». Spiegò più nel dettaglio tutto quello che era successo, e le ragazze ascoltarono, annuendo, tenendole le mani, accarezzandole la schiena.

Le lacrime ricominciarono a scendere, ma non c'era nulla che potesse farci. Avrebbe avuto l'aspetto di uno zombie per un po', ormai.

Le quattro si sedettero nel suo salotto e parlarono di tutto e di niente. Onestamente non pensava che nessuna di loro avrebbe avuto delle risposte per lei, a parte il fatto che ci voleva tempo e che forse quella non era la fine.

«Devi parlargli», disse Arden con sincerità.

Bristol annuì. «Lo so. Non voglio che mi odi». Rise, anche se era una risata un po' triste. «Il che è la cosa più egoista del mondo perché lui non sa cosa provo per lui, ed è orribile. Dobbiamo parlare e dobbiamo risolvere la situazione. Perché anche se non portiamo avanti il fidanzamento, non posso perderlo».

«Voi due avete delle basi ben consolidate, forse ora sembrano un po' instabili, ma questo deriva dalla mancanza di comunicazione». Holland si sporse in avanti e le strinse le mani. «Io ho una relazione con due uomini. La nostra triade contiene più di un legame tra di noi tre. La comunicazione è l'unico modo per far funzionare tutto. Devi fare lo stesso con Marcus. So che fa paura perché non sai cosa penserà o cosa dirà. Ma fa parte di una relazione. Non lo sai, e devi metterti in gioco per scoprirlo. È davvero spaventoso, ma sei una delle persone più forti che conosca, Bristol. Ce la puoi fare».

Bristol si asciugò il viso. «Be', voi credete in me sicuramente più di quanto io creda in me stessa».

«Ed è così per la maggior parte delle persone», disse Madison. Alzò le spalle quando tutti la guardarono. «Io praticamente non ho autostima, ma posso dirti che ci sto lavorando. E spero che lo stia facendo anche tu. Ora, respira, e sappi che per un po' sarà dura, ma voi due riuscirete a risolvere la situazione. Devi parlargli».

«Lo so. È stupido che non lo stiamo facendo. Ridicolo. Ma pensavo che funzionasse. Mi sbagliavo».

«Funzionava, l'abbiamo visto tutte», disse Arden, con voce dolce. «Tuttavia, affinché continui a funzionare, hai bisogno di quella fastidiosa cosina chiamata comunicazione».

«Lo so», disse Bristol, e loro quattro parlarono ancora un po' prima di dover andare tutte ai rispettivi lavori e vite, lasciando Bristol di nuovo sola. Ma non senza prima abbracciarsi e minacciare di trasferirsi da lei se Bristol non si fosse rimessa in sesto e non avesse ricominciato a vivere. Quelle donne le volevano bene, e lei ricambiava il loro affetto. Persino Madison, che era nuova nella sua vita, aveva già conquistato il suo cuore.

Lo stesso cuore che in quel momento era esitante perché non sapeva cosa sarebbe successo con Marcus. Ma doveva capirlo.

Doveva farlo.

Bristol si lavò il viso, poi applicò ancora una volta un po' di correttore e di mascara. Nessuno l'avrebbe guardata, ma doveva farlo per se stessa. Un'armatura che le permettesse di mettere nero su bianco una strategia per Marcus. Perché avrebbe lottato per lui, avrebbe detto le cose che non aveva mai detto prima. E per farlo, aveva bisogno di una lista dettagliata e di un piano.

A chiunque altro sarebbe sembrato assurdo, ma per lei funzionava. E gli altri avrebbero dovuto farsene una ragione.

Pensò di tornare nel suo studio a lavorare, ma invece tirò fuori il taccuino e iniziò a stilare quella lista.

Suonò il campanello e lei aggrottò le sopracciglia. Non pensava che fosse di nuovo una delle ragazze, ma forse era uno dei suoi fratelli. Dopotutto, si era intromessa abbastanza nelle loro vite. Era giusto che loro facessero lo stesso con lei.

Bristol si diresse verso la porta, guardò dallo spioncino e si bloccò.

Accidenti. Aveva sperato che fosse Marcus. Chiunque tranne la persona che si trovava dall'altra parte della porta. Avrebbe potuto ignorarlo. Tenere la porta chiusa a chiave e non aprirla affatto. Tuttavia, si sarebbe soltanto nascosta da alcuni dei suoi problemi. E non poteva nascondersi da Colin per sempre, non quando doveva assicurarsi che capisse bene che non gli era permesso toccarla di nuovo in quel modo. E, francamente, non era sicura di voler lavorare con lui in futuro. Non solo perché a volte non capiva i limiti, ma anche perché ogni volta che avrebbe lavorato con lui in futuro, avrebbe pensato all'espressione di Marcus. E non voleva mai più rivedere a quello sguardo.

Aprì la porta, ma la tenne socchiusa solo un po' per poterlo guardare.

«Colin, non è proprio un buon momento. Avresti dovuto chiamare prima».

«Sono qui per vedere come stai. Non rispondi al telefono».

"C'è un motivo" pensò, ma non lo disse. Dopotutto, non rispondeva al telefono a nessuno.

«Sono occupata, Colin. Scusami. Ne riparleremo più tardi».

«Fammi entrare. Voglio chiederti scusa».

«Colin, vattene».

Lui posò la mano sulla porta e la spinse per entrare, cogliendola di sorpresa. Era molto più grosso di lei, molto più forte, cosa che lei non aveva davvero notato fino a quel momento.

Lei barcollò all'indietro e Colin entrò, chiudendo la porta dietro di sé e girando la chiave. Il rumore riecheggiò nella stanza e lei deglutì a fatica, con tutto il corpo che tremava.

«Che ti prende? Non ti ho detto che potevi entrare».

«Dobbiamo parlare. Mettiamo le cose in chiaro. Cerchiamo di risolvere la situazione».

«Non c'è niente da risolvere. Devi andartene. Non sei il benvenuto in questo momento».

«Possiamo rimediare».

«Fammi riformulare. Non sarai mai più il benvenuto. Vattene».

Il suo telefono era nel suo studio e lei non aveva un

telefono fisso. Ora si pentiva di non portare il cellulare con sé ovunque.

«Dobbiamo parlare».

«Devi andartene», disse lei, facendo un passo indietro verso il suo studio. Colin seguì il suo movimento, e lei si bloccò.

C'era qualcosa di strano in lui oggi. Qualcosa che non riusciva a capire bene.

Lui la spaventava, e questo la preoccupava.

«No, parliamone. Tu ed io. Proprio come abbiamo sempre fatto».

Le girò intorno.

«Non sei con lui? Non è qui?».

«Non sono affari tuoi. Vattene». Fece per aggirarlo e raggiungere la porta, ma lui le strinse forte il braccio.

Lei tirò, ma lui era più forte. Le sue dita le affondarono nella carne, e il cuore le batté all'impazzata, mentre il respiro le si mozzava in gola.

«Devi andartene». Cercò di mantenere la voce ferma, ma fu inutile: le uscì tremolante comunque.

«Bristol, stiamo insieme da anni. Tu ed io. Non puoi semplicemente buttarlo via ora che hai qualcun altro. Capisco che lui sia speciale per te. Ma noi? E quello che avevamo? Tu ed io? Potremmo conquistare il mondo insieme. Non dimenticarlo mai. Non dimenticare mai chi sono per te». La sua mano strinse ancora più forte e lei emise un grido, cercando di allontanarsi.

«Lasciami andare», disse con voce roca.

«Non ti farò del male, Bristol. Ma dobbiamo parlare».

«È finita. È finita da tempo. Non ho intenzione di ascoltarti. Devi andartene».

«Non puoi farmi questo!».

Bristol si bloccò, il terrore la travolse come un'ondata di nausea.

«Colin. Ti prego, lasciami andare». Cercò di far sembrare la sua voce ferma, ma era tutt'altro che tale.

«Perché? Perché dovrei lasciarti andare? Tu proprio non capisci». La scosse, e lei cercò di divincolarsi, ma lui le mise la mano libera sull'altro braccio, stringendo ancora più forte. Era abbastanza lontano, con i muscoli tesi, da impedirle di dargli dei calci. Non riusciva a liberarsi.

Si dimenò, ma lui la strinse ancora più forte a sé.

«Non puoi semplicemente decidere di non venire in tour con me. Di non cantare quella canzone. Ho fatto di tutto per te. Ti ho aiutata ad arrivare dove sei, ed è così che mi ripaghi? Tradendomi?». La scosse di nuovo, e lei si morse la lingua.

«Colin. Ti prego, smettila».

«Ti dirò esattamente dove devi stare. Al mio fianco. Con me. Sempre. Non puoi cambiare idea solo perché hai trovato qualcuno di nuovo. Non puoi lasciarmi dopo tutto quello che ho fatto per assicurarmi che tu fossi la persona che dovevi essere. Sono io che ho costruito la tua carriera. Tu non eri niente».

Aveva delle repliche pronte, cose che avrebbe voluto dirgli. Ma sapeva che se avesse menzionato i fatti reali, si sarebbe arrabbiato solo di più. Cercò di assecondarlo, anche se il suo cuore batteva così forte che temeva potesse scoppiare.

«Colin. Possiamo parlarne. Ma ti prego, lasciami andare».

«Pensi di potermi calmare? Non mi conosci per niente, cazzo, vero?».

Lo schiaffo in pieno viso la fece sussultare. Sbatté le palpebre e un attimo dopo era a terra. Colin l'aveva scaraventata con tale violenza che era caduta di testa, e aveva iniziato a vedere le stelle. Cercò di alzarsi, tentò di scuotere la testa, ma non ci riuscì. E poi lui era sopra di lei, e lei andò nel panico, chiedendosi cosa diavolo stesse succedendo, come potesse accadere una cosa del genere.

Lui la spinse ancora più giù, le sue dita affondarono sulla sua pelle. Lei sferrò un calcio, colpendolo all'inguine. Colin urlò, e lei lo respinse, strisciando in direzione del suo telefono.

Lui le bloccava la porta, ma se fosse riuscita a raggiungere una finestra o il suo telefono, avrebbe potuto fermare tutto questo. Avrebbe potuto chiudersi a chiave nella sua stanza, e tutto sarebbe andato bene. Le afferrò la caviglia e la tirò verso di sé, e lei cadde a faccia in giù, ma continuò a dimenarsi nel tentativo di scappare. Gli diede un altro calcio, questa volta colpendolo in faccia. Il suono del tallone contro il suo naso produsse uno scricchiolio, e il sangue schizzò per tutta la stanza.

Colin urlò di rabbia. «Puttana!», gridò, poi le si avventò di nuovo contro, ma questa volta lei fu più veloce e riuscì a sfuggirgli. Gli sferrò un calcio, gridò e gli graffiò il viso con le unghie. Aveva già il naso rotto e sanguinava, e lei gli lasciò un altro segno, ma non riuscì a sferrargli un altro colpo. Perché lui la spinse, dandole un pugno dritto allo stomaco.

«Come osi? Come cazzo osi?».

Le sue mani le afferrarono il collo, ma lei lo prese a calci di nuovo, questa volta proprio nelle palle.

E poi, cadde a terra. Le era sfuggito il lampo d'argento finché non era troppo tardi.

Un dolore lancinante le risalì lungo il fianco. Ansimò e sbatté le palpebre mentre le lacrime le riempivano gli occhi. Abbassò lo sguardo sul fianco e vide una ferita da cui sgorgava sangue. Si portò le mani sul taglio mentre si abbandonò completamente a terra. Cercò di fermare l'emorragia. Ma il liquido caldo e viscoso le colava tra le dita, e lei gridò, chiedendosi come diavolo fosse successo.

Alzò lo sguardo verso Colin, che se ne stava lì, con il petto ansimante mentre la guardava dall'alto, un paio di forbici insanguinate in mano.

«Non avresti dovuto farlo. Avevamo il mondo. E ora hai rovinato tutto».

Lei aveva una mano tesa, le forze che le venivano meno, e quando Colin le posò lo stivale sulle dita, lei urlò.

«Le tue preziose dita. Cosa succederebbe se te le spezzassi? Non potresti mai più suonare il violoncello».

«Colin, ti prego».

«Hai avuto il tuo momento per supplicare. Ora non sei più niente».

Ma poi lui la guardò di nuovo, inclinò la testa e spostò il piede.

Le sue mani erano al sicuro, ma mentre il sangue le si raccoglieva intorno, capì che *lei* non lo era.

Sbatté le palpebre, cercando di mettere a fuoco, ma Colin se n'era andato, la porta era rimasta aperta, e lei capì che doveva strisciare. Doveva raggiungere un telefono. Doveva fare qualcosa.

Perché non voleva morire, ma mentre il sangue le scorreva via, con le mani tremanti, temeva di non essere abbastanza forte.

Si mise in ginocchio e strisciò lentamente verso il telefono, ignorando i dolori e le urla mentre ogni movimento sembrava allargare ancora di più la ferita.

La sua mano scivolò sul cellulare, il sangue le rendeva difficile persino sbloccarlo.

E mentre componeva il 911 con dita tremanti, rimase distesa, con il dispositivo vicino al viso, sperando con tutte le sue forze che non fosse troppo tardi.

CAPITOLO DICIANNOVE

Marcus ringhiò e colpì di nuovo il sacco da boxe. E ancora. E ancora. Un gancio, poi un cross sinistro. E un cross destro. Poi un altro gancio.

«Okay, credo di aver bisogno di una pausa», disse Ronin, scuotendo le mani dopo aver lasciato andare il sacco. Marcus scosse i pugni e aggrottò la fronte. «Non stavo colpendo così forte».

«Sì, invece». Ronin sollevò entrambe le sopracciglia. «Vuoi parlare di quello che sta succedendo?».

Marcus scosse la testa. «Non proprio».

«Be', prima o poi dovrai farlo. Qui non siamo in *Captain America*, non ti è permesso sfondare quei sacchi. Siamo in una palestra pubblica».

Erano nel bel mezzo del fine settimana ed erano praticamente le uniche due persone nella sala, ma Ronin aveva ragione. Marcus non avrebbe dovuto rompere nulla.

«Non voglio parlarne», disse dopo un attimo.

«Dovrai farlo. Non credo proprio che ti faccia bene tenere tutto dentro».

Marcus guardò Ronin con aria di sfida, e lui alzò le spalle.

«So di essere un ipocrita. Comunque, non stiamo parlando di me. Sei tu quello che sta attraversando una crisi. E ho la sensazione che abbia a che fare con Bristol, perché sei tutto scontroso e hai spento quel maledetto telefono. Non spegni mai il telefono nel caso in cui la tua famiglia o lei abbiano bisogno di te».

«Dai. Ne ho abbastanza. Basta. O credo che finirò davvero per rompere qualcosa se continuo così».

«Bene. Andiamo a prenderci una birra o qualcos'altro. Non lo so. Dobbiamo distrarti da qualsiasi cosa ti stia rompendo il cazzo».

Uno degli uomini più grandi lì accanto strinse gli occhi sentendo il linguaggio di Ronin, ma Marcus si limitò ad alzare gli occhi al cielo. Era un po' stanco di doversi giustificare quando in realtà non aveva nulla da dire in sua difesa. E imprecare in palestra era una cosa con cui quel tizio avrebbe dovuto fare i conti. Ronin non aveva nemmeno urlato.

«Sì, mi andrebbe una birra. O qualcosa di più forte».

Ronin inarcò le sopracciglia.

«Non è un buon segno. Di solito non bevi alcolici forti».

«Posso iniziare adesso».

«È per via di Bristol?».

Ora erano negli spogliatoi, intenti a cambiarsi, e Marcus sospirò. «Credo che sia finita».

Ronin imprecò. «Finita-finita?».

«Non so a cosa potremo tornare, ma sì, sono stato io a chiudere».

Ronin rimase in silenzio così a lungo che Marcus temette che l'altro se ne fosse andato.

Si voltò.

«Sei stato tu a chiudere?».

Marcus annuì. «Sì. Ho dovuto. Era inevitabile».

«Sei scemo?», chiese Ronin.

«Non è molto d'aiuto». Aveva lo stomaco in subbuglio e si sentiva come se non dormisse da anni. Ma, diamine, sapere che Ronin era d'accordo con lui sulle sue scelte stupide non era quello che voleva sentire.

«No, immagino che non sia molto d'aiuto. Pensavo che la amassi. Che è successo?».

Marcus fece spallucce. «È una lunga storia».

«Puoi raccontarmi quella storia più tardi, dopo che saremo tornati dall'ospedale», disse una voce alle loro spalle, e Marcus si voltò di scatto per vedere Aaron lì in piedi, con un'espressione accigliata sul volto.

«Ospedale? Che cosa intendi?». La tensione lo attanagliò, e Marcus fece un passo avanti.

«Lo sapresti se quel cazzo di telefono fosse acceso».

Marcus non aveva mai visto Aaron in quello stato. Era davvero il ragazzo più accomodante e rilassato che Marcus conoscesse. In quel momento, però, sembrava che volesse strappare il tetto dell'edificio, o la testa di Marcus dal suo corpo.

«Che succede?», chiese Marcus, infilandosi la maglietta dalla testa e poi mettendosi le scarpe.

«Quello stronzo ha aggredito Bristol. È in ospedale». Aaron deglutì a fatica, le mani tremanti strette a pugno lungo i fianchi, mentre il corpo di Marcus si irrigidiva.

Bristol.

Ospedale.

Santo cielo.

Aaron continuò. «Dobbiamo andare. La tua famiglia mi ha detto che eri qui. È l'unico modo in cui sono riuscito a trovarti. Ma ho perso abbastanza tempo a cercare di rintracciarti, quando non credo nemmeno che tu abbia il diritto di essere presente».

«Colin? Che cazzo le ha fatto?».

«Non conosco tutti i dettagli, ma è quasi morta dissanguata sul pavimento di casa sua, e non c'era nessuno lì per lei. Noi non c'eravamo perché le stavamo dando spazio. E tu non c'eri perché, a quanto pare, lei non è abbastanza per te. Quindi, vaffanculo».

E poi Aaron se ne andò. Marcus afferrò la sua borsa, seguendolo.

«Cazzo, fammi sapere cosa succede», gridò Ronin e Marcus annuì, lasciandosi l'altro uomo alle spalle.

Non riusciva a respirare, non riusciva a fare nulla. Gli tremavano le mani e deglutì a fatica, cercando di riprendere fiato.

«Cazzo, Gesù Cristo. Starà bene? Deve stare bene».

«Non lo so. Liam mi ha mandato degli aggiornamenti via messaggio, ma stanno aspettando che esca dalla sala operatoria. *Sala operatoria.* L'ha pugnalata, cazzo».

Aaron cominciò a respirare affannosamente, e Marcus si fece avanti, rischiando di inciampare nei propri piedi, poi posò le mani sulle spalle dell'altro uomo. «Hanno trovato Colin?». Se non l'avessero trovato, avrebbe cercato lui stesso quello stronzo e l'avrebbe ucciso. Lì, in quel preciso istante. Non gli importava. Avrebbe. Ucciso. Colin.

«Toglimi le mani di dosso». Aaron sputò quelle parole e Marcus lasciò cadere le mani lungo i fianchi. In quel momento c'erano altre persone che guardavano, ma sia Aaron che Marcus fecero loro cenno di allontanarsi. Li lasciarono perdere, e così rimasero solo loro due in piedi in un parcheggio. Ronin li raggiunse.

«Non fate così», disse Ronin, mettendosi tra loro. «Non iniziate a litigare. Voi siete amici. Una famiglia».

«Non ci conosci nemmeno», borbottò Aaron, ma c'era paura nella sua voce, ed era per questo che l'uomo stava reagendo in quel modo. E Marcus glielo permise. Ne aveva ogni diritto. E anche di più.

«Devo andare in ospedale da mia sorella. Lei vorrebbe che tu fossi lì, anche se non so che diavolo stia succedendo tra voi due. Mia madre vuole che tu sia lì, quindi sono venuto a cercarti. Tutti sono venuti con la propria famiglia, e io ero l'unico rimasto che potesse venire a prenderti. Avevo solo bisogno di respirare». Gli occhi di Aaron si fecero vitrei, e Marcus imprecò sottovoce.

«Riesci a guidare?». Marcus non era affatto sicuro di essere lucido in quel momento, ma si fece forza per Aaron.

E per Bristol.

«Sì, posso farcela. Perché se mi faccio male mentre vado da lei, mi prenderà a calci nel sedere». Risero entrambi, ma senza sentimento.

«Ti seguirò. Sarò dietro di te».

«Tienimi aggiornato», disse Ronin, e Marcus si ricordò che il suo amico era lì, ad assicurarsi che lui e Aaron non si picchiassero a sangue per sfogarsi l'uno sull'altro.

Marcus annuì, poi salì in macchina e seguì Aaron all'ospedale. Stringeva il volante così forte che sapeva che più tardi gli avrebbero fatto male le mani, e francamente si stupì che il volante non fosse saltato via dal piantone.

Trovò un parcheggio, un po' lontano da quello di Aaron, varcò le porte e si fece strada attraverso il labirinto dell'ospedale fino alla sala d'attesa.

Il resto dei Montgomery era lì, in attesa. C'erano persino sua madre e suo padre, sebbene il resto della sua famiglia mancasse all'appello.

Guardò i Montgomery, poi andò dritto da sua madre, troppo codardo per voltarsi e affrontare la famiglia di Bristol.

«Mamma».

«Oh, tesoro, ti hanno trovato. Le tue sorelle e i loro mariti volevano venire qui, ma non glielo abbiamo permesso, più che altro perché avremmo praticamente invaso il posto». Lei gli rivolse un sorriso tremolante, e lui la abbracciò forte, respirando il suo profumo e accarezzandole la schiena.

«Sei sicura che dovresti stare qui?». La sua voce era dolce, ma era comunque preoccupato per sua madre. Era entrata e uscita dagli ospedali per anni e odiava l'idea che fosse tornata lì.

«Stare nella sala d'attesa di un ospedale non mi farà tornare in mente tutti quei ricordi. Sto bene. E se mi stanco, tuo padre mi porterà a casa. Ma Bristol è anche la mia bambina. Ho bisogno di sapere che starà bene». Gli strinse la mano, mentre suo padre le metteva un braccio intorno alle spalle e l'aiutava a sedersi di nuovo.

«Ci penso io a lei, figliolo. Tu vai a occuparti del resto della tua famiglia. Mi assicurerò che tua madre stia bene».

Incontrò lo sguardo di suo padre e vi lesse la preoccupazione, ma anche quella forza di cui sapeva di aver bisogno.

Non riusciva a respirare, non riusciva a pensare.

Bristol doveva stare bene.

Si avvicinò alla sedia accanto a quella dove era seduta la madre di Bristol, e lei alzò lo sguardo, con le lacrime che le rigavano il viso.

«Mia figlia è così forte, e sono felice che tu sia qui. Non riuscivamo a contattarti. Eravamo preoccupati».

Abbassò la testa. «Mi dispiace. Avevo il telefono spento. Non succederà mai più».

Il padre di Bristol si alzò e gli strinse la spalla. «Non preoccuparti. Può capitare. Sapevamo che Aaron ti avrebbe trovato». Guardò suo figlio. «Giusto?».

«Giusto. L'ho trovato. Novità su Bristol?».

«Stiamo aspettando di parlare con il dottore.

Dovrebbe uscire presto dalla sala operatoria». Marcus spostò l'attenzione su Ethan, che aveva parlato, lo sguardo dell'altro uomo fisso sull'orologio. Lincoln e Holland erano seduti ai suoi lati, con le mani strette alle sue. Erano in silenzio, ma sostenevano Ethan per trasmettergli tutta la loro forza.

Madison era al fianco di Lincoln, con la mano nella sua, stringendola forte.

Marcus sapeva che Madison e Bristol avevano iniziato ad avvicinarsi con il passare del tempo, e il fatto che Madison fosse lì gli ricordava solo quanto Bristol avesse da aspettarsi da lei.

Doveva stare bene.

Continuava a ripetersi quel mantra, sperando che si esaudisse.

«Che cosa è successo?», domandò Marcus, guardando verso la porta mentre entrava un'altra persona.

«È quello che mi chiedo anch'io», disse Zia, con i capelli viola raccolti in uno chignon spettinato che le teneva il viso scoperto. Era pallida, i tatuaggi risaltavano nettamente sulla sua pelle, e la signora Montgomery si alzò e si avvicinò all'ex di Bristol, stringendola a sé.

«Sono felice che tu sia qui, tesoro. Ora c'è tutta la famiglia di Bristol. È una buona cosa».

«Che cosa è successo?», chiese di nuovo Zia, e Marcus guardò Liam, vedendo la mascella dell'altro uomo irrigidirsi.

«Non sappiamo molto. Colin è entrato in casa sua e l'ha aggredita. Non sappiamo cosa sia successo, ma

Bristol ha reagito. Colin ha dei graffi sul viso, il naso rotto e qualche livido».

La sua ragazza si era difesa. Certo che l'aveva fatto. Solo che non avrebbe dovuto farlo, in primo luogo. Marcus avrebbe dovuto essere lì. «Hanno preso quel bastardo?».

«Sì, era seduto nella sua fottuta macchina nel vialetto di casa di Bristol, borbottando tra sé e sé, cercando di pulire il sangue quando è arrivata la polizia». Liam sputò fuori un'imprecazione, e Marcus emise un respiro profondo, cercando di calmare il suo cuore che batteva all'impazzata.

«Chi ha chiamato la polizia?».

«Lei», disse Arden a bassa voce. «Io e le ragazze eravamo lì, a controllare come stava dopo...». Distolse lo sguardo da lui, e Marcus imprecò.

«A controllare come stava dopo che me ne sono andato», disse a bassa voce.

Arden sembrava riluttante a rispondere, ma alla fine annuì. «Sì, ma lei stava bene. Immagino che lui sia passato dopo che ce ne siamo andate. Ed è rimasto. Non so cosa gli succederà, ma ora è con la polizia».

«Ma l'ha ferita piuttosto gravemente», disse Liam a bassa voce.

«Cosa le ha fatto?», chiese Marcus, con voce sommessa.

«L'ha aggredita, l'ha picchiata e poi l'ha pugnalata con delle forbici».

«Cazzo», sussurrò Marcus.

«Bristol ha raccontato tutto alla polizia quando sono arrivati. È per questo che sappiamo qualcosa».

«Era cosciente in quel momento?», chiese Marcus.

«Sì, poi è svenuta per la perdita di sangue o per lo shock o qualcosa del genere», disse Arden. «Non lo so. Nonostante abbia passato un bel po' di tempo in ospedale, non sono poi un'esperta».

«I tuoi fratelli stanno arrivando?», chiese Marcus all'improvviso, ricordando che i fratelli di Arden erano sempre in ospedale con lei, i protettivi fratelli Brady che erano sempre presenti.

«Ho dovuto dissuaderli. Ma possono darci il cambio se qualcuno ha bisogno di riposarsi».

Lei stava guardando i suoi futuri suoceri, e Marcus capì.

I suoi fratelli si sarebbero assicurati che i genitori di Bristol potessero riposare, probabilmente proprio come la sua famiglia.

I fratelli di Bristol sarebbero stati lì, così come Marcus. Perché doveva assicurarsi che lei stesse bene.

«Posso parlarti un attimo?», domandò Liam, a voce bassa. Tutti si zittirono, e Marcus irrigidì le spalle.

«Sì. Puoi farlo».

Dopotutto, si meritava un pugno in faccia per come erano andate a finire le cose.

«Liam», disse suo padre, con voce che sembrava un ordine sbraitato.

«Va tutto bene. Voglio solo parlare. Promesso».

Sia Aaron che Ethan si misero in piedi, ma Liam alzò una mano.

«Per ora solo io».

I genitori di Marcus lo guardarono e lui scosse la testa.

«Torno subito». E poi seguì Liam fuori dalla porta, lasciando gli altri alle spalle.

«Non ti picchierò», disse Liam.

«Me lo meriterei».

«Non so cosa sia successo tra te e mia sorella, ma Arden ha detto che è un problema di comunicazione. Voglio credere che sia così. Penso che riuscirete a sistemare le cose. Non mi interessa cosa cazzo devi fare. Ma troverai una soluzione». Allungò il pugno chiuso e Marcus sussultò. «Ho detto che non ti avrei picchiato. Prendilo». Marcus tese il palmo della mano e Liam vi lasciò cadere l'anello di fidanzamento di Bristol.

«Cazzo».

«Sì. Arden mi ha raccontato qualcosa. Della promessa. Di come voi due steste cercando di sistemare le cose. Non mi interessa. Davvero. Ma tu puoi e sistemerai tutto questo perché nessuno ti sta incolpando per quello che è successo. Quindi non puoi farlo nemmeno tu».

«Se fossi stato lì, questo non sarebbe successo».

«Stronzate. Se uno qualsiasi di noi fosse stato lì, niente di tutto ciò sarebbe successo. Ma non possiamo essere presenti nelle vite degli altri ventiquattro ore al giorno. La colpa è di Colin. Qualunque cosa accada, sarà sempre colpa di Colin. Ma quando si sveglierà e starà meglio? Devi tornare a essere il suo migliore amico.

Perché sei la cosa migliore che le sia mai capitata, quindi non mandare tutto a puttane».

«Non lo so. Ho solo bisogno che prima stia bene».

«Hai proprio ragione. Ma quell'anello che hai in mano? Quella è una promessa che significa qualcosa. Glielo hai dato tu, cerca di capire cosa significhi esattamente e ricorda che anche tu fai parte di questa famiglia. Non mandare tutto all'aria».

Liam lo lasciò solo e Marcus rimase immobile, chiedendosi cosa diavolo avrebbe fatto.

«Entra pure», disse Aaron dalla porta.

«Sta bene?», chiese Marcus, voltandosi di scatto.

«Credo che il dottore uscirà tra poco. Sono tutti in subbuglio. Non voglio che ti perda nulla».

«Cristo santo».

«Sì, continuerò a imprecare insieme a te. Voglio che la mia sorellina stia bene».

«Pensavo fossi tu il piccolo», disse Marcus, cercando di ridere, ricorrendo alla solita battuta, ma non c'era nulla di divertente in quella situazione.

«È comunque la nostra sorellina», lo ammonì Aaron, poi rientrò nella stanza, seguito da Marcus.

Aspettarono altri trenta minuti, poi arrivò il medico, comunicando loro che Bristol stava bene e che si sarebbe svegliata presto. Aveva perso molto sangue, ma si sarebbe ripresa completamente.

A Marcus si fecero le ginocchia molli e quasi vomitò, ma poi gli altri cominciarono a parlare, con le lacrime che scorrevano.

Una volta trasferita in un'altra stanza, gli altri sarebbero andati a trovarla. Si sarebbero assicurati che stesse bene, ma Marcus sapeva che non avrebbe potuto vederla. Non ancora.

Perché se l'avesse vista senza quella vivida luce negli occhi, sul viso, non sapeva cosa avrebbe fatto.

E prima di parlarle, prima di poterle chiedere scusa, doveva capire esattamente come sistemare le cose tra loro.

Perché l'aveva quasi persa, in più di un senso. Aveva quasi perso la luce e l'amore della sua vita.

E doveva capire esattamente come cazzo sistemare la cosa.

CAPITOLO VENTI

«**S**inceramente sono davvero sorpresa che tu sia riuscita a convincere i fratelli Montgomery a lasciarti in pace», disse Zia dall'altra parte del divano.

Bristol sorrise, e sebbene quel sorriso fosse sincero, non le arrivava fino agli occhi. Almeno era quello che dedusse dal modo in cui Zia la guardava.

«Considerando che ho dormito per la maggior parte del tempo in cui sono stati qui, e che sei stata tu a convincerli ad andarsene, dovresti saperlo meglio di me», disse Bristol, sorridendo.

Era stata aggredita una settimana prima e ora era a casa, a riposare e a riprendersi. Non era ancora guarita del tutto, e ci sarebbe voluto un po' prima di arrivarci, ma non doveva più stare in ospedale e le era permesso dormire nel proprio letto. Fu allora che capì che sarebbe stata bene.

I suoi fratelli si erano dati il cambio per passare la

notte da lei. Sua madre aveva preso possesso della sua camera degli ospiti. Stasera, però, c'era solo Zia a casa sua, per fortuna.

Tutti gli altri si erano dati il cambio, ma Zia aveva promesso che si sarebbe presa cura di Bristol, sebbene potesse cavarsela benissimo da sola. Sì, le faceva male il fianco, e ogni volta che si muoveva le sembrava che i punti o le graffette stessero per spezzarsi o saltare via. Non era così, ma non riusciva a frenare la sua immaginazione.

E poi non aveva voluto stare lontana da casa sua.

Si era dissanguata sul pavimento piastrellato e, dopo che la polizia se n'era andata portando via tutta l'attrezzatura da scena del crimine, Arden e le ragazze avevano pulito la cucina da cima a fondo. Brillava, era molto più pulita di quanto non fosse prima che accadesse tutto.

E le cambiarono le serrature delle porte, anche se non era quello il problema.

Pulirono tutto a fondo, misero dei fiori, prepararono dolci e un sacco di piatti pronti da mettere nel congelatore.

Fecero in modo che la sua casa le sembrasse davvero sua, almeno in gran parte. Ci sarebbe voluto un po' prima che riuscisse a respirare di nuovo senza guardare verso il punto in cui Colin l'aveva aggredita. Si rifiutava di lasciare che la sua casa fosse solo un ricordo di ciò che Colin le aveva fatto.

La sua sala musica/studio erà esattamente come era sempre stata. Avrebbe ricominciato a creare lì. Ci sarebbe voluto un po' di tempo, ma ce l'avrebbe fatta.

Non c'era nemmeno una macchia di sangue sul tappeto, e forse un giorno avrebbe dovuto cambiare anche quello. Dipingere le pareti, fare qualcosa per debellare il marchio lasciato da Colin.

Sì, era tutta colpa sua. Non avrebbe dato la colpa a se stessa per questo... o forse avrebbe dovuto.

Dopotutto, era stata lei a farlo entrare.

«Ehi, ti stai dando la colpa di nuovo, vero? Te lo leggo in faccia».

Bristol inarcò le sopracciglia. «Non puoi biasimarmi», disse Bristol, «E comunque non può bastarti uno sguardo per capire a cosa sto pensando».

«Certo che sì. O stai pensando a Marcus, oppure ti stai incolpando per quello che ha fatto Colin. Non costringermi a picchiarti».

«Non puoi picchiarmi. Sto male».

«Hai preso gli antidolorifici. Ti senti meglio. E io ti picchierò. Con amore».

«Mi stai facendo venire nostalgia dei miei fratelli maggiori».

«Sei proprio crudele».

«Potrei essere ancora più crudele e chiederti perché sei qui invece che a Londra», disse Bristol, affrontando l'argomento che entrambe avevano cercato di ignorare.

Zia scosse la testa.

«Non c'è niente di cui parlare. Non sto più con il mio ex e sono tornata in America. Starò bene. Vivrò a Boulder. Forse, un giorno, mi sistemerò con una persona carina, e il mondo si renderà conto che sono fantastica».

«Ci siamo già resi tutti conto che sei fantastica».

Zia sorrise.

«Perfetto, grazie. Ora, basta parlare di me. Che mi dici di te?».

«Niente di nuovo. Il tour è stato rinviato, penso perché stiano cercando di darmi spazio, oltre che di assicurarsi di tagliare completamente i ponti con Colin».

«Andrà in prigione per molto tempo».

«A meno che non ricorra alla difesa per infermità mentale».

«Non la passerà liscia. Sapeva esattamente cosa cazzo stesse facendo. Quel coglione».

«Sì, ci sono prove sufficienti per metterlo in galera per molto tempo. E, probabilmente qui, piuttosto che in Inghilterra».

«Non so come funzioni il sistema giudiziario, ma quel che conta è che lui starà lontano da te, e da tutti quei fan adoranti che sentono la mancanza sua e della sua bellissima arte e musica».

«Non riesco a credere a quante persone mi stiano addosso per questo».

«Io sì. I fan sfegatati che vogliono difendere i loro idoli. Daranno la colpa a chiunque per i loro errori».

«Comunque, la reazione delle persone che stanno dalla mia parte mi scalda il cuore. Sono contenta che siamo riusciti a impedire che mandassero fiori e altre cose a casa mia».

«Sì, chiedere loro di inviare donazioni a un centro di accoglienza locale per donne è stata un'ottima idea, anche se in alcuni casi volevano solo darti una mano».

«So che l'attenzione dei media non si placherà tanto

presto. Ma sono contenta di vivere in un complesso residenziale recintato e di avere dei vicini gentili».

C'era un unico cancello e lei viveva al centro della residenza, non in un quartiere di lusso, ma per il momento aveva tenuto fuori i media. Non sapeva per quanto sarebbe durata la situazione, ma sperava che la notizia si placasse e che nessuno volesse più parlare con Bristol Montgomery dell'aggressione.

Il nome di Colin era su tutti i giornali: foto di loro da dieci anni fa fino a poco tempo prima, mentre ridevano e si abbracciavano o addirittura suonavano insieme. Le prove del loro passato erano ovunque su Internet.

Tutti volevano sapere della tragica favola che era stata quella maledetta relazione.

Nessuno riusciva davvero a farsi entrare in quella testa dura che non si trattava di romanticismo, ma di ossessione e bisogno. E non aveva nulla a che fare con lei.

Per fortuna, nessuno aveva ancora guardato troppo in profondità sotto la superficie, e il nome di Marcus non era stato pubblicato sui giornali.

Ma lei sapeva che sarebbe successo, e che avrebbero dovuto affrontarlo quando fosse successo.

Abbassò lo sguardo sul telefono, sperando che squillasse. Ma non lo fece.

Le aveva mandato un messaggio ogni giorno per assicurarsi che stesse bene, per sapere come stava, ma lasciandole comunque i suoi spazi.

Lei detestava quei messaggi.

Voleva che lui fosse lì. Voleva dirgli cosa provava, voleva sapere cosa provava lui. Capiva la necessità di concedersi reciprocamente un po' di spazio. Quello era l'unico momento in cui si era trovata in una stanza con una sola persona da quando era avvenuta l'aggressione e si era svegliata in ospedale, stordita, chiamando Marcus.

I suoi fratelli erano lì e le avevano detto che Marcus era stato nella sala d'attesa, insieme ai suoi genitori. Aveva aspettato di sapere che si era svegliata e che stava bene prima di andarsene, lasciando alla sua famiglia quel breve momento in cui erano stati nella stanza con lei.

Lui non era ancora passato a trovarla. E lei non poteva biasimarlo per questo. Le cose erano complicate, e non sapeva nemmeno se i suoi fratelli lo avrebbero fatto entrare. Erano stati iperprotettivi al punto che a nessuno era permesso entrare, nemmeno al suo agente o al suo manager.

Tutti potevano chiamarla o mandarle messaggi, anche se Liam era persino intervenuto, rispondendo alle chiamate per lei.

E sebbene lei lo avesse apprezzato, aveva anche bisogno di farlo da sola. I Montgomery, tuttavia, erano noti per essere iperprotettivi.

Era grata per il tempo a disposizione per riflettere.

Tuttavia, le mancava il suo migliore amico. E voleva davvero che tornasse.

Nel suo cuore, nella sua anima, con lei.

«Stai pensando di nuovo a lui?», disse Zia, con voce dolce.

Bristol alzò lo sguardo verso l'amica e sorrise dolcemente. «Sì, credo di sì. Perché non è qui?», domandò, le parole le uscirono di bocca prima ancora che ci pensasse.

Zia alzò le spalle. «Credo che ti stia dando spazio e tempo per guarire».

«Potrei farlo anche con lui qui».

«Davvero? Saresti davvero riuscita a capire esattamente di cosa avevi bisogno e a guarire il tuo cuore e il tuo corpo mentre ti stressavi e ti chiedevi cosa stesse succedendo tra voi?».

«È una sciocchezza. Adesso sono stressata perché lo voglio qui. Prima che succedesse tutto questo, sarebbe stato il primo a starmi accanto, tenendomi la mano».

«Forse. Ma la situazione è diversa. E ora voi due non siete più gli stessi di prima. Anche se preferiresti il contrario, è così. E devi affrontarlo».

«Ma perché non è qui?».

«Non ha interrotto completamente la comunicazione. Non ti ha lasciata in asso. Ti sta dando il tempo e lo spazio di cui hai bisogno per guarire, come ho detto. Non sta mettendo se stesso al centro della questione. E lo ammiro per questo».

«Davvero?».

«Sì. Perché devi assicurarti di sapere esattamente cosa vuoi prima di cedere alla tua prossima tentazione con lui».

«Non so cosa voglio».

«Esatto. Quindi, scoprilo. Scopri esattamente come gli dirai che lo ami dal profondo del tuo cuore. In questo modo, potrete innamorarvi l'uno dell'altra, e andrà tutto bene».

«Vorrei poterci credere».

«Devo credere nel lieto fine. Devo credere nel tuo

lieto fine. Perché se non lo faccio? Be', allora non mi piacciono affatto le mie possibilità. E sono piuttosto egocentrica, visto che sto mettendo me stessa al centro di tutto questo».

«Non c'è nulla di egocentrico in te, Zia».

«Non è quello che sento dire in giro», mormorò lei, ma poi lanciò un'occhiata a Bristol, che non fece alcun commento. Zia aveva bisogno di tempo e, francamente, l'altra donna aveva ragione. Anche Bristol ne aveva bisogno.

Bristol si addormentò poco dopo, concedendosi del tempo per riprendersi, e si svegliò un paio d'ore più tardi con Zia che la rimboccava e le scostava i capelli dal viso.

«Ehi, dormigliona, ti è caduta la coperta. Te la stavo sistemando. E...», Zia si interruppe.

«E cosa?».

«Il tuo telefono ha suonato mentre dormivi».

Bristol si mise a sedere e fece una smorfia. «Ahi. Continuo a dimenticarmene».

«Sì, non farti saltare i punti, o tua madre mi ucciderà davvero».

«Scusa».

«Non scusarti con me per il dolore. Comunque, stavo dicendo, il tuo telefono ha squillato e io ho risposto».

«Era Marcus, vero?».

«Sì, e sarà qui da un momento all'altro».

Bristol si bloccò. «E ho questo aspetto?».

«Prima lo volevi al tuo fianco, e avevi un aspetto peggiore. Posso truccarti in un attimo, ma lui ti ha vista in ogni modo possibile. E sai che adoro truccarmi. È arte, è parte di me, ma a volte è un'armatura. È uno scudo. E se è quello di cui hai bisogno, ti aiuterò. Ma penso che tu debba vederti esattamente come sei. Perché è stato questo il problema per tutto questo tempo. Hai nascosto una parte di te stessa, e non dovresti più farlo».

«A volte sei fin troppo saggia e matura per la tua giovane età».

«Questo è quello che pensi tu».

Zia si chinò e sfiorò le labbra di Bristol con un bacio. Bristol sbatté le palpebre, guardando la sua amica.

«Perché l'hai fatto?».

«Mi hai spaventata tantissimo. So che te l'ha già detto tutta la tua famiglia, ma non farlo mai più. Non abbandonarci mai più. Perché ti amo. No, non nel modo in cui finalmente lo dirai all'amore della tua vita, ma ti voglio davvero bene. E ho bisogno che tu sia presente nella mia vita. Sono una persona terribilmente egoista che vuole che tu sia sana e integra solo per i miei bisogni, e mi sta bene così. Perché significa che sarai ancora qui. Va bene? Quindi, rifletti a cosa dirai a Marcus, così capirà come ti senti. Non nasconderti più. Voi due valete molto di più di questo». E poi baciò di nuovo Bristol sulle labbra, lasciandola scioccata e seduta lì in silenzio.

«Non ho idea di cosa rispondere a tutto questo», disse Bristol onestamente.

«Non devi dire nulla. Sappi solo che sei amata». Suonò il campanello e Zia sorrise.

«E ora questo finale da favola sta per realizzarsi».

«La vita non è tutta una favola. Tu ed io lo sappiamo meglio di chiunque altro».

«È vero. Allora, fallo sudare un po' prima di lasciarti conquistare e assicurati che sappia esattamente cosa vuoi e chi sei. Punto. Altrimenti dovrò picchiarlo».

«Zia».

«Okay, gli darò uno schiaffetto. Ma in modo affettuoso, ovviamente. Comportati bene. E sii te stessa». Poi Zia andò alla porta, la aprì e il cuore di Bristol si fermò.

C'era Marcus, con indosso una giacca di pelle chiusa fino al collo, jeans e vecchi stivali. Aveva il viso tirato, come se non avesse dormito, e lei avrebbe voluto allungare una mano per abbracciarlo, dirgli che andava tutto bene.

Lui doveva stare bene, ma lei stava bene? Aveva paura. Marcus era lì, dopo una settimana senza di lui, finalmente eccolo lì. E le sembrava che fosse passata una vita dall'ultima volta che l'aveva visto.

Perché sembrava passato un anno invece che solo pochi giorni?

Perché non riusciva a dire nulla?

Zia gli parlò, e Marcus chinò il capo, annuendo con un cenno secco, prima che la donna se ne andasse, salutando con la mano da sopra la spalla e lasciando lei e Marcus soli a casa sua.

Bristol deglutì a fatica e alzò lo sguardo verso di lui, cercando di trovare le parole. Non le venne in mente nulla.

Lui se ne stava in piedi, stoico, bellissimo, l'uomo dei suoi desideri. Non sapeva cosa dire. E dato che questo era così insolito per lei, rimase semplicemente seduta sperando di riuscire a trovare le parole.

«Marcus», sussurrò lei.

«Ehi. Ho cercato di darti spazio. Poi ho capito che forse darti spazio non era la cosa giusta. Non mi piace non sapere cosa fare quando si tratta di te. È qualcosa a cui non sono abituato, e qualcosa che voglio sistemare. Quindi, eccomi qui, e spero che mi lascerai restare, anche solo per parlarti un minuto».

«Entra. Mi alzerei, ma sono ancora un po' stanca».

Marcus strinse la mascella, e capì di aver probabilmente detto la cosa sbagliata, ma non poteva rimangiarsela. Era *davvero* stanca. Ed era quasi morta nella sua stessa casa.

Superare tutto ciò avrebbe richiesto tempo e probabilmente molta terapia. Ma prima di tutto c'erano lei e Marcus, l'unica cosa stabile che avesse mai avuto nella sua vita, e doveva lottare per recuperarla.

«Avvicinati, dai», sussurrò.

E poi Marcus era lì, seduto sul tavolino difronte a lei, che la guardava. Non allungò la mano, non la toccò, e quella distanza la fece sentire vuota.

«Mi sei mancato», sussurrò lei, essendo finalmente onesta con se stessa. Con lui.

«Mi manchi da morire, cazzo. Non avrei dovuto andarmene quel giorno, sarei dovuto rimanere con te».

«No, non puoi prendertela con te stesso per quello che è successo».

Lui inarcò le sopracciglia. «Forse, un po'. Solo perché non posso fare del male a Colin».

«Se n'è andato. Non dovremo più preoccuparci di lui. Te lo prometto».

«Devo essere io a fare le promesse», sussurrò Marcus, sporgendosi in avanti.

«Forse, o forse dobbiamo farle insieme».

Marcus emise un sospiro e si passò una mano sul viso.

«Immagino che dovremmo partire dall'inizio?», chiese, e Bristol annuì.

«Ti dirò esattamente come mi sento», disse Marcus. «Qualcosa che avrei dovuto fare un bel po' di tempo fa, cazzo. E siccome non l'ho fatto, ho ferito entrambi».

«Dirò la stessa cosa. Esattamente la stessa. Perché non sei solo tu».

«Davvero? Sei sicura di farcela? Non voglio metterti sotto troppa pressione».

«Te lo prometto, non sono fragile. Non crollerò». Una lacrima le scivolò lungo la guancia e Marcus allungò una mano per asciugarla con il pollice. «Non crollerò», sussurrò di nuovo lei.

«Quando dieci anni fa mi hai proposto quell'accordo, ho pensato che fosse una follia, ma ho accettato subito. Sai perché?», chiese Marcus, e lei deglutì a fatica.

«Perché?».

«Perché non riuscivo a immaginare un mondo senza di te al mio fianco. Tu c'eri sempre, ed entrambi siamo stati bravissimi a non oltrepassare quei limiti. Non li ho mai superati perché non volevo spaventarti e non volevo perderti. Così ho pensato che, se ti avessi avuto nella mia vita in qualsiasi modo possibile, sarebbe stato già abbastanza. E non mi sono permesso di preoccuparmi dei miei sentimenti, li ho seppelliti così in profondità che non *potevano* avere importanza. Ma erano sempre lì. Nascosti. In attesa».

La speranza le sbocciò nel petto e lei sbatté forte le palpebre. «Davvero?».

«Bristol, ti amo, cazzo. E non come amici. O meglio, non solo. Ti amerò come amica e come persona e semplicemente come l'essere umano straordinario che sei, per sempre. Ma sono anche innamorato di te. Non so quando è successo, probabilmente molto prima anche solo di formulare questo pensiero. Ma ti amo, cazzo. E non voglio perderti. Mai. Mai, cazzo. Lo capisci? Sei tutto per me. E avrei dovuto dirtelo molto prima di andarmene. Ma avevo così tanta paura che non mi sono permesso di pensare. Me ne sono andato perché non volevo ferirti, e ho finito per farti più danno di quanto avessi mai pensato possibile. Perdonami. Perdonami per non averti detto come mi sentivo perché avevo paura. Perdonami per non averti detto che ti amo».

A quel punto le lacrime le scendevano liberamente lungo le guance, e lei si sporse in avanti quel tanto che bastava per non provare dolore. Marcus colmò i pochi centimetri che ancora li separavano in modo che Bristol potesse posare le mani su di lui.

«Vorrei dire "anche io", ma sarebbe troppo facile per me».

Marcus ridacchiò piano, e anche lei scoppiò in una risata schietta.

«Ho fatto quella promessa perché avevo tanta paura di perderti che non mi sono permessa di pensare a cosa avrebbe significato quella perdita. «Ma anch'io ti amo,

Marcus. Ti amo da sempre, da quando ho ricordi. Anche se non mi sono resa conto che si trattasse di amore fino a quando non era troppo tardi. Ma ti voglio nella mia vita. Voglio essere nella tua. Voglio uscire con te e voglio sposarti. Voglio tutto questo. E se dobbiamo ricominciare da zero e capire esattamente cosa siamo l'uno per l'altra mentre ci amiamo, mi sta bene anche questo. O se vuoi andare a Las Vegas adesso, o magari quando sarò davvero in grado di stare in piedi per più di dieci minuti, sono disposta a farlo. Perché ti amo. E mi dispiace non avertelo mai detto prima. Avrei davvero, davvero dovuto dirlo prima».

Marcus la guardò e sorrise così apertamente che le arrivò dritto al cuore.

«Per due persone che si conoscono dentro e fuori, facciamo davvero schifo in queste cose».

Lei rise e si sporse in avanti il più possibile, ma poi lui era lì, inginocchiato davanti al divano, che la stringeva a sé, con le labbra a un centimetro dalle sue.

«Non voglio rovinare di nuovo tutto, Bristol. Quindi, sì, voglio sposarti. Desidero diventare i Montgomery-Stearns, avere dei bambini con te e crescere insieme alle nostre famiglie. Voglio tutto questo. Ma prima voglio che tu sia la mia ragazza, voglio questa etichetta. E voglio che tu sia la mia fidanzata. Voglio poterti chiamare anche così. E poi voglio che tu sia mia moglie. Perché, nonostante tutto, sei la mia migliore amica, Bristol Montgomery. E ti amerò fino alla fine dei tempi. Fino alla fine di ogni cosa».

E poi le sue labbra erano sulle sue, e Bristol piangeva,

concedendosi all'uomo che amava, l'uomo che aveva sempre amato.

Lo aveva quasi perso perché aveva avuto troppa paura di perderlo. L'ironia della situazione era sconcertante.

Ma mentre lui la stringeva a sé, e mentre lei gli raccontava di più sui suoi sentimenti, i suoi pensieri, sapeva che avrebbero superato tutto questo. Ne sarebbero usciti più forti che mai.

Perché Bristol Montgomery si era innamorata del suo migliore amico.

E, incredibile ma vero, lui ricambiava quell'amore.

Ed era esattamente la promessa che si erano fatti in precedenza, e quella che avrebbero mantenuto per sempre.

EPILOGO

Il pavimento piastrellato sotto le ginocchia di Marcus probabilmente non era il massimo della comodità, ma non gliene fregava un cazzo. Con la gamba di Bristol appoggiata sulla spalla e la bocca sulla sua figa, la doccia sembrava un po' troppo stretta. Ma lui stava bene. Avrebbe trovato il modo di far funzionare la cosa. Vedere l'amore della sua vita venirgli in faccia? Ne valeva assolutamente la pena, nonostante il dolore e il fastidio.

Le leccò la figa, succhiandole il clitoride, e quando le gambe di Bristol tremarono intorno a lui, capì che stava per raggiungere l'orgasmo. Si alzò in piedi e la penetrò, riempiendola con un solo colpo, lasciando entrambi senza fiato.

«Oh, Dio. Non. Respiro».

Marcus faceva attenzione alla sua cicatrice, sapendo che, anche se fosse guarita, non avrebbe fatto nulla per ferirla. Mai più. Mai più, cazzo.

Lei aveva una gamba ben salda sul pavimento della doccia, l'altra attorno al suo fianco. «Sei pronta a essere scopata, piccola?».

«Se non lo fai, dovrò iniziare a muovermi io contro di te, e sappiamo entrambi che non ho il miglior ritmo».

Lui rise, chiedendosi come cazzo potesse farsi prendere dall'umorismo durante il miglior sesso della sua vita, ma poi capì che la risposta era Bristol. La sua Bristol.

Scivolava dentro e fuori, con un pollice sul suo clitoride e l'altro sul suo fianco. Entrambi ondeggiavano l'uno contro l'altro, mentre l'acqua della doccia che si faceva fredda.

Stavano sprecando acqua. Imprecò, allungando la mano per chiudere i rubinetti prima di affondare di nuovo dentro di lei. Continuarono a muoversi, respirando all'unisono, ansimando, e poi lei venne, e lui la seguì. Entrambi tremavano, con le bocche incollate l'una all'altra e le mani che accarezzavano la pelle liscia mentre assaporavano in ogni centimetro.

E quando riuscì a riprendere fiato, aprì gli occhi e la guardò.

«Be', questo sì che è un bel risveglio».

«Già, e faremo sicuramente tardi, considerando che mi sono svegliata con la tua bocca sulla mia figa».

Marcus sorrise e continuò a muoversi dentro e fuori da lei anche se si faceva già meno duro. «Non posso farci niente. Dovevo fare colazione».

«Se mi dici che l'unica cosa di cui ho bisogno per colazione è un frullato proteico, ti farò male».

«Quello era ieri. Svegliarmi con la tua bocca sul mio

cazzo è praticamente il modo migliore per alzarsi». Le fece l'occhiolino.

«Pensavo che quando ti sei svegliato mentre ti cavalcavo il cazzo la settimana scorsa fosse ancora meglio».

Marcus sorrise e continuò a spingere dentro di lei. Allungò la mano per riaprire l'acqua in modo da poter finire la doccia.

«Furbo da parte tua. Ora basta sprecare acqua. Dobbiamo trovare come farlo senza sprechi».

«Sì, il che significa niente più docce insieme».

«Non sei divertente», disse Marcus, baciandola dolcemente. Ma lei rise, spingendolo via, e poi si lavarono in fretta perché erano davvero in ritardo per il pranzo dei Montgomery.

Aaron aveva appena venduto un'opera importante e avrebbero festeggiato, e c'era un altro pretesto per riunire i Montgomery.

Sapeva che avevano passato un periodo difficile di recente, proprio come gli Stearn. Quindi avrebbero organizzato un grande pranzo in famiglia. E questo includeva tutti i fratelli di Arden, la cugina di Lincoln e anche la famiglia di Marcus.

Non aveva idea di come la mamma di Bristol riuscisse a gestire tutto, ma sapeva che avrebbe fatto venire un servizio di catering. Ci sarebbero state tonnellate di cibo e tanta allegria.

Esattamente ciò di cui aveva bisogno.

Si vestirono in fretta, ridendo entrambi mentre esaminavano il programma della settimana che li attendeva. Bristol sarebbe partita presto in tour ora che era guarita, e dato che il suo grande progetto era finito, Marcus stava lavorando all'organizzazione per la prossima grande sovvenzione.

In qualche modo, stavano facendo funzionare le cose.

Il suo lavoro lo teneva per lo più a casa, mentre quello di Bristol l'avrebbe tenuta lontana da lui in alcuni casi. Ma c'erano modi per aggirare la cosa, ed entrambi avevano sogni e ambizioni che volevano realizzare e vivere, quindi se la stavano cavando.

E lei indossava il suo anello, cosa che lui non avrebbe mai dimenticato.

Stavano procedendo con calma, al punto che il matrimonio non sarebbe stato celebrato prima che gli altri si fossero sposati.

Ma lei voleva il suo anello, e lui voleva vederlo al suo dito.

E questo significava che avrebbero assunto tutte le etichette in una volta sola, ma almeno questa volta ne erano consapevoli.

Lui le avrebbe chiesto come si sentiva, e le avrebbe detto cosa provava.

Non era una cosa in cui di solito eccelleva, ma stava migliorando.

Furono gli ultimi ad arrivare a casa Montgomery, ma sapeva che sarebbe successo. Non aveva potuto farne a meno dopo essersi svegliato con Bristol proprio lì, tutta nuda e pronta per lui.

«Non guardarmi così, mia madre e mio padre sapranno esattamente cosa mi hai fatto».

«Allora nemmeno tu puoi guardarmi così. I miei

genitori e le mie sorelle sono lì dentro. Aspettano. Osservano».

«Cosa state nascondendo?», chiese Aaron, appoggiandosi allo stipite della porta.

«Niente», disse Bristol in fretta. Si alzò in punta di piedi e baciò Aaron sulla guancia. «Sono così felice per te. Guarda il mio fratellino. Sta andando alla grande nel mondo dell'arte e vende opere a re e regine».

«Sto organizzando anche una mostra d'arte. Ma guardatemi. Sono proprio un tipo da arte».

«Sei un idiota. Ma ti voglio bene».

«Sono un idiota. Ma non posso farci niente. Sono fatto così».

«È vero», disse lei, e poi lo baciò sull'altra guancia.

Marcus gli tese una mano, e Aaron la strinse e sorrise.

«Mi fa piacere vedere che ti prendi cura della nostra sorellina».

«Sei tu il più piccolo», lo corresse Bristol.

«Come ti pare», disse Aaron.

Entrarono e salutarono tutti, mentre il rumore diventava sempre più forte. C'era tantissima gente lì, tante persone che i Montgomery avevano accolto come parte della loro famiglia. Per Marcus era così fin da quando era bambino, e ora sarebbe diventato davvero un loro parente, cosa che rendeva i suoi genitori molto entusiasti.

«Non vedo l'ora che facciate dei bambini», disse sua madre al suo fianco, e Marcus si strozzò con il suo drink.

«Non lo so, vuoi dirlo più forte, mamma?».

«Potrei. Ma poi metterei in imbarazzo la povera Bristol, e non voglio proprio».

«Solo me, allora?».

«Certo, sei il mio bambino».

«Giuro, le mamme adorano proprio chiamarci "bambini"», disse Aaron, avvicinandosi a loro.

«Sai, sei l'ultimo Montgomery single», disse solennemente la madre di Marcus.

Aaron scrollò le spalle, anche se c'era qualcosa nei suoi occhi che Marcus non riusciva a decifrare. «Qualcuno deve pur resistere».

La signora Montgomery si sporse in avanti. «Sono sicura che sia così. Ma se non stai attento, inizieremo tutti a cercarti un buon partito. Vogliamo che tu sia felice, e questo significa che potresti dovere fare i conti con i nostri metodi».

Il volto di Aaron impallidì. «Non ho bisogno che mi troviate un partner. Posso farlo benissimo da solo».

«Davvero?», chiese la mamma di Marcus con aria innocente, e questi scoppiò a ridere.

«Mi sa che è troppo tardi. Mia madre ti troverà qualcuno senza che te ne accorgi».

«Ti darò una mano», disse la signora Montgomery, con gli occhi che le brillavano.

«Santo cielo. Evitiamo. Niente ricerche di partner».

«Oh, posso unirmi anch'io?», chiese Bristol, avvicinandosi al suo fianco. Marcus si chinò e le baciò la sommità della testa, e lei sospirò contro di lui. Non gli sfuggì lo sguardo che le due madri si scambiarono, entrambe con un sorriso sfrenato, ma non gli importava.

Erano sempre state vicine, e ora lo erano ancora di più grazie a lui e Bristol.

In qualche modo, il destino era stato gentile con lui e gli aveva regalato il suo lieto fine molto prima di quanto avrebbe mai immaginato. Era stato troppo testardo per rendersene conto finché non aveva quasi perso tutto.

Ma ora aveva tra le braccia l'amore della sua vita, una famiglia chiassosa e così piena di cose che quasi non riusciva a reggerla, e un futuro che sembrava davvero fantastico.

Era bastato pronunciare finalmente le parole che avrebbe dovuto dire molto tempo fa.

«Ti amo, Bristol».

Lei lo guardò, con gli occhi sgranati. «Ti amo anch'io, Marcus».

Era la sua migliore amica, il suo futuro e l'unica persona a cui sapeva di poter finalmente raccontare tutto.

Era fottutamente felice di aver conosciuto i Montgomery.

EPILOGO BONUS

«Non riesco a trovare il mio velo», disse Bristol, guardando intorno nella stanza con il cuore che le batteva all'impazzata. Si affondò le unghie nei fianchi nel tentativo di calmarsi, ma farsi prendere dal panico per il velo le serviva soltanto per distrarsi da ciò che l'aspettava tra un'ora circa.

Un futuro.

Con lui.

Finalmente.

«So dov'è», disse Arden. «È dove l'abbiamo lasciato, tutto bello e pronto per essere indossato. Ma non è ancora arrivato il suo momento perché Zia deve prima finire di sistemarti i capelli».

Bristol emise un sospiro profondo e poi iniziò a camminare avanti e indietro, e anche se indossava solo la biancheria intima e non aveva ancora il vestito da sposa, si sentiva come se stesse per esplodere. Non riusciva a respirare.

«Come è potuto succedere? Com'è possibile che sia già il giorno del mio matrimonio? Il *nostro* matrimonio?».

Arden sbuffò mentre Holland era seduta sul divano, con il pancione nel lungo abito in stile greco che le stava benissimo.

Sua cognata le accarezzò la pancia e sorrise. «Non ho idea di come sia successo, ma volevo ringraziarti ancora per aver fatto in modo che il tuo matrimonio si tenesse durante il mio terzo trimestre. Davvero».

Bristol rise, scuotendo la testa. «Ehi, non dare la colpa a me. Sei tu quella con due mariti e hai dovuto darci dentro con entrambi». Lei trasalì. «Non dirò mai più quella frase quando si tratta di uno dei miei fratelli. Santo cielo».

«E mi sono divertita un mondo a darci dentro con entrambi. Sai che non ti sto davvero incolpando perché avevi già pianificato la data del tuo matrimonio quando ho deciso di rimanere incinta. Ma va bene così, sto benissimo con questo vestito da dea, vero?», chiese Holland.

Madison entrò con un sorriso stampato sul volto. «Sì che stai benissimo, cugina». Si avvicinò e diede una pacca affettuosa sulla pancia di Holland. «Oh, e cosa sta facendo lì dentro il mio cuginetto? Stai dando dei calci alla vescica della mamma?».

«Non parliamone nemmeno», imprecò Holland. «Fantastico, aiutami ad alzarmi perché adesso devo fare pipì».

Madison arrossì. «Non pensavo davvero che ti avrebbe fatto venire voglia di fare pipì». Gli occhi dell'altra donna si spalancarono e si sporse in avanti per aiutare Holland ad alzarsi dalla sdraio.

«Non rovinare il vestito», disse Bristol e poi si coprì la bocca con la mano quando sua madre la guardò con aria severa. «Scusa, commento da stronza».

«Modera il linguaggio, signorina». Le labbra di sua madre ebbero un tremolio mentre lo diceva, però. Considerando che sua madre a volte imprecava più di Bristol, era quanto dire.

«Ma voi non siete Montgomery? Da quando dite parolacce del genere?», chiese Andie dall'altra parte della stanza.

Stavano celebrando un matrimonio piuttosto grande. E c'era soprattutto la famiglia. Vanessa, Jennifer, Andie, Zia, Arden, Madison e Holland erano tutte damigelle d'onore. E Marcus aveva tutta la famiglia di Bristol, Ronin e un paio di suoi amici per bilanciare l'altra parte.

Era abbastanza sicura che la maggior parte degli invitati facesse parte del corteo nuziale, e la cosa le andava bene. Ciò significava che tutti avrebbero indossato abiti carini e semi-coordinati e sarebbero stati con loro durante quel giorno speciale.

Quando pensava alla mole di lavoro che avevano dovuto gestire, tra tutti i piccoli dettagli di così tante scadenze, Bristol quasi desiderava essere scappata a Las Vegas per sposarsi in segreto, come aveva scherzato quel pomeriggio, ma così non fu.

«Ora, respira», disse Arden, stringendole la vita, attenta alla cicatrice che tutti evitavano.

«Sto respirando», rispose Bristol.

«No, non stai respirando», disse Zia dall'altra parte della stanza. «Stai iperventilando».

«Okay, forse è vero».

«Stai per sposare il tuo migliore amico, l'amore della tua vita. L'uomo al di sopra di tutti», disse Arden, e poi rise delle sue stesse parole.

«Sembra che tu stia citando un certo anello tratto da una certa serie di libri e film», disse Bristol.

«Non posso farci niente, lavoro con i libri per vivere e sono sposata con un autore straordinario. Devo inserirli in ogni conversazione».

«Forse, o forse stai solo cercando di farmi ridere perché sono super nervosa e non ho ancora indossato il mio abito. E se andasse tutto storto?».

«Allora andrà tutto storto», disse Arden.

«Esatto», disse Madison mentre lei e Holland tornavano, seguite da Zia con il resto del suo kit da trucco.

«Non è per niente d'aiuto», disse rapidamente Bristol.

«Al mio matrimonio è andato storto praticamente tutto», disse Vanessa.

«Sì, nemmeno il mio è stato così perfetto», disse Jennifer.

Andie fece una smorfia. «Al mio una capra ha vomitato».

Tutte sbuffarono, e Bristol rise di cuore. «Me lo ricordo. Volevi un matrimonio in fattoria, in fin dei conti».

«All'epoca andava di moda, e non so cosa mi sia saltato in mente. Ma a qualcuna di noi importa davvero che le cose siano andate storte?», chiese Andie al gruppo.

Tutte le donne sposate presenti nella stanza scossero la testa.

«Esatto», disse Andie.

«Okay, quindi andrà tutto bene anche se una capra vomitasse al mio matrimonio, e non ho intenzione di portare una capra lì, quindi sarebbe davvero improbabile».

Arden annuì. «Esatto, perché stai per sposare Marcus. Il tuo migliore amico. Sarai fantastica».

Zia le si avvicinò. «Ora finiamo di sistemarti i capelli e il trucco, così potrai metterti il vestito. Perché, tesoro, sarai splendida. Me ne assicurerò io».

Bristol sorrise a Zia. «Grazie per esserci».

«Sempre. Ora sbrigati. Mi ci vorrà un'eternità per fare in modo che sia davvero bellissima», disse Zia, e Bristol le fece il dito medio.

«Ti direi anche di moderare i toni, ma ti sei meritata quel dito medio per aver detto una cosa del genere a mia figlia», disse sua madre, e tutte risero.

Bevvero un po' di champagne, mangiarono un po' di formaggio per fare il pieno di proteine, e perché erano dei Montgomery e, quindi, il formaggio era la vita. E poi Bristol si ritrovò all'improvviso in piedi davanti a uno specchio, con sua madre che l'aiutava con il velo. Cercò di non piangere, ma una singola lacrima le scivolò lungo la guancia.

«Non preoccuparti, ci penso io», annunciò Zia tra le lacrime.

«Sei pronta a sposare il tuo migliore amico?», le chiese sua madre, e Bristol annuì.

«Grazie per avermi aiutata a diventare la persona che dovevo essere per questo momento».

«Lo sei sempre stata. Io ti sono solo rimasta vicina e ti ho vista sbocciare. Sei una donna straordinaria, Bristol. E non vedo l'ora di vedere la persona che diventerai con Marcus al tuo fianco. Non vedo l'ora di vederti crescere e trasformarti nella persona che sei destinata ad essere».

Quelle parole fecero scorrere un'altra ondata di lacrime nella sala, e poi, dopo qualche ritocco grazie a Zia, la maga del trucco, erano pronte.

Bristol e Marcus si sarebbero sposati in un grande giardino d'inverno invece che in chiesa, ma a lei andava bene, era perfetto per loro.

E c'erano così tanti invitati che avevano bisogno di spazio.

Avrebbero preso parte al matrimonio i colleghi di entrambi, e nessuno avrebbe menzionato l'uomo che aveva cercato di portarsi via tutto. Non ne valeva né il tempo, né i pensieri.

Il corteo nuziale partì, la musica era lenta e tutti erano felici mentre percorrevano la navata mano nella mano: coppie sposate insieme, Aaron e Madison insieme per altri motivi, e Zia con Lincoln.

Bristol teneva stretta la mano di suo padre, praticamente saltellando sui tacchi, e suo padre rise.

«Non vedevi l'ora che arrivasse questo giorno da quando avevi sei anni e sostenevi che Marcus fosse tuo».

«Non l'ho detto davvero, no?».

«Ci hai detto che, un giorno, Marcus sarebbe stato tuo, e che avremmo dovuto semplicemente accettarlo. E poi hai continuato a parlare di pastelli».

«Perché non me l'hai mai raccontato?», chiese Bristol, avvicinandosi alla testa del corteo, dove la musica stava per cambiare da un momento all'altro.

«Pensavo lo sapessi».

«No, non lo sapevo. L'avevo dimenticato».

«Be', ora lo sai. Aspetti questo momento da quando avevi sei anni ed eccoci finalmente. È l'unica persona a cui ti affiderei».

«Dovrei dire qualcosa sul fatto che sono una donna indipendente, ma ti concederò questo momento».

Suo padre le lanciò uno sguardo che diceva tutto. «Grazie, perché ti faccio sapere che ho provato a dar via i tuoi fratelli, ma non è stato facile».

Lei rise, e fu allora che la musica cambiò. Quando guardò dall'altra parte della sala e lungo la navata, lo vide. Il suo Marcus. I suoi occhi erano spalancati, la bocca leggermente aperta come se stesse trattenendo il respiro.

Quello sguardo.

Lo avrebbe ricordato per sempre.

Avrebbe voluto correre lungo la navata, ma suo padre la trattenne, e lei rise, muovendosi passo dopo passo mentre percorrevano il tappeto, con la mano nella sua. All'improvviso, erano arrivati, e Marcus allungò il braccio verso di lei.

Ci sarebbero potute essere mille altre persone nella sala, ma lei non prestava loro nessuna attenzione.

C'erano solo lei, Marcus e il loro futuro insieme.

Forse suo padre aveva ragione. Forse aveva già scelto Marcus quando era bambina, ma dal momento in cui aveva mentito a se stessa durante quella festa convincendosi che agisse in amicizia, Bristol sapeva che questo momento sarebbe arrivato.

Ma non avrebbe mai immaginato che sarebbe andata così. Il cuore traboccava dei sentimenti che provava per l'uomo che sarebbe sempre stato suo.

Marcus Stearn era il suo amico d'infanzia, colui su cui aveva sempre potuto contare, colui che aveva sognato e l'unico uomo con cui avrebbe trascorso il resto della sua vita.

E mentre si scambiavano le promesse e lui la baciava dolcemente, lei capì che quello era solo l'inizio.

Il prossimo protagonista della serie Montgomery Ink: Boulder?
È il turno di Aaron in Seduzione Rampante .

NOTA DI CARRIE ANN RYAN

Grazie mille per aver letto **Patto Indelebile.** Spero davvero che lascerete una recensione se la storia è stata di vostro gradimento! Le recensioni sono di grande aiuto per gli autori, ma *anche* per i lettori.

Bristol e Marcus sono stati così romantici. Adoro che sapevano cosa volevano, anche se volevano convincersi del contrario.

I prossimi protagonisti saranno Aaron e Madison in Seduzione Rampante ! Questi due sono già un po' testardi e anticonformisti. Non vedo l'ora di mostrarvi cosa hanno in serbo.

La serie "Montgomery Ink: Boulder":
Montgomery Ink: Boulder
Libro 1: Segreto Av Volgente
Libro 2: Desiderio saziato
Libro 3: Patto Indelebile
Libro 4: Seduzione Rampante

ALSO BY

Montgomery Ink: Boulder

Libro 1: Segreto Av Volgente

Libro 2: Desiderio saziato

Libro 3: Patto Indelebile

Libro 4: Seduzione Rampante

Montgomery Ink: Fort Collins

Libro 1: Legame Invisibile

I fratelli Wilder

Libro 1: L'unica via per tornare da me

Libro 2: Nel mio destino da sempre

Libro 3: Il cammino verso te

Montgomery Ink: Colorado Springs

Libro 1: Sotto pressione

Libro 2: Inquietudine di pelle

Libro 3: Vuoto impetuoso

Montgomery Ink:

Libro 0.5: Tatuaggio ispirato

Libro 0.6: Destino a tre

Libro 1: Tatuaggio spinoso

Libro 1.5: Sulla pelle per sempre

Libro 2: I confini della tentazione

Libro 3: Un passo difficile

Libro 4: Stampato sulla pelle

Libro 4.5: Cicatrici segrete

Libro 5: Marchio indelebile

Libro 6: Senza Segreti

Libro 7: Espressioni di pelle

Libro 8: Ricordi per sempre

Whiskey e bugie:

Libro 1: Whiskey e segreti

Libro 2: Whiskey e scoperte

Libro 3: Whiskey incompiuto

I fratelli Gallagher:

Libro 1: Ritorno all'amore

Libro 2: Passione ritrovata

Libro 3: Una nuova speranza

TI INTERESSA ESSERE UN BLOGGER E REVISORE PER CARRIE ANN RYAN? REGISTRATI QUI!